黒衣の宰相　下

徳川家康の懐刀・金地院崇伝

火坂雅志

JN031597

朝日文庫

本書は二〇〇一年十月、幻冬舎より刊行され、
二〇〇四年八月、文春文庫に収録されました。
今回の文庫化にあたり、二分冊にしました。

黒衣の宰相　下　◆目次

上　目次

黒衣の宰相　下

徳川家康の懐刀・金地院崇伝

風雲二条城

崇伝は南禅寺へもどった。

一年ぶりのことである。

境内へ入った崇伝は、自分の住房である金地院ではなく、古巣の聴松院へ足を向けた。

聴松院は、師の玄圃霊三の住房である。霊三は昨年の末に、七十四歳で往生していた。

崇伝は霊三の死を急使をもって知らされていた。が、外交問題で多忙なうえに、あらたにまかされた宗教政策に忙殺され、今日まで上京する機会がなかった。

師の位牌の前で、崇伝は経をあげ、香華《こうげ》を手向《たむ》けて聴松院をあとにした。

語心院
岩栖院《がんせいいん》
牧護庵

の前を通って、金地院へ帰還した。

崇伝が留守にしているあいだに、金地院の庭が、京都所司代板倉勝重の手によって美々しく完成していた。

白砂の上に、鶴石、亀石などの銘石を配した枯山水の庭である。

方丈の縁側にすわり、庭を眺めていると、京へ帰ってきたという実感が湧いた。

庭の向こうは東山三十六峰が、春霞に白くかすんでいる。静寂のなかに、ときおり鶯《うぐいす》の鳴き声がした。

しかし、静かなのは、その日だけだった。

翌日になると、崇伝の帰京を聞きつけた公卿、武士、僧侶、神官、商人たちが、つぎつぎに金地院をたずねてきた。

ついこのあいだまでは、さほど親しくなかった者まで、菓子折りを持って機嫌うかがいにやってくる。

みな、大御所家康の側近となった崇伝に、今後の付き合いを求めようという者たちばかりである。

(風が吹くほうに、草はなびくか……)

あきれるほどの、人々の態度の変わりようであった。

公卿たちのなかには、猫撫《ねこな》で声をつかい、秘蔵の香木を差し出して、家康へのとりなしを頼む者もいる。

多忙のあいまを縫って、崇伝は京都所司代屋敷に板倉勝重をたずねた。

所司代の屋敷は、二条城の北に水濠をへだててある。

広さ二千坪。

質実剛健をむねとする勝重の住まいらしく、飾り気はまったくないが、母屋が二階造りになった堂々たる屋敷である。二階の屋根の上には望楼が築かれ、京の町を一望のもとに見わたせるようになっていた。

崇伝がたずねたとき、板倉勝重はその望楼の上にいた。

「こうして、毎朝、所司代屋敷の望楼から町を見下ろすのが、わしのならいになっている」

勝重は崇伝よりはるかに年上だが、もと禅僧だけあって物腰がやわらかく、ときに同年輩の友に対するかのような親しげな貌《かお》を見せることがある。

「京の春は、よい」

勝重がしみじみと言った。

「桓武帝がこの地に平安京を築かれてより、王城の地として栄えてきた古き都の雅びが匂い立つようだ」

「まことに」

崇伝はうなずいた。

延暦十三年(七九四)に桓武天皇がひらいた平安京は、朱雀《すざく》大路を中心に、碁盤《ごばん》の目状に整然とした町造りがなされている。のち、応仁の大乱によって、一時、荒廃したものの、太閤秀吉の世をへて、王城の地としての繁栄を取りもどしていた。

二条より北側に帝《みかど》の住まう土御門《つちみかど》御所、それを取り巻くように公卿たちの屋敷、大名屋敷が建ち並び、南側は軒の低い板葺屋根がつらなる町家になっている。

町家のつらなりは、鴨川の清冽な流れを越えて洛東にまで広がりをみせ、さらにその向こうに南禅寺をはじめとする寺々の黒瓦の大屋根が見える。

かなたに、うす紫色にかすんでいるのが、

——ふとん着て寝たる姿

と、京人に言われる東山三十六峰。

なかでも、ひときわ目立つ高い峰が、京の鬼門を鎮護する比叡山である。

「駿府では、めざましい働きをしておるようだな。御坊のことは、京でも噂になっている」

「いや。まだ、役儀になれませぬ。足利学校の佶長老がおられますゆえ、粗忽《そこつ》が人目に立たぬのでございましょう」

「謙遜することはない。貴僧がほかの誰よりも、大御所さまのお役に立つ異才の持ち主であること、そなたを見いだしたこのわしが一番よく存じておる」

「恐れ入りましてございます」

「ときに、朝廷のことだ」

板倉勝重が、御所のほうを見下ろして言った。

「そなたの意を受けた徳大寺実久、烏丸光広にそそのかされ、猪隈少将はますますいい気になってはめをはずしておる」

「それは、たいへん結構な」

崇伝は冷たく微笑した。

猪隈少将――。

名は、教利。

――今業平
と呼ばれる、色好みの美男である。

ひとたび猪隈少将に言い寄られれば、どんな身持ちのかたい女でもかならず落ちると言われ、少将は若い放埒な公卿たちを仲間に引き入れて宮中の女官たちと浮名を流し、派手に遊びまわっていた。

従来から豊臣びいきの多い朝廷の懐柔策をはかる崇伝は、その猪隈少将教利に目をつけた。

すなわち――。

駿府より女忍者の霞を通じて、みずからの息のかかった徳大寺実久、烏丸光広に命を下し、猪隈少将の乱行《らんぎょう》をさらにエスカレートさせるよう、煽《あお》り立てたのである。

勝重から言われるまでもなく、首尾は上々であった。

霞の知らせによれば、猪隈、徳大寺、烏丸のほかに、

花山院《かざんいん》少将忠長
難波少将宗勝
大炊御門《おおいみかど》左中将頼国
飛鳥井《あすかい》少将雅賢
兼安備後《かねやすびんご》

らが仲間に加わり、帝の目をぬすんで、夜ごと、宮中の女たちと淫らな宴をひらいているらしい。

猪隈らと遊んでいる女官は、

広橋ノ局
唐橋《からはし》ノ局
中院ノ局
水無瀬《みなせ》ノ局

命婦讃岐《みょうぶさぬき》ら、五名――。

なかでも、広橋ノ局と唐橋ノ局は後陽成天皇がことに寵愛している女官で、ことがおおやけになれば、一大事になるのは火を見るよりもあきらかだった。

「徳大寺らに、ここまでやらせて、貴僧どうする気だ」

板倉勝重が聞いた。

「どうする、ということはございませぬ」

崇伝は口もとに微笑をためたまま、

「噂はおのずと、帝のお耳にも達しましょう。ご自身の寵愛する女が、朝臣に寝取られたと聞いたとき、帝はいったいどのようにお思いになるか」

「帝は癇癖《かんぺき》の強いご気性じゃ。間違いなく、ただではすむまい」

「帝が怒りに我を忘れ、自制心を失ったそのときこそ、幕府が朝廷の内ぶところへ入り込むまたとない機会でございます」

京都所司代屋敷をあとにした崇伝は、その足で、

――禁裏六丁町

へ向かった。

禁裏六丁町は、御所の門前にひらけた町である。

公卿たちの屋敷のほかに、米屋、畳屋、銀《しろがね》屋、菓子屋など、禁裏御用の商人たちが店をかまえている。

その禁裏六丁町に、まわりにぐるりと白塀をめぐらした、ひときわ宏壮な屋敷があった。

門は薬医《やくい》門。門のわきの塀ごしに、赤松の老木が亭々と枝をのばしている。

屋敷のあるじは、施薬院宗伯。医者である。

宗伯は、かつて豊臣の世に、太閤秀吉の政治顧問として、

——望むところ、かならず達す

といわれるほどの、隠然たる権力を握った医師、施薬院全宗《ぜんそう》の養子である。養父の全宗は、いまから十年前に世を去り、宗伯が跡目を継いでいた。

屋敷をたずねてきた崇伝を、宗伯はひろびろとした表座敷に通した。

「伝長老おんみずから、当屋敷にお越しいただけるとは、恐悦しごく」

宗伯は、今年三十四歳。

色白で目の下にそばかすがあり、みそっ歯の男である。一代で成り上がった野心家の養父とはちがい、温厚なだけが取り柄の小人物だった。

師の玄圃霊三が生前、宗伯の治療を受けていた縁で、崇伝もかねてより宗伯と交際が

あった。

「伝長老が駿府よりおもどりになられたことは、人づてに聞いておりました。いずれ、ご挨拶にうかがわねばならぬと思っておったところ。御用がありましたら、わたくしのほうから南禅寺に足を運びましたものを……」

宗伯は、やや媚びるように笑った。

養父の全宗は死ぬまで豊臣家に仕えたが、宗伯は早いうちに豊臣家を見かぎり、江戸に幕府をひらいた徳川将軍家に取り入ろうという姿勢を見せている。

去る関ヶ原合戦でも、宗伯は上杉討伐に出陣した徳川家康につき従い、軍医の役目を果たした。

そのような宗伯ゆえ、いまや家康の側近として日の出の勢いにある崇伝を、丁重にあつかうのである。

「今日は、宗伯どのに、折り入って願いの儀があって参った」

崇伝は、施薬院宗伯の顔を見て言った。

「わたくしにできることであれば、どうぞ何なりとお申しつけ下さいませ」

施薬院宗伯が、揉み手せんばかりの表情で言った。

「ひとつ、薬を調合してもらいたいのだ」

崇伝が告げると、

「どこか、お加減が悪いのでございますか」

宗伯はにわかに医師の顔になり、こちらをつくづくと眺めた。

「顔色も悪《あ》しからず。いたって、ご壮健のように見受けられますが」

「わしが欲しいのは、病を治す薬ではない。男女のみだらな心を高める淫薬《いんやく》のごときものだ」

「あッ……」

崇伝の返答が意外だったせいだろう。

宗伯は、咳《せき》払いをして、にやにやと思わせぶりな含み笑いをする。

「これは、わたくしとしたことが思い至りませず、とんだ無礼をいたしました。いかさま、御仏に仕える身とは申せ、伝長老とて生身の男子でございますからなあ」

「誤解いたすな。わしが用いるわけではない」

崇伝はにこりともせずに言った。

「されば……」

「何に使うかは、そなたの知ったことではない。ただ、そのような薬があるかないか、それを聞きたい」

崇伝の気色《けしき》にただならぬものを感じたか、施薬院宗伯は浮わついた笑いを引っ込め、背すじを正した。

「薬は、ございます」

「あるか」

「はい」

と、宗伯はうなずき、

「あほう薬をお用いになるのが、もっとも簡便にして、男女の淫気を高めるのに効能がございましょう」

「あほう薬とは、何だ」

「麻の葉を乾かして、粉末にした薬でございます。またの名を、大麻《たいま》とも申します」

あほう薬を香炉にくべれば、たちまちにしてかぐわしき薫香が満ち、その煙を吸った男女は、さながら天上にあるがごとき快美の世界に身も心もとろけるようになる――と、宗伯は言う。

「ここだけの話ですが、当施薬院家のあほう薬は、わが養父全宗がとくに秘伝の生薬を加えたものでございまして、ひとたび酔うた者は、二度とその悦楽を忘れることができませぬ……」

「効き目はたしかなのだな」

「それは、もう」

宗伯がうなずいた。

「ならば、宗伯。わしのために、ひとつ頼まれてもらおう」

公家の徳大寺実久のもとへ、施薬院宗伯から秘薬が届けられたのは、その翌日のことだった。

薬の使い道は、言わずと知れている。

猪隈少将をはじめとする宮中の不逞《ふてい》の男女《なんにょ》にあたえ、乱行をますます手のつけられぬものにするためである。

施薬院宗伯は、事情を知ってさすがにためらったが、江戸の将軍秀忠の侍医に推挙するという条件を出すと、一も二もなく崇伝の言うことを聞いた。

宗伯の秘薬を得たことで、猪隈少将らの乱行は、さらに拍車がかかった。

女官たちは、

――傾城《けいせい》（遊女）カブキ女ノ如ク、洛中ヲ出デ行キ（『角田文書』）

北野、清水あたりの茶屋、あるいは猪隈、飛鳥井らの屋敷で男と密会して、乱行を繰り返した。

これが世間の噂にならぬはずがない。

噂はやがて、後陽成天皇の生母の新上東門院《しんじょうとうもんいん》の耳にも達し、あまりのことに思いあまった女院は、女御の中和門院を通じて帝にありのままの事実をつたえた。

後陽成天皇は激怒した。

帝は、もともと神経質。癇性《かんしょう》がつよく、ものに激しやすい性格だった。

そのうえ、猪隈少将らと淫らな関係を結んでいた女官のなかに、自分の寵愛する、唐橋ノ局と広橋ノ局がいたことを知り、帝の怒りは頂点に達した。

「猪隈らを断じてゆるすまじ。裏切り者どもは、朕《ちん》がこの手で突き殺してくれるッ！」

額に青すじを立て、顔を怒りにゆがめた帝は、宮中につたわる宝剣、

――小烏丸《こがらすまる》
を持ち出し、不逞の男女をみずからの手で成敗しようとした。お付きの者たちが必死に帝に抱きつき、暴挙を押しとどめるというありさまである。

とりあえず、事件にかかわった五人の女官は親もとへあずけられ、公家たちも宮中への出仕を停止させられた。

一方で、朝廷は、朝廷と武家のあいだを取り次ぐ武家伝奏《ぶけてんそう》の広橋兼勝《かねかつ》（広橋ノ局の父）を、京都所司代板倉勝重のもとへつかわした。

むろん、勝重はこの前代未聞の醜聞が、崇伝によって用意周到に仕組まれた事件であることを承知している。

が、勝重はあえて知らぬふうをよそおい、

「それは、困ったことになりましたな」

娘の不始末で立場をなくしている広橋兼勝に、同情するような顔を見せた。

事件の裁定は幕府にゆだねられた。

そんなおりもおり、主犯格である猪隈少将教利が京から逃亡。大坂から船に乗って日向国へ逃れ、事件はますます混迷の様相を呈した。

事件を演出した崇伝は、そのころ京ではなく、遠く離れた駿府にいた。

「そうか。それほどの騒ぎになっているか」

灯火のもと、呂宋太守への国書の下書きに筆を走らせながら、崇伝は低くつぶやいた。

居室に人はいない。

開けはなたれた障子の向こうの庭先に、濡れるような七月の夜の闇が満ちているだけである。

その闇のなかから、

「帝のお怒りは、それは凄まじいものです」

女の声が言った。

女忍者、霞の声である。

「ひとまず、事件に連座した者たちの処断を幕府にゆだねたものの、ご自身のお気持ちはすでに決まっておいでのようです」

「帝は、どのようになさりたいとお考えなのだ」

「事件にかかわった者は、男、女にかぎらず、おんみずからの目の前でことごとく斬首。行方をくらましている猪隈少将についても、草の根わけても探し出し、斬り殺さずにはおかぬと息まいておられるとか」

「少しばかり、薬が効きすぎたようだな」

崇伝は、筆をすすめる手をとめた。庭に広がる闇を、またたきの少ない玻璃《はり》のような目で見つめる。

「逃亡している猪隈はともかく、徳大寺、烏丸らに累がおよんではなるまい。さっそく、大御所さまに申し上げ、彼らに厳罰が下されぬよう取りはからっていただく」

「しかし、それでは帝のお心が……」

姿なき霞の声が言った。

「帝のお心は知らず」

崇伝は断ずるように言い、

「これより先、朝廷の舵取りをおこなうのは幕府だ。そのことを満天下に知らしめるためにも、帝には幕府の処断に従っていただかねばならぬ」

「崇伝さまは、恐ろしい……」

霞の声がおののいた。

「わしが恐ろしいと？」

「詐術《さじゅつ》を用い、帝さえも意のままに操らんとする。これを恐ろしいと言わずして、何と申しましょう」

「忍びのそなたに、そのようなことを言われるとは思わなんだ」

崇伝は声もなく笑った。

「人から何と謗《そし》られようと、わしはかまわぬ」

「………」

「泰平の世をもたらすのは、強大な支配者だ。天下を統《す》べる強い力がなければ、世はふたたび乱世へ逆もどりする。わしは天下に秩序をもたらすため、当たり前のことをおこなっているにすぎぬ」

駿府の大御所家康は、京都所司代板倉勝重に、猪隈事件の後始末を指図する書状を送った。

「女官衆、公家衆の処分は帝の叡慮《えいりよ》のままにせよ。ただし、宮中で斬首をおこなうなどという厳罰は、世間の評判からいってもどうかと思う。いま一度、お気持ちを鎮め、考え直していただくよう、説得につとめよ」

京の勝重は、家康の意思を、武家伝奏の広橋兼勝につたえた。

「そのお言葉、まことにござりますか」

広橋兼勝はおのが役目も忘れ、ひょろ長い瓜のような顔に安堵《あんど》の表情を浮かべた。

兼勝は、自分の娘が淫行事件に加わっていたことに激しく動揺し、ことが露見して以来、帝の怒りの凄まじさに生きた心地もしなかった。

それが、駿府の家康が世評を考えて処分をおだやかにするよう、言ってよこしたのである。

（ありがたや……）

広橋兼勝は駿府の方角へ向かって、両手を合わせたいような気持ちになった。

ひとり兼勝のみならず、家康のとりなしは、朝廷の公卿たちのあいだに好意をもって受け止められた。

公卿たちは、そもそも、はめをはずした若い男女の、

――密通
ごときで、斬首に処すなどとは、あまりに厳しすぎると思っている。

『源氏物語』が書かれた王朝の世以来、ひめやかな恋愛遊戯を楽しむのは、むしろ艶《えん》なる公家のたしなみではないか、と帝の我を忘れた怒りに首をかしげる者が多かった。

それゆえ、家康が帝の厳罰を支持せず、仲裁に入ったことは、

「徳川どのも、なかなかものわかる御仁ではないか」

と、いままで徳川嫌いだった公卿たちの好感を呼んだ。

すべて、ことを仕組んだ崇伝の狙いどおりであった。

一方、おさまらないのは後陽成天皇である。

「駿府の家康が何と言おうと、朕が斬首と決めたのだ。朕は万世一系の帝ぞ。家康めには従わぬ」

帝は顔面を蒼白にして、言いつのった。

従わぬ——というのであれば、みずから裁きをつければよいのだが、それができない。やはり、帝も心の底では幕府を恐れているのである。

朝廷を揺るがせた宮中淫行事件の裁きが下されたのは、事件発覚から三月後のことであった。

世間をさわがせた宮中淫行事件の裁きは、つぎのようなものであった。

花山院忠長【蝦夷奥尻島へ配流《はいる》】
飛鳥井雅賢【隠岐島へ配流】
大炊御門頼国【薩摩硫黄島へ配流】
中御門宗信【同島配流】
難波宗勝【伊豆配流】

徳大寺実久【無罪】
烏丸光広【無罪】
女官衆五名【伊豆新島へ配流】

主犯の猪隈少将教利は、逃亡先の日向国で捕らえられ、京へ連れもどされて死罪。女官衆のひとり命婦讃岐の兄で、一同の淫行をさかんに煽り立てた兼安備後も、同様に死罪となった。

——今業平

と称され、その美男ぶりをうたわれた猪隈少将の最期《さいご》は、じつに往生ぎわの悪いものだった。

刑場に引き出されるさい、人目もはばからず泣きわめき、

「猪隈、最後の体《てい》、いよいよ恥辱を露《あら》わす」（『当代記』）

という未練がましさだった。

ともあれ、事件にかかわった者すべての死罪をのぞんだ後陽成天皇の要求は受け入れられず、猪隈少将と兼安備後が処刑されたほかは、きわめて穏便な処分となった。

天皇をなだめたということで、京都所司代の板倉勝重はおおいに男をあげ、公家たちの信任を得た。

駿府の徳川家康は、板倉勝重の功をねぎらうため、恩賞として九千八百石を加増。勝重は旧領とあわせて一万六千余石の大名となった。

一見、すべてが丸くおさまったように見える事件であったが、ただひとり、後陽成天皇の心は深く傷ついていた。

みずからの意向がまったくといっていいほど受け入れられず、朝廷における天皇の威信が失墜したのである。

「もはや、退位したい」

後陽成天皇は、近臣に向かって嘆きを洩らした。

江戸に幕府がある以上、自分が何を望もうと、思いのままにはさせてくれない。ならばいっそ、帝の位を投げ捨て、自由な身になりたいと思ったのである。

「それはなりませぬ」

近臣たちはおどろき、あわてた。

必死に思いとどまらせようとしたが、帝の譲位《じょうい》の意思はかたかった。

二年後の慶長十六年――。

後陽成天皇は、皇子の政仁親王に位をゆずる。後水尾《ごみずのお》天皇である。

同年三月、大御所家康は新帝の即位を賀するため、駿府を発して京へのぼった。

五万の大軍をひきいて京に到着した徳川家康は、二条城に入った。

京へもどっていた崇伝は、板倉勝重とともに、さっそく二条城へ挨拶に参上した。

崇伝は、顔色がすぐれない。

じつは昨年の暮れ、上洛する旅の途中にひいた風邪をこじらせ、以来、体の具合が思わしくない。

日によっては咳がとまらず、熱が出ることがある。

（休みなく、働きつづけているせいだろう……）

このところ、崇伝の日常は多忙をきわめている。

京と駿府、江戸のあいだを、年に四、五度は往復し、外交や宗教政策をはじめとする幕府の枢機《すうき》に参画、ろくに寝る暇もない。

しかし、崇伝は休まなかった。かつては、ただおのが野心を満たすため、政権の中枢をめざした。だが、いまは自分自身の名誉欲より、新しい国家づくりの仕事に深い意義をみいだすようになっていた。

国家が定まってこそ、民の安寧《あんねい》はある。そのために、身を粉《こ》にして働くのはいささかもつらいことではない。汚い仕事に手を染めることも、崇高な目的のためなら、やむをえないと腹をくくった。

公務に専念するため、去年の二月に南禅寺住職を梅心正悟《ばいしんせいご》にゆずったが、身がいくつあっても足りぬほどの忙しさは変わっていない。

「そのほう、顔色が悪いようだ」

上段ノ間から、崇伝の顔を一目見るなり、家康が言った。

「疲れているのではないか」

「いえ」

崇伝は、みずからの体の不調を盟友の板倉勝重にさえ隠していた。後陽成天皇の譲位と新帝の誕生、加えて家康の上洛もあり、休息などゆるされぬ時期である。多少、体調が悪くても、崇伝は無理をして公務をつづけている。体の芯に力が入らぬのを、気力でかばっていた。

「具合が悪いなら、無理はいたすな。病というものは軽くみると、あとでとんだ目に遭うぞ」

と言う家康は、これが七十歳の老人かと思うほど血色がいい。

家康は、健康管理にはことのほか気をつかい、若いころから心身の鍛練を欠かすことがなかった。また、頑健な肉体のみなもとは食事にあると考え、平素から飽食をつつしむよう心がけていた。

体を鍛えるばかりでなく、家康は漢方薬にも興味を持ち、薬の調合をみずからの手でおこなった。

家康の発明した、

は、強壮に効く名薬として、いまも漢方薬局で売られている。

そんな家康から見ると、仕事にかまけて自分の体にまったく気をつかわぬ崇伝は、おそろしく不養生に見えたのであろう。

「お言葉、しかと胆に銘じましてございます」

崇伝は頭を下げた。

が、さしあたって、養生につとめていられないほどの重要課題が、崇伝の目の前に控えていた。

「この二条城へ大坂城の秀頼を呼び出し、対面する」

家康は、ぎょろりとした大きな眼に断固たる意思を秘めて言った。

このたび、家康が五万もの大軍を引きつれて上洛した目的のひとつに、

――大坂城の豊臣秀頼に会い、その成長ぶりをおのが目でたしかめる。

という一事があった。

家康は、関ヶ原合戦から三年後の慶長八年、当時まだ十一歳だった秀頼に会って以来、長らく顔を合わせていない。

そのときから、すでに八年がたつ。

（いったい、どのような若者に成長しておることか……）

徳川幕府のゆくすえを安泰たらしめんがため、このさい、ぜひとも自分自身の目で見届けねばならないと家康は考えていた。

「しかし、またあのときと同じく、淀の御方さまが反対いたすのではありますまいか」

板倉勝重が言った。

あのとき——というのは、いまから六年前、やはり家康が上洛したおり、秀頼に大坂城を出て京まで会いに来るよう促したのを、淀殿が、

「それはならぬ」

と、強硬に反対し、ついに対面が実現しなかったおりのことである。

いまだ、秀吉ありしころの栄華が忘れられぬ淀殿は、

「秀頼君に対し奉り、伏見城まで出てまいれなどとは無礼もはなはだしい。どうあっても、秀頼君に謁見したいと申すなら、みずから大坂城へ出向いてまいるがよかろう」

甲《かん》走った声で言い放ち、ついに秀頼を京へやることをゆるさなかった。

その苦い記憶がある。

板倉勝重が対面を危ぶむのは、当然であった。

「秀頼とて、いつまでも子供ではあるまい。母の淀殿がやかましく言おうが、自分のことは自分で決められる齢《とし》じゃ」

「それは、何とも……」

「もっとも、唯々諾々《いいだくだく》と母親の言いなりになるような凡庸な器であれば、こちらにとって、願ってもなきことだが」

家康が、口もとをゆがめて皮肉に笑った。

「ともあれ、こたびばかりは淀殿が何と騒ぎ立てようが、ゆるすわけにはゆかぬ。もし、京へ出てこぬというのであれば、五万の兵にものを言わせ、秀頼を大坂城より引きずり出す」

「大軍をひきいて上洛なされたのは、大坂城に脅しをかけるためでございますな」

崇伝は言った。

「いかにも、そのとおりじゃ。城を攻めるとおどせば、いかに大坂城の厚化粧の女どもとて、いっぺんで震え上がるであろう」

二条城より、大坂城への説得役として家康が白羽の矢を立てたのは、茶人の織田有楽《うらく》と、故太閤秀吉の正室の高台院であった。

――有楽

は、織田信長の実弟である。

信長の妹、お市の方の娘にあたる淀殿とは、叔父、姪の関係にあり、交渉役にはまさにうってつけの人物だった。

——高台院

は、落飾《らくしょく》する前の名を、ねねといった。

まだ、秀吉が木下藤吉郎と名乗っていた時代から、陰で夫の天下取りをささえてきた賢夫人で、秀吉亡きあとは大坂城を出て、京の東山に隠棲していた。

尼になったとはいえ、いまも、

加藤清正

福島正則

ら、秀吉子飼いの大名たちのあいだに、少なからぬ影響力を持ち、家康との関係も悪くない。〝正室〟と〝側室〟というあつれきもあって、淀殿とは必ずしも良好な仲とは言いがたいが、使者としてあらわれれば、大坂方としても粗略にあつかうことのできない女人である。

崇伝は体調の悪さをおし、家康の名代として、織田有楽と高台院のもとへ淀殿の説得を頼みに出かけた。

「よかろう」

渋い朽葉《くちば》色の胴服をまとった織田有楽は、茶を点てながら、いともあっさりと快諾した。

「織田の天下が夢まぼろしのごとく潰《つい》え去ったように、いまは豊臣の世ではない。そのこと、淀の御方によくよく言って聞かせねばならぬ」

信長の弟として、多くの人々の栄枯盛衰を見てきた有楽は、しみじみとした口ぶりで言った。

「織田の血を引くわしが、いまは茶人として、こうして心静かに茶を点てている。天下の覇権が徳川に移り変わった以上、豊臣家もまた、表舞台より去らねばなるまい。生きるためには、そうあらねばならぬ」

世の流れをつぶさに眺めてきただけに、有楽には、徳川幕府に逆らうことがどれほど無益であるか、十分にわかっているようであった。

有楽邸を辞去した崇伝は、つづいて東山の高台寺へ向かった。

高台寺は林泉につつまれた景勝の地に、方丈《ほうじょう》、書院、開山堂、秀吉の霊をまつった霊屋《おたまや》、伏見城から移築した傘亭、時雨《しぐれ》亭などの茶室、観月台が点在している。

崇伝が用向きを告げると、尼姿の高台院は、

「わたくしに、淀殿を説き伏せよと申すのか」

ふくよかな顔に、やや複雑な表情を浮かべた。

この女人の心中が複雑なのは、当然のことである。

そもそも豊臣家は、高台院こと北政所《きたのまんどころ》ねねが秀吉とふたりで築き上げた家であった。

しかし、糟糠《そうこう》の妻の高台院には子ができず、側室の淀殿が産んだ秀頼が豊臣家と大坂城を受け継ぐことになった。

高台院にとって、いまある豊臣家は、自分が築いたものでありながら、すでに他人の手にわたったようなものであった。

「豊臣家を、世に残すためでございます」

智恵深そうな一重まぶたの目をした老尼に向かって、崇伝は訴えた。

「もし、秀頼君が二条城にお出ましにならねば、大御所家康さまはただちに大坂へ五万の兵を差し向け、豊臣家を攻め滅ぼすであろうと言っておられます。しかしながら、それは大御所さまのご本意にはあらず。秀頼君に徳川幕府の一大名という立場をわきまえていただかねば、天下にしめしがつかぬのでございます」

「もっともなり」

高台院は二重にくびれた顎を引いて、静かにうなずいた。

「徳川どののお考え、太閤殿下の妻として、世のまつりごとを裏から眺めてきたこの尼にもよくわかります」

「高台院さま……」

「太閤殿下がいまの徳川どののお立場であれば、かならずや、徳川どのと同じことを言いだされたであろう。世のまつりごとは、つねにそうしたもの。そのあたりを、しかと心得ておかねば、たしかに豊臣家は滅びるでありましょう」

と言うと、高台院は庭前に咲く八重咲きの枝垂《しだれ》桜に視線を投げた。

（頭のよい女人だ……）

さすがに、秀吉をして天下人に仕立てただけのことはあると、崇伝は思った。

大坂城の女たちに、高台院ほどの大局観があれば、もっと的確な身の処し方を選んでいたはずである。

「されば、大坂城へお使者として行っていただけますか」

崇伝は膝を乗り出した。

「行ってもよいが、はたして淀殿が、この老尼の申すことに聞く耳を持っておいでかどうか」

高台院は首をかしげた。

「いや、高台院さまをおいてほかに、淀の御方さまを説き伏せられるお方はおられませぬ。ぜひとも、お願い申し上げたく……」

そこまで言ったところで、崇伝はにわかに咳込んだ。

胸のあたりが、鉛でも詰まったように重苦しかったが、

（こんなときに倒れるわけにはいかぬ……）

崇伝は必死に耐えた。

高台院と織田有楽が大坂城へ入ったのは、それから四日後のことである。

ふたりが家康の内意をつたえると、

「秀頼君に会いたくば、家康めが大坂城へ来るのが筋じゃ」

淀殿は、相変わらず状況をまったく理解しようとせず、感情的にわめき立てた。

その淀殿を、高台院は冷たくさめた目で眺め、

「落ち着きなさい。すべては、豊臣家のためでございますぞ」

と、なだめるように言った。

それを受けついで、織田有楽が、

「まこと、高台院さまの申されるとおり。秀頼君が京へ行って挨拶なされば、徳川どのは満足なさるのです。ここはひとつ、折れてみてはいかがか」

「叔父上は、徳川にまるめ込まれておいでじゃ」

淀殿は、叔父の有楽を般若《はんにゃ》のごとき形相《ぎょうそう》で睨んだ。

「家康めは、秀頼君を二条城へ呼び出し、殺すつもりでおるのです。そのようなところへ、秀頼君をやれるものか」

「いかになんでも、考えすぎというもの」

母親の本能を剝き出しにする淀殿をあつかいかね、織田有楽が困惑した顔になった。

そのとき、末座に控えていた加藤清正が、

「秀頼君は、それがしが命にかえてもお守り申す」

凛然たる声をあげた。

「秀頼君が二条城へおいでになり、もし万が一、徳川方がけしからぬ動きを見せることあらば、この加藤主計頭《かずえのかみ》清正、徳川どのと刺しちがえる所存でおりまする。それゆえ、どうかこたびはご辛抱なされ、秀頼君を京へ送り出されて下さりませ」

清正は淀殿に向かって、ふかぶかと頭を下げた。

加藤清正、このとき五十歳。

去る関ヶ原合戦のおりには、石田三成憎しの感情から家康の東軍方についたが、心の底では誰よりも豊臣家のゆくすえを案じているひとりである。

「よくぞ申した、虎之助」

と、高台院が清正をその幼名で呼んだ。

「そなたの申すとおり、今度ばかりは、たとえ身の危険をおかしてでも、秀頼君に二条城へご足労願わねばなりませぬ。さもなくば、関東とのあいだに合戦が起きるは必定《ひつじょう》。いくさだけは、何としても避けねばなりませぬ」

高台院、織田有楽、加藤清正、そして大坂城の家老である片桐且元、秀吉恩顧の浅野幸長《よしなが》らが、口をきわめて淀殿を説得した。

秀頼を出さねば合戦になると聞いて、さしもの淀殿もやむなく折れた。

慶長十六年、三月二十八日——。

豊臣秀頼は大坂城を発して、京の二条城へ向かった。

秀頼の供をするのは、

織田有楽

片桐且元

大野治長

のほか、御番衆、小姓衆ら三十人。

さらに、加藤清正、浅野幸長が三百余りの騎馬隊をひきい、護衛役として秀頼に供奉《ぐぶ》した。

秀頼を乗せた駕籠が二条城に近づくと、城の大手門の前に集まっていた群衆が騒ぎだした。みな、成長した太閤秀吉の遺児の姿を一目見ようと、興味津々で集まってきた野次馬ばかりである。

家康は、側近たちとともに門前へ出て、到着した秀頼を出迎えた。

両者の対面は、池の見える二条城の黄金ノ間でおこなわれた。

堂々たる態度で家康と相対した秀頼のそばに、いざことあれば、いつでも行動を起こそういう、加藤清正、浅野幸長がぴたりとつき従っている。

秀吉未亡人の高台院も、その場に同席した。

対面は、終始、なごやかな雰囲気でおこなわれた。

秀頼は、家康の孫、千姫の婿である。

「お千は息災にしておるか」

あるいは、

「お袋さま（淀殿）にはお変わりないか」

などと、家康が質問を投げかけ、秀頼はそれに一々、そつなく応答した。

結局、何ごとも変事は起こらず、対面は一刻（二時間）ほどで終わった。

秀頼が帰ったあと、家康は崇伝をはじめ、本多正純、板倉勝重、藤堂高虎、天海、後藤庄三郎ら、おもだった側近たちを呼び集めた。

さきほどまでのにこやかな表情は、家康の顔から消え去っていた。目の奥に、暗い光がある。

「秀頼は、よき若者に成長した。わしが思っていたより、はるかに見事な成人ぶりじゃ」

一同を前にして、家康は言った。

家康が最後に秀頼に会ったのは、秀頼十一歳のとき。そして、いまふたたび家康の前にあらわれた秀頼は、十九歳の堂々たる偉丈夫になっていた。八年という歳月のあいだに、秀頼はのびやかに成長し、自分は確実に老いた。

年月の流れを承知していたとはいえ、現実を目の当たりにした家康の衝撃ははかり知れない。

「わしの目の黒いうちに、秀頼を何とかせねばならぬ。このまま放っておけば、いずれわが徳川幕府にとって災いのタネとなる」

家康が、本気で豊臣家を潰すことを決意したのは、まさにこのときであったといっていい。

側近たちに、早急に豊臣家取り潰し策を講じることを命じ、徳川家康は駿府へ引きあげていった。

金地院崇伝が、

——病に倒れる

との噂が京の町を駆けめぐったのは、その直後、四月終わりのことである。

崇伝は、みずからの病気について、松平豊州《ほうしゆう》あての手紙にこう書いている。

「上様、三月御上洛の旨《むね》、仰せ出され候よし、珍重に存じ候。此の方にて待ち奉るべくこれあり候。万一、御上洛相延べ候はば、急便に承るべく候。急ぎまかり下るべく候。拙老、旧冬上洛し候。路次より咳気《がいけ》つかまつり候。散々の体《てい》にて、どこへもまかり出ず候」

これを見ると、家康の上洛をすすめるべく、先に京へもどって下工作していた崇伝が、激務のなかで風邪をこじらせ、体力を消耗していったようすがわかる。

ほかの者にあてた手紙のなかでも、ことのほか、

——草臥《くたび》れた

と書いている。

それでも、崇伝は疲れをおもてに見せず、家康が京での諸行事を終えて駿府へもどるまで、休みなく公務をつとめつづけた。

崇伝が倒れたのは、家康上洛にともなう激しい緊張が、ここへきて一気にゆるんだためだろう。

病の床についた崇伝には、

「発熱」
「頭痛」
「胸痛」
「下痢」

など、さまざまな症状があらわれた。

体調の悪さをこらえて無理をしてきたせいもあって、金地院の自室で寝込んだ崇伝は、立ち上がることすらできなくなった。

駿府へもどった家康からは、見舞いの書状並びに、家康みずから調合した秘薬紫雪《しせつ》がもたらされた。

また、当代一流の医者、曲直瀬玄朔、盛方院《せいほういん》らが治療にあたったが、崇伝の病は快方へ向かうどころか、日々、病状が悪化していった。

そのあいだ、世間では無責任な噂が飛んだ。

「大御所さまの威光を笠にきて、あまりに増上慢《ぞうじようまん》なふるまいをするゆえ、伏見稲荷のおキツネさまがお怒りになって取り憑《つ》いたと申すぞ」

「医者たちも匙《さじ》を投げてしまい、もう長くはないそうだ」

じっさい、半月たっても、一月が過ぎても、病が癒えず、さすがの崇伝も、もはや、再起できぬのではないかと、不安にかられた。

病に倒れて間もないころは、僧侶や公卿、商人、武将など、見舞いの客が引きもきらず金地院をたずねてきたが、療養が長びくにつれ、めっきり客も少なくなった。

「みな、わしが立ち直れまいと思っているのだ」

つききりで看病にあたる元竹に向かい、崇伝は言った。

「何をおおせられます」

元竹は色をなし、

「天下の名医の曲直瀬玄朔さまも、盛方院さまも、薬を服して安静になさっておれば、かならずよくなるとおおせになっておられるではございませぬか」

「いかな名医でも、人の天命は変えられまい」

あけはなたれた縁側の障子の向こうに見える青葉の茂りが、崇伝の目に沁みた。

この靄《もや》のかかったように重い頭ではなく、澄みきった秋晴れの空のような、明晰な頭脳を取りもどしたいと痛切に思った。出口の塞がれた水の底であがいているような気がした。

多忙の合間を縫って、毎日のように見舞いに顔を出すのは、京都所司代の板倉勝重と六弥太だけである。

「餅屋渡辺の粽《ちまき》が手に入りましたので、さっそくお持ちいたしました。崇伝さまは、むかしからこれが好物でございましたでしょう」

「よくおぼえておったな」

「南禅寺におりましたころからの、古い付き合いにございますれば」

六弥太が笑った。

「早く、お元気になって下さいませ。またご一緒に、酒を酌み交わしましょうぞ」

「そのような日が、来ればよいが」

崇伝は、頰のそげた顔でつぶやいた。

病床にいると、崇伝の心をますます滅入らせるさまざまな噂が、風の便りに届いてくる。

そのひとつが、沢庵の噂である。

沢庵は、いまから二年前の慶長十四年、大徳寺の第百五十三世住職に就任したが、わずか三日にしてこれを去り、もといた堺の南宗寺《なんしゅうじ》へもどった。

そのとき沢庵は、一偈《いちげ》を詠んだ。

由来吾れ是れ水雲の身。
みだりに名藍をただす紫陌《しはく》の春。
耐へず明朝南海のほとり。
白鷗つひに紅塵を走らず。

流れ行く雲や水のような身の上の自分が、大徳寺のごとき名刹《めいさつ》に住み、都の春を謳歌するのは似合わない。白いカモメが紅塵に近づかないように、私は都の俗に染まらず、南海のほとりにある堺へもどっていくのだ、と――。

名利をもとめぬ沢庵のいさぎよい態度に、人々は快哉を叫び、いよいよ人気が高まっているという。

崇伝は、沢庵の態度を苦々しく感じた。

世の人は沢庵を、我欲をいっさい持たぬ清貧の名僧と褒めたたえる。みながこぞって、沢庵に教えを乞い、生きる道しるべをしめしてくれることをもとめた。

この時期、大坂城の豊臣秀頼も、沢庵を心の師としてみずからのそばへ招こうとした。しかし、沢庵はこれを辞退。

豊前小倉藩主、細川忠興が一寺を建立、沢庵をその住持に招きたいという請いをも、沢庵は断っている。

「沢庵さまは、権勢に近づき、俗塵にまみれることをいさぎよしとなさらぬのだ」

と、名声はいやがうえにも高まった。

噂では、朝廷に隠然たる力を持つ前関白近衛信尹《のぶただ》（竜山の子）も、沢庵の徳をしたって親しく交際をもとめているという。

崇伝とはまた別の意味で、沢庵も世の人々の注目を集める存在となっていた。

だが、

（欲のない人間など、そもそもいるはずがない。沢庵は、おのが値打ちを高く吊り上げんがため、わざともったいぶっているだけだ）

崇伝はそのように見ていた。

おのれの欲心に正直たらんと思い、崇伝は今日まで生きてきたつもりである。そのことに、いささかの悔いもない。

おのが欲心を抑え、うわべを取りつくろい、〝善人〟のふりをしたくはなかった。たとえ、世間から〝悪人〟とののしられようと、自分が正しいと信じた道を突きすすむしかない。

　大徳寺の住職の地位をたった三日で抛《なげう》ち、大坂城の豊臣秀頼をはじめとする諸大名の招きを断った沢庵のふるまいは、一見、高潔な行為のように見える。

　しかし、その行為によって、

（世の中の、いったいどれほどの人間が救われるというのだ）

沢庵はこの世で生きる苦しみから目をそむけ、自分は身に泥をかぶらぬようにしているだけではないか、と崇伝は思う。

綺麗ごとを言うのはたやすい。だが、それでは世の中は動かない。

（沢庵のような、おこない澄まして善人ぶっているだけの男には、世の中を変えることはできぬ……）

そんな崇伝の叫びも、病床にあってはむなしく響くだけだった。

そして――。

沢庵のことより、さらに崇伝の気持ちをかき乱している問題がもうひとつあった。

駿府における、天海の台頭である。

崇伝が京で病に倒れているあいだ、駿府では天海がにわかに発言力を増していた。

天海と崇伝は、三十歳以上もはなれている。しかも、天海のほうは密教僧であり、崇伝は禅僧であった。

年齢、宗派が異なるとはいえ、どちらも宗教を背景にして、家康に登用されていることに変わりはない。

自分が不在のあいだ、いわばライバル関係にある天海が急速に力をつけることは、崇伝にとって、けっして心おだやかな話ではなかった。

(このようなことで、いままで築き上げてきた地位を、むざむざ天海に奪われてなるものか……)

焼けつくような焦燥が、崇伝の胸をさいなんだ。不安のあまり、目が冴えて眠れぬ夜がつづく。だが、あせればあせるほど、かえって病状は悪化の一途をたどるようである。

駿府の家康からは、相変わらず、おりにふれて見舞いの使者がつかわされてきた。

「ありがたい話ではございませぬか。やはり、大御所さまは、崇伝さまを二つなき者とお思いになっておられるのでございます」

病床から起き上がることのできぬ崇伝に代わり、家康の書状を代読した元竹が、感激に目をうるませた。

が、崇伝は、

(わしの代わりなどいくらでもいる。わしが死ねば、大御所さまは即座にわしがいたことなど忘れ、国家経営に役立つあらたな人材をおもとめになるはずだ……）

自分と家康との関係を、さめた目で眺めていた。

徳川家に累代《るいだい》仕えてきた家臣たちとはちがい、家康と崇伝は、強い絆《きずな》で結ばれているわけではない。

家康は、崇伝のすぐれた学才をもって重く用い、一方の崇伝も、おのが世に出るための手段として家康に仕えた。

おそらく、家康は崇伝のことを、

――役に立つ道具
と、見ているはずだ。

それは、それでいい。崇伝自身、家康の有能な道具たらんとつとめてきた。人間的な情緒など、両者のあいだには、いっさい必要がなかった。

しかし、ひとたび道具が壊れたとき、家康はどうするか。

（使えぬものは、捨てるだけだ……）

崇伝には、家康の考え方がよくわかった。

一見、律儀そうに見える家康だが、心の底には抜き身の刃《やいば》のような非情さを秘めている。たんなる人のよさだけでは、戦国乱世を生き残れるはずもなく、また、天下人になれようはずもなかった。

自分の存在など、家康にとっては将棋の駒のひとつにすぎない——それがわかっているだけに、崇伝の苛立ちはつのった。

崇伝が倒れて、二月近くが過ぎた。

下鴨神社の御手洗《みたらし》祭の日、金地院の門前にひとりの男がたずねてきた。

薄汚い姿《なり》をした老爺である。

そなたのような者の来るところではないと、寺男が追い払っても、

「どうか、一目なりとも、金地院さまに会わせてくだされ」

と、老爺はきかない。

六尺棒で追い払おうとすると、会わせてくれるまでここを離れぬと言って、門前にすわり込む始末である。

弱りはてた寺男が元竹につたえ、元竹の口から、このことが崇伝の耳につたわった。

「わしに会わせよだと？」

その日、たまたま熱が下がり、床の上に身を起こしていた崇伝は、眉間に皺を寄せて聞き返した。

「それが、おかしなことを申すのだそうでございます」

崇伝に熱い薬湯をすすめながら、元竹が言った。

「自分はむかし、金地院さまを南禅寺に捨てた罪深き男。いまとなっては取り返しのつかぬことであろうが、せめてひとこと、あのときの詫びが申し上げたいと涙ながらに語っておりますとか」

「……」

「金地院さまが、世間の噂どおり明日をも知れぬお命なら、自分の一命に引きかえて崇伝さまをお助けしたい、むかしの罪ほろぼしがしたい、とも申しているそうにございます」

「それは、清兵衛だ」

崇伝は遠い目をして、うめくようにつぶやいた。

「ご存じのお方でございましたか」

元竹の問いに、崇伝は蒼白い頬のあたりにかすかな血の色を浮かべてうなずいた。

「その者は、かつて、わが父一色秀勝の家臣だった平賀清兵衛にちがいあるまい。清兵衛はわしの傅役《もりやく》で、父の命により、幼いわしを南禅寺へ連れてきた男だ」

「さような、深い由縁のお方でございましたか……」

「何をしている、元竹。すぐに行って、清兵衛をこれへ連れてこぬか」

「は、はい」

あわてて元竹が立ち上がった。

ほどなく、元竹は白髪の老人を連れて病室へもどってくる。

病床の崇伝を一目見るなり、

「若ッ……」

老爺は感きわまったように、枕もとにつっぷした。

痩せた肩が小刻みにふるえている。

その肩に向かい、

「清兵衛じゃな」

と、崇伝は声をかけた。

生家、一色家の没落により、崇伝が南禅寺に入れられたのは五歳のときだった。

そのとき、幼い崇伝を背負い、寺まで連れてきたのが、ほかならぬ平賀清兵衛である。

四十年近くむかしのことで、崇伝に明瞭な記憶はないが、かぎりなく大きく、たくましく見えた清兵衛の背中をかすかにおぼえている。

いま見る清兵衛は、あのときとはちがい、猿のように皺ばんだ老人として崇伝の目に映った。

「この清兵衛、若のことを忘れた日は、ただの一日たりとてござりませなんだ」

顔を上げた清兵衛のしょぼついた目が、涙に濡れている。

「お父上の命とはいえ、武門の名家のお血筋を引く若を寺へお入れ申したこと、いまでも深く後悔いたしておりまする。どうか、おゆるしを……」

「過ぎたことだ」

崇伝は、いたわるように言った。

自分が肉親の情愛というものと切り離されて孤独に育ち、心ならずも僧侶になったのは、誰のせいでもない。すべて戦乱ゆえであった。

「それより、お鍋《なべ》は達者にしておるか」

と、崇伝が聞いたのは、清兵衛の妻のことである。

平賀清兵衛の妻、お鍋は崇伝の乳母《めのと》であり、五歳まで崇伝を育てた母がわりの女人であった。

「昨年、病にてみまかりましてございます」

「そうか……。お鍋は死んだか」

「息を引き取るまぎわまで、あれも若のことを気にかけておりました。陰ながら若のご出世を、わがことのように喜んでおりましたが」

清兵衛が、すすけた袖で目のふちの涙を押しぬぐった。

「なぜもっと早く、たずねてこなかった。たずねてまいれば、生きているうちにお鍋にも会えたであろうに」

「それがしごとき、とても若の御前に出られるような者ではございませぬ。しかし、このたびばかりは、若のおん病が重いとの噂をお聞きし、いてもたってもいられず、恥をしのんで出てまいった次第でございます」

「……………」

自分の病が重いと聞いて、なりふりかまわず駆けつける者がいる。また、その一方で、沈む船から逃げ出すように、自分を見捨てて離れていこうとする者たちがいる。

(人はさまざまだ……)

寂寥《せきりよう》の風が、崇伝の胸を吹き抜けた。

その夜——。

崇伝は突然、高熱を発した。

三日三晩、崇伝は熱に浮かされつづけた。生死の境をさまよったといっていい。

深い霧のなかを泳いでいるような感じであった。乳色の冷たい霧である。

その霧の海が、どこまでも果てしなくつづいている。

(出口はどこだ……)

必死に歩きまわったが、いっこうに霧が晴れてくる気配はない。

全身、疲労困憊《こんぱい》した。

いっそこのまま、霧のなかに倒れ込み、永劫《えいごう》の闇に身をゆだねてしまおうかと思った。

——死が、ひどく身近に感じられた。

と——。

そのとき、目の前の霧がややうすらいだ。霧のとばりの向こうに、ゆるやかに流れる一筋の川が見える。

(もしや、あれが三途《さんず》の川というものか……)

崇伝が何かに導かれるように、川に向かって歩きだそうとしたとき、

「崇伝さま」

背後で声がした。

振り返ると、霧のなかに女が立っている。細おもての、ひどく寂しげな目をした女だった。

夢のなかのことで、顔立ちは、はっきりとはわからない。幼いころ、死に別れた母のようでもあり、崇伝を育てた乳母のお鍋のようでもあった。

「崇伝さま……」

ふたたび、女が崇伝の名を呼んだ。透き通るような、底に深い憂いを含んだ声だった。

(紀香か……)

それに、ちがいあるまいと思った。

紀香が自分を呼んでいる。霧のなかをさまよい、自分を呼びもとめている。

(待て、紀香。いまそこへ行く)

崇伝は、女のほうへ、来た道をもどろうとした。

とたん――。

足もとの地面がぐらりと揺らいだ。

と思うと、いままで視界を閉ざしていた霧がまるで嘘のように晴れわたり、さあっと天空から美しい五彩の光が射した。

そこで、夢はさめた。

我に返った崇伝が、ふと目を上げると、床の間の胡銅《こどう》の花入れに、一枝の小菊が挿してあった。

あざやかな紫紅色《しこうしょく》の花だった。

貴船菊《きぶねぎく》である。

その日を境に、崇伝の容体は急速に快方に向かった。

薄皮が一枚、一枚、はがれていくように、自分の体が、

(よくなっていく……)

のがわかる。

春の日脚がのびるように、日々、体が楽になり、頭脳がもとの明晰さを取りもどして

くる。

崇伝は、芯を失っていたおのが五体に、実《み》が入ってくるのを感じた。

「もう一杯、粥《かゆ》をくれ」

崇伝は、元竹に命じた。

身のうちから、ふつふつと食欲が湧いている。ここしばらく、絶えてなかったことである。

粥を給仕しながら、

「つい先日まで、白湯さえ喉をお通しにならなかったのが、まるで夢のようなご回復ぶりでございますなあ」

元竹が目をみはった。

「それより、元竹」

と、崇伝は床の間に目をやった。

「あの貴船菊」

「は……」

「あれは、誰が活《い》けたのだ」

花は、崇伝が長い眠りからさめたときと変わらず、あざやかなみずみずしい色を見せている。

貴船菊は、菊とはいうが、キク科の植物ではない。キンポウゲ科の多年草で、中国の原産。わが国には、室町時代につたわって野生化した。洛北の貴船《きぶね》神社の石垣や、貴船川ぞいの岸辺に多く群生しているので、

——貴船菊

と呼ばれる。

たおやかな女人を思わせる艶麗な貴船菊は、戒律の厳しい禅寺には、どこか不釣り合いな花であった。

「さて……。いつから、ございましたものでしょうか。誰が活けたものやら、わたくしも存じませぬ」

元竹が首をかしげた。

気になった崇伝が調べさせてみると、床の間の貴船菊は、平賀清兵衛が寺の小坊主に言いつけて活けさせたものだという。

清兵衛が言うには、

「さよう、五日ほど前の晩でございましたかのう。金地院の門前に、よしありげな女人が立っていたのでございます。それがしが用向きをたずねると、女人はどこの誰とも名乗らず、ただこの花を、崇伝さまの枕辺に活けてほしいと言いおいて立ち去っていきました」

「女の年のころは？」

「さほど、若うはござりませぬ。なれど、立ち姿の凜とした、たいそう気高き女人でござりました」

「…………」

その女人が何者か、崇伝だけにはわかった。

病床から立ち直った崇伝は、日をおかず、駿府へ向けて旅立った。

元竹や平賀清兵衛は、

「まだ旅は無理でございます。いま少し、ご養生なされては」

と引き留めたが、崇伝は聞く耳を持たなかった。

うかうか休んでいる暇はなかった。世は動きだしている。

京の二条城で、秀頼と対面した家康は、その成長ぶりに驚き、

——豊臣家を滅ぼす
ことを心に決めていた。

とはいえ、何の咎《とが》もない豊臣家を、大義名分なくして取り潰すことは、さすがの家康にもできない。

「早急に策を講じよ」

家康は、側近たちに命じた。崇伝が病に倒れる直前のことである。

本来であれば、京都所司代板倉勝重や、伊勢津城主藤堂高虎らとともに、対豊臣家工作に乗り出さねばならない立場の崇伝であったが、急な病のため、いまだいっさいの策を講じていない。

出遅れに、あせりを感じていることはたしかだが、

(まずは、それよりも……)

全快した自分の姿を見せ、

――今後も、この男に仕事をまかせてまちがいがない。

と、家康を納得させねばならない。すぐに駿府に下ったのはそのためであった。

寺僧二十人をしたがえた崇伝の輿《こし》は、東海道を下った。

街道には、すでに秋の気配が濃い。

高く澄みわたった空に、刷毛で掃いたような絹雲が浮かんでいた。その空に、アキアカネが群れをなして飛んでいる。

(おかしなものだ……)

輿に揺られながら、崇伝は思った。

いまはこうして、ふたたび俗世の渦に巻き込まれつつあるが、ひとつまちがえば、自分の魂も、あの空をゆくアキアカネのように虚空《こくう》をさまよっていたかもしれない。

自分を死の淵から救ったのは、紀香の貴船菊だったような気がする。おそらく、紀香は崇伝が明日をも知れぬ命と聞き、矢も盾もたまらず、大坂城を抜け出して金地院へ駆けつけたのであろう。

（口では忘れたと言っていたが、紀香はやはり、自分のことを忘れてはいなかったのだ……）

その紀香がもたらした横溢《おういつ》たる花の生気が、崇伝に再起するきっかけをあたえた。崇伝の心の奥にも、深く秘めた女への思いがあった。

だが——。

紀香がそうであるように、崇伝もまた、おのが道を行くしかないのである。

京を発って七日目。

駿府へ到着した崇伝は、その日から精力的に動きだした。

家康は崇伝と天海に対し、

「諸寺院の古記録を集めよ」

と、命じた。

いままで野放しとなっていた寺院を組織化し、徳川幕府の統制下におさめんがためであった。

崇伝は禅門へ、天海は密教系寺院へそれぞれ使いを送り、競うように古記録をかき集めた。

どちらにも、相手に負けてなるものかという気持ちがある。幕府内での主導権を握るためにも、相手より多くの実績をあげることが必要だった。

同じ禅門とはいっても、法系のちがう諸寺の抵抗に苦闘しながら、

（自分たちは、大御所さまにうまく使われている……）

崇伝はふと、そんな気がした。

家康は、崇伝と天海という、まったく型の異なる異才を競わせることによって、より大胆な変革をなしとげようとしている。

それは、それでいい。

家康ならではの人使いの妙であろう。

しかし、

（わしはただ、使われているだけでは終わらぬ。大御所さまの威光を逆に利用し、やがて幕政を牛耳《ぎゅうじ》ってみせよう）

病み上がりの崇伝の体に、静かな闘志が湧いた。

病んで地獄を見たからこそなおさら、おのれのいまの地位の不確かさ、足もとの頼りなさが身に沁みた。

崇伝は、家康からたまわった駿府金地院の方丈《ほうじょう》に、平賀清兵衛を呼んだ。

「そなたに頼みがある」

崇伝は、実直そのものの老爺の目を見て言った。

「何なりとお申しつけ下さりませ。若のお言いつけなれば、この爺めは、命を捨てても惜しからぬ所存でおりまする」

「さようなおおげさなことではない」

「と申されますと」

「そなたに、わが一色家の旧臣を呼び集めてもらいたいのだ」

「一色家の旧臣を……」

「そうだ」

崇伝はうなずいた。

一色家は、足利幕府の衰退とともに没落した崇伝の実家である。

家臣たちは散り散りとなり、いまはどこでどうしているものともしれない。

それを、

──呼び集めよ。

と、崇伝は言った。

「旧臣たちを探し出して、どうなさるおつもりです」

平賀清兵衛が首をかしげた。

「わが家臣となす」

断固たる崇伝の言葉に、清兵衛は、

　――えッ
という顔をした。

「何をおおせられます。若は僧侶ではございませぬか。若が大名におなりになり、一色の家を再興なされたならともかく、僧侶の御身に家臣はいりますまい」

「いや」

と、崇伝は首を横に振った。

「たしかに、わしは姿こそ僧侶だ。しかし、やっていることは武士と変わらぬ。大御所さまのもとで側近十人のうちに列し、石高一千九百石をあたえられている。世の流れとかかわりなく、経を唱え、座禅を組んでいるだけの雲水などとは立場がちがう。ほかの側近どもと伍《ご》していくためには、わが手足となって働いてくれる家臣がいる」

いかに崇伝が知謀にたけていようと、外交、宗教政策、大坂の豊臣家対策と、すべてをひとりの力だけでこなさんとすれば無理が生ずる。人間の処理能力には、おのずと限界というものがある。

そのことを、崇伝は今回の病を通じていやというほど思い知らされた。

（わしは、ただの僧侶では終わらぬ。いずれ、大名をもしのぐ力を、この手に握ってみせる……）

その大いなる野望を達するためにも、おのが身辺をかためる家臣団は必要であった。

崇伝の命を受けた平賀清兵衛は、さっそく諸国へ使いを送り、一色家の旧臣の消息をたずねた。

すでに他家へ仕えている者、帰農している者などが多かったが、なかには、

「若からお呼びがかかるのを、首を長くして待っておりました」

と、感激にうちふるえる者があり、わずかのあいだに有為の人材二十人ほどが集まった。

崇伝は、家老に平賀清兵衛を任じた。

僧侶の身でありながら、家臣団を持つという崇伝の行為は、

――まるで、大名気取りではないか。

と、幕閣の一部の反感を呼んだが、崇伝は意に介さなかった。

駿府金地院の庭に桜がほころびはじめた宵、崇伝のもとへ本多正純がたずねてきた。

切れ者の正純は、駿府における家康第一の側近といっていい。年が近いせいもあって、崇伝とはことに親しく、気心の知れた仲であった。

その正純が、

「伝長老、困ったことになった」

めずらしく曇った顔で、方丈にあぐらをかいた。

「いかがなされました」

聞き返してから、崇伝はかるく咳《せき》をした。

昨年の病から何とか立ち直ったものの、まだ体調は万全とはいえない。いまもときおり、無理をして文書《もんじょ》を書きつづけたあとなどは、寝床で激しく咳込むことがある。

「これは……。加減の悪いところへ邪魔をしたな」

正純が案ずるように、崇伝を見た。

「いや、たいしたことはございませぬ。それより、本多どのがお困りのこととは？」

崇伝は威儀をただして聞いた。

たとえ、相手が親しい本多正純でも、おのれの弱みを見せてはならない。やり手ぞろいの駿府では、いつ相手にだしぬかれるか知れぬのである。

「大坂で、何か動きがありましたか」

本多正純は、配下の根来者を諜者として大坂城に入れている。その諜者から、何か急な知らせがあったのではなかろうかと思ったのである。

「いや、いまのところ、大坂城にさしたる動きはない。わしの頭を悩ませているのは、内輪のことよ」

「ご家中の、岡本大八の件でございますか」

「存じておったか」

「噂にて、うすうすは……」

「やつめ、まったく困ったことをしでかしてくれたものよ」

正純は青ずんだ目を虚空に向け、唇を嚙んだ。

——岡本大八
とは、本多正純の家臣である。

もと長崎代官長谷川藤広の配下であったのを、小才がきくというので正純が家来に取り立て、長崎在番を命じていた。

長崎在番は、本多家の私的な機関で、長崎にあって異国との取引の実務をおこなう役目の者である。幕府の重臣のなかには、本多のように長崎在番をおき、貿易に手を染める者があった。

岡本大八は長崎代官所にいたころつちかった〝顔〟を生かし、抜け目なく立ちまわって本多家に巨利をもたらした。

と——そこまではよかった。

問題は、そのあとである。

岡本大八は、すっかりいい気になった。

何といっても、自分が仕えるあるじの本多正純は、いまや駿府の大御所家康のもとで、側近第一と目されている人物である。

「本多さまに、何とぞよしなに」

「これは、ほんのお近づきのしるしで」

正純に取りなしを頼む諸大名の家来たちが、大八にも付け届けをしていく。

岡本大八が追従《ついしょう》や袖の下になれ、

（おれは、大名にも一目おかれる身だ……）

と、おのが分際を忘れるのに、さして時間はかからなかった。

そんなとき――。

大八に、ひとりの男が近づいてきた。九州肥前国、有馬の領主、有馬晴信である。岡本大八も有馬晴信も天主教を信じる切支丹で、かねてより面識があった。

「わが有馬家の旧領を返してもらえるよう、そなたのあるじにかけあってくれぬか」

晴信は、岡本大八にもちかけた。

旧領とは、肥前国内の藤津、彼杵《そのぎ》、杵島《きしま》の三郡のことである。それらは、かつて有馬家の領地であったが、龍造寺隆信によって攻め取られ、その後、佐賀城主鍋島直茂の領するところとなっていた。三郡をとりもどすことは、言ってみれば有馬家の悲願、当主に課せられた大命題になっていたのである。

「わしは先年、横暴なふるまいの多いポルトガル船を長崎沖で撃沈した。その恩賞として、宿願をかなえてもらってもよいのではないか」

胸のうちを訴える晴信に、

「ごもっともでございます」

大八は調子よくうなずいた。

「有馬さまのお働き、大御所さまのおぼえもたいそうめでたいと、あるじの本多上野介《こうずけのすけ》より洩れ聞いております。わがあるじが口添えをすれば、かならずや有馬さまの願いは達せられましょう」

「されば、大八。そのほう、本多どのへ仲立ちをしてくれぬか」

「むろん、喜んで。ただし、幕府要所への付け届けに、いささか金はかかりますが」

「金なら出そう」

これで宿願がかなうと喜んだ有馬晴信は、工作資金として、岡本大八に銀六百枚を手渡した。

しかし、大八は口先だけでじっさいには何もせず、銀六百枚を自分のふところに入れてしまった。

その後、いくら待っても何の沙汰もないことに業を煮やした晴信が、たまりかねて幕府に訴え出た結果、岡本大八の収賄、および着服事件が、世間に知れわたるにいたったのである。

事件は、たんに岡本大八ひとりの罪にとどまらず、幕閣をゆるがす騒ぎとなった。

「ことが岡本大八ひとりの処罰ですむなら、まだよい。世の者は、事件のかげに、このわしがいると疑っておるようだ」

本多正純は、眉間に深い縦皺をきざんだ。

「すべて岡本なにがしのせいにしているが、ありようは、主君の上野介どのご自身が賄《わい》賂《ろ》をふところに入れたというのでございましょう」

崇伝は言った。

「ばかばかしい」

と、正純が吐きすてた。

「疑われたわしのほうこそ、いい面の皮よ。いよいよ、大坂城の豊臣家潰しにかかろうというこのときに、つまらぬことであらぬ疑いを受け、迷惑もはなはだしい」

「はて……。あらぬ疑いでございますかな」

崇伝はうっすらと微笑し、正純の目を見た。

「罪を家臣になすりつけ、自分はさも手を汚していないような顔をするのは、世間ではよくあることにございます」

「伝長老」

本多正純が怒気をふくんだ声を発した。

「いや、これはご無礼を申しました。拙僧は何も、上野介どのがそうだと申しているわけではござりませぬ」

「……」

「この駿府で、上野介どのと拙僧は一蓮托生《いちれんたくしょう》。上野介どのの身の危難は、拙僧にとってもまた危難」

「それを聞いて安心した」

正純はやや落ち着きを取りもどし、

「大御所さまは、こたびのこと、いたくご不快に思うておられるご様子。早急に、何とかせねばならぬ」

「さよう。たとえ、わずかのほころびであっても、敵に付け入る隙をあたえかねませぬ」

崇伝が、

——敵

と呼ぶのは、この場合、大坂の豊臣家ではない。幕閣内部における対抗勢力のことである。

このころ、徳川幕府の首脳部はふたつの派閥にわかれて暗闘を繰り広げていた。

二派のうち、ひとつは本多正信、正純父子を中心とする、

《本多派》

である。

駿府での崇伝の立場は、この本多派に近い。

これに対抗するのが、大久保忠隣《ただちか》、大久保長安らの、

《大久保派》

であった。

本多派は、江戸の将軍秀忠のもとに父の正信、駿府の家康のもとに正純がおり、幕府政治の中枢を握っている。一方、大久保派も、江戸に忠隣、駿府に長安があって、本多父子と伍するほどの権勢を持った。両者はたがいに反目し合い、一触即発の状態にあった。

そこへ起きたのが、今度の岡本大八の事件である。大久保派が、本多父子を攻撃する格好の口実にしたのは言うまでもない。

「どうすればよい、伝長老」

本多正純がうめくように言った。

さすが怜悧な正純も、突如、わが身に降りかかった火の粉をはらいかねているようである。

「岡本大八は、駿府奉行彦坂九兵衛のもとにおあずけとなっていると聞きおよんでおり

ますが」

崇伝は、元竹が運んできた熱い薬湯をすすった。

「そうじゃ。大八に対する吟味は、三日後、大久保長安の屋敷にておこなわれる。その場には、有馬晴信も呼び出され、双方の言い分の非違をただすという」

「吟味役が、よりによって大久保長安とは、裁きをつける前から旗色の悪さが目に見えておりまするな」

「さだめし長安は、何のかんのと理由をつけて、わしの責を問う気でおるのじゃ。いっそ、大八が舌でも噛んで自害してくれれば都合がよいのだが」

「恐ろしいことをお考えになる」

「おのれが生き残るためだ。わしは、大御所さまのもとで、まだまだやり残した仕事がある。岡本大八のごとき小者のために、道なかばで倒れるわけにはいかぬ」

「………」

思いあがり、とも取れる本多正純の言葉である。

だが、崇伝自身、正純の立場であれば、同じことを考えたであろう。天下国家のためという大義名分のもとでは、人はいくらでも非情になれる。

「いっそ、根来者を牢へ差し向け、毒を飲ませようかと思うておる」

「それは、ならぬ」

崇伝は強い口調で言った。

「万が一、ことが露見したるとき、上野介どのは立場を失うことになる」

「されば……」

「拙僧にひとつ考えがある」

崇伝は薬湯の湯呑みを、ゆっくりと膝もとへおいた。

「袖の下を受け取った、受け取らないなどとは、さしたることではない。問題にすべきは、もっと別のことだと、人々の目をそらす」

「何のことだ」

「おわかりにならぬか、上野介どの。岡本大八、有馬晴信、いずれも同じ信仰を持つ切支丹でございましたな」

「いかにも、彼らは天主教の信者だが……」

「こたびの事件は、切支丹どうしのなれ合いから起きたもの。すなわち、そもそも天主教の信仰をゆるすこと自体に、事件のもとがあったのだ、と」

「世間の目を、天主教に向けるわけか」

「いかにも」

崇伝はうなずいた。

慶長十七年、二月——。

駿府城下の大久保長安邸で、岡本大八の詮議がおこなわれた。詮議の場には、大八の不正を訴え出た有馬晴信も呼ばれ、事件の当事者の直接対決となった。

あくまで、しらを切りとおそうとする大八に対し、動かぬ証拠を突きつけたのは有馬晴信である。

晴信は、大八が銀六百枚を受け取ったむねをしるした証文を差し出し、ここに大八側の収賄があきらかになった。たしかな証拠がある以上、反論の余地はない。

岡本大八は、いったん罪をみとめ、城内の牢に下獄されたものの、

(どうせ死罪になるなら、有馬晴信も道づれにしてくれる……)

と、獄中から訴えを起こした。

「有馬さまは、以前、南蛮との取引に口出しされたのを恨みに思い、長崎代官長谷川藤広さまを亡きものにせんと、はかりごとをめぐらしたことがございます。わたくしをお咎めになるなら、どうか有馬さまにも厳正なるお裁きを下されますように」

大八の訴えが事実とすれば、ただごとではない。

長崎代官は、幕府の西国出先機関にほかならない。その代官の暗殺をはかったということは、幕府に対し、謀叛《むほん》をくわだてたも同然である。

おどろいた駿府奉行がよくよく調べてみると、かつて長崎代官の干渉に腹を立てた有

馬晴信が、

「あのような代官、毒でも盛って殺してしまえ」

と、近習《きんじゅ》に命じていたことがわかった。

むろん、腹立ちのあまり、そのようなことを口にしただけで、晴信がじっさいに暗殺をおこなったわけではない。

しかし、暴言を吐いたのは、まぎれもない事実である。有馬晴信は申しひらきをすることができなかった。

足の引っぱり合いの結果、有馬晴信は甲斐国へ配流《はいる》。のち、切腹を申しつけられた。

岡本大八のほうは、駿府郊外の安倍河原で火刑に処せられた。

この間、崇伝と本多正純は、

――事件は切支丹の陰謀によるものだ。

との風評を流し、批判の矛先は一気に天主教へ向けられた。

ここに、大御所徳川家康は切支丹の取り締まりを強化することを決断。幕府直轄領、および旗本領での天主教を禁じ、京の教会堂を破壊した。

岡本大八事件の余燼《よじん》がおさまろうとするころ。

崇伝とともに幕府の外交政策にたずさわってきた閑室元佶が世を去った。

これにより、崇伝は幕府の外交を一手に掌握した。と同時に、元佶に代わり、長年の念願であった朱印状の発給をおこなうことになった。

空に、夏雲が湧いている。

駿府金地院の庭に、木々の葉陰から蟬しぐれが降りそそいだ。

「同じ暑さでも、海が近いだけ、駿府のほうが京より風がさわやかでござりますなあ」

方丈の縁側に腰をおろした六弥太が、白砂の庭に照り返す、まばゆい夏の陽射しに目をほそめながら言った。

六弥太は崇伝に呼びつけられ、今朝がた、駿府へ到着したばかりだ。

「心ばかりの手土産にございます」

六弥太が差し出したのは、奈良墨、美濃紙、それに明渡りの、

——海狗丸《かいくがん》

である。

海狗丸は、オットセイの陰茎と麝香鹿《じゃこうじか》、人参、淫羊藿《いんようかく》などを調合した漢方薬で、強壮に卓効がある。

昨年来、病気がちな崇伝の身を六弥太が案じ、長崎の出店から取り寄せたものという。

「京においでのころより、ご壮健な様子、まずは安堵《あんど》いたしました」

「わしには、天下の大舞台で力をふるうことが何よりの薬になるようだ。しかし、おま

えの心づかいは、身に沁みるようにありがたい」

崇伝のひとことに、六弥太は恐懼《きょうく》するような表情を見せ、

「もったいなきお言葉でございます」

「炎天下の旅で、さぞ疲れたであろう。まずは、暑気払いに清水で冷やした瓜でも食うがよい」

崇伝は手をたたき、寺の小僧に冷やした瓜を運ばせた。

「これはありがたや」

六弥太が目じりに皺を刻んだ。

もともと浅黒い肌が陽に灼《や》け、すすで燻《いぶ》したような色になっている。真っ黒な顔のなかで、そこだけ皓《しろ》い健康的な歯並みが瓜を嚙み、不精髭のはえた顎をつたってみずみずしい果汁がしたたり落ちた。

崇伝にとって、六弥太の存在は、同じ幕閣にある本多正純や盟友の板倉勝重などとも、まったく意味がちがう。幼いころから心を打ち割って付き合ってきただけに、自分をつくろわずに語り合うことができる得がたい友である。

その六弥太の、長年にわたる無私の友情にむくいるため、自分は何をしても足りぬと考えている。

「このたび、おまえを駿府へ呼び出したのは、ほかでもない。一刻も早く、渡したいも

のがあったからだ」

「何でございます」

かぶりついていた瓜から顔をあげ、六弥太がいぶかしげな目をした。

「おまえが、欲しがっていたものだ」

と言うと、崇伝はかたわらにあった黒漆塗りの筥《はこ》のふたをあけた。

筥のなかから、崇伝が取り出したのは、杉原紙《すぎわらがみ》の包みであった。

「約束を果たすまで手間がかかったが、ようやくおまえにこれを渡せるときが来た」

「まさか、これは……」

「朱印状だ。これがあれば、おまえは大手を振って異国とのあきないをおこなうことができる」

「崇伝さま」

「ひらいてみよ」

崇伝にうながされるまま、六弥太はふるえる手で包みをひらいた。なかに、八つ折りにされた大高檀紙《おおたかだんし》が入っている。

発給されたばかりの朱印状である。

六弥太は朱印状をうやうやしく押しいただいたのち、中身に目を通した。

自日本到
安南国舟也
慶長十七年九月九日

日本から安南国（ベトナム）へ向かう船だと書かれた簡潔な文章の末尾に、三寸（約九センチ）四方ほどの巨きな朱印が押してあった。

九月九日とあるのは、じっさいの朱印状発給の日付ではなく、縁起をかついで吉日をしるしたものである。公式文書発給のさいには、吉日をしるすという習慣があった。

「何とお礼を申し上げてよいか」

六弥太の陽灼けした頬を、涙が濡らした。

「わしのほうこそ、詫びを言わねばならぬ。長いこと、おまえを待たせてしまった。これでおまえも、晴れて天下の大商人だ」

「まだまだ、わたくしごときは……」

「謙遜などするな。望みを捨てずに努力をつづけておれば、夢はかならずかなう。肥前呼子ノ浜でたがいの夢を語り合ったときから、二十余年。おまえもわしも、ようやくここまで来た」

「まこと、あのころはだいそれた夢ばかりが胸にふくらみ、よもやそれがかなう日が来ようとは思ってもみませなんだ」

「これからも、ともに手をたずさえ、裏とおもてから世のまつりごとを動かそうぞ」

「は……」

六弥太の顔が、かすかにかげった。

「崇伝さまに申し上げておかねばならぬことがございます」

「どうしたのだ、あらたまって」

「いままで隠していましたが、わたくしには安南に妻と子がおります」

「隠すほどのことでもない。おまえも一人前の男、妻子がいて当然だ。相手は、安南の女か」

「はい。安南の湊町ホイアンに、船でしばしば立ち寄るうちに、そのような仕儀になりました」

六弥太は目を伏せた。

異国人の妻を娶る者は、当時、そうめずらしくない。朱印船貿易家に、肥後出身の荒木宗太郎という男がいたが、彼は安南滞在中、国王の重臣に気に入られ、その娘ワカクトメを妻にし、長崎へ連れ帰っている。

そういう開けた時代である。六弥太が異国人の妻を持っても、とくに異とするにあたらない。

崇伝はこだわりなく、

「そのようなことなら、妻と子を連れて来ればよい。日本で一緒に暮らすがよかろう」

「いや、あれは向こうにいたほうが幸せです。向こうにおれば、切支丹の信仰を捨てよと迫られることもありませぬ」

「切支丹だと……」

崇伝はにわかに表情を険しくした。

「そなたの安南人の妻は、天主教徒なのか」

「妻ばかりではございませぬ。わたくしも……」

と、六弥太は小袖の衿元を割って、首にかけていたものを取り出した。銀のロザリオだった。

「まさか、おまえまで切支丹にかぶれたか」

「申しわけございませぬ、崇伝さま」

六弥太が、崇伝の前にがばと両手をついた。

「ならぬ、六弥太。それだけは、絶対にならぬぞ」

「ほかのことならば、何なりとお言いつけに従います。しかし、これぱかりは、わたくしの心のうちのこと。なにとぞ、ご容赦下さいますように」

「幕府の禁令に逆らうというのか」

崇伝の白皙《はくせき》の面貌《かお》が、かたくこわばった。

「逆らうなどとは、露ほども思っておりませぬ。ただ、信仰だけは……」

「捨てられぬと申すか」

「はい」

六弥太の双眸《そうぼう》に、揺るぎのない決意がみなぎっているのを、崇伝は見てとった。

(何ということだ……)

胃の奥から苦いものがこみ上げてきた。

天主教の急速な教勢拡大を恐れ、家康に禁教を進言したのは、ほかならぬ崇伝自身である。いまのところ、切支丹禁教令は幕府直轄領と旗本領のみにかぎられているが、近いうちに禁制は全国におよぶはずだ。

法度に反して天主教の教えを信じる者は、大名といえども国外追放。かつて、豊臣秀吉が禁教令を出したときと同じく、遠からず、諸国に切支丹弾圧の嵐が吹き荒れるはずである。

崇伝は、幕府の宗教政策の責任者として、率先して切支丹を撲滅せねばならない立場にあった。その崇伝の無二の友が、よりによって天主教徒であるなど、断じて、あってはならない。

「考えを変えるわけにはいかぬか、六弥太」

つとめて表情をやわらげ、崇伝は説き伏せるように言った。

「おまえは、まだまだこれからだ。長年の夢だった朱印状を、ようやく手にできたというのに、むざむざそれを捨て去る気か」

「…………」

膝のうえで握りしめた崇伝の拳が、小刻みにふるえた。

「何とか思いなおしてくれ。わしは、つまらぬ邪教にかぶれ、みすみす没落していくおまえの姿を見たくはない」

「天主教は、邪教ではございませぬ。神《デウス》のお言葉には、禅の教えにはない、弱き者の心を救いたもうこの世の真実《まこと》があります」

「わしが、頭を下げて頼み入ってもゆずれぬか」

「ゆずれませせぬ」

崇伝と、六弥太の目が合った。

これまで、崇伝が見たことのない反撥するような六弥太の目であった。

「痴《し》れ者がッ！」

崇伝は手にした中啓《ちゆうけい》を、思わず投げつけていた。

中啓が六弥太の眉間にあたった。

はね返った中啓が、カラリと音を立てて畳の上に転がる。

六弥太の眉間が裂け、傷口から血がしたたり落ちた。

「従わぬというなら、朱印状はやれぬ」

唇を引き結んだ六弥太のいかつい顔を見て、崇伝は言った。

六弥太は、鼻のわきをつたい落ちる血をぬぐおうともせず、まっすぐに崇伝を見つめ返すと、

「神《デウス》の信仰は、何ものにも代えられませぬ。どちらかをえらべとおおせになるなら、朱印状をあきらめるしか、しかたありますまい」

「あきないより、信仰が大事か」

崇伝の言葉に、六弥太は無言でうなずいた。

いささかの迷いもないといった、決然たる表情であった。

「ばかめがッ！」

崇伝は吐き捨てた。

胸の底から、怒りが湧いた。平素、感情に流されることの少ない崇伝が、湧き起こってくる怒りの渦に我を忘れた。

「おまえを見そこなっておった。終生、わしと同じ道を歩むことのできる、肚《はら》のすわった男と思っていた」

「何とでも、おっしゃってくださいませ。わたくしは、崇伝さまとは別の道を歩みだし

てしまったのでございます」

「天主教を棄てぬというなら、わしはおまえと訣別せねばならぬ。それでもよいのか、六弥太」

「信仰のためなら、いたしかたございませぬ。道を引き返すことはできぬのです」

「…………」

これ以上、

(何を言っても無駄だ……)

と、崇伝はさとった。

こうと決めたら一徹な友の気性を、崇伝は幼いころから知り抜いている。

六弥太は、まっすぐな男であった。崇伝は、自分にはない六弥太のたくましさに魅かれ、今日まで友情を深めてきたのである。

だが、その六弥太の意思の強さが、いまとなっては鉄の壁のように感じられた。

(六弥太……)

崇伝は唇を噛んだ。

いつしか、六弥太に対する怒りが、潮が引くように消え失せている。かわりに崇伝の胸を満たしているのは、氷雨のように冷えびえとした感情だった。

「わかった。もはや、何も言うまい」

庭のカエデの梢を見上げ、崇伝はつぶやくように言った。

ああおとした葉が、風にさわいでいる。

「お許しくださいませ、崇伝さま。すべて、わたくしのわがままでございます」

六弥太が畳に額をすりつけた。

その姿を、崇伝は冴えた目で見すえながら、

「朱印状は無効」

「承知いたしております。もとより、覚悟はできておりますれば」

「のみならず、今日より、そなたはこの国で一切のあきないをおこなってはならぬ」

「は……」

「さきごろ、幕府直轄領で切支丹が禁じられたことは存じておろう。そなたは、その法度をおかしたる大罪人だ。幕府の威令にそむく者への見せしめとして、私財はことごとく没収。京および長崎の店も、打ち壊しとする」

崇伝は、乾いた声で告げた。

あまりに冷厳な言葉であった。今日まで、六弥太が築き上げてきたものを、何もかも奪い取るのである。

だが、

(どうすることができる……)

崇伝は胸のうちで叫んだ。

自分は、家康から徳川幕府の宗教政策をまかされている。その自分が、切支丹は危険と見きわめ、排除することを決めた。

幕政にかかわる者として、法をおかす人間は厳罰に処さねばならない。たとえ相手が、無二の親友であってもである。

「いずれ、禁教令は全国におよぶ」

内心の煩悶《はんもん》はおもてに出さず、崇伝は言った。

「………」

「いまのところ切支丹を保護している大名も、やがては幕府の命に従うであろう。そうなれば、この国でおまえたち切支丹が生きる場所はない」

「それもまた、やむなし。神が、われらにあたえ給うた試練でございましょう」

「試練か」

「はい」

六弥太がおだやかに微笑した。

「恨むなら、わしを恨んでもよい。いまのわしには、これしかできぬ」

「お恨みするなど、とんでもない。崇伝さまのお気持ち、六弥太には痛いほどわかっております。かえって、崇伝さまのおかげで、迷いの霧が晴れました」

「迷いとな？」

崇伝の問いに、六弥太はうなずき、

「わたくしは安南の妻子とともに暮らすべきかどうか、ずっと悩んでおりました。しかし、いつまでも踏ん切りがつかず、今日まで迷いつづけてきたのです。やはり、わたくしの生きる道はひとつしかない。そのことが、よくわかりました」

故国との訣別を決めた六弥太の顔は、むしろ晴ればれとして見えた。

六弥太が京と長崎の店をたたみ、安南へ去ったのは、その年の秋の終わりのことである。安南では、国王阮潢《グエンホアン》の妃《きさき》（のちの明徳皇太后）の篤い切支丹信仰により、天主教信者は保護されていた。

崇伝は、風の噂に六弥太の旅立ちを聞いた。

寂しさをおぼえぬといえば嘘になる。六弥太とは、幼少のころから苦楽をともにしてきた仲である。

だが、感傷にひたっている暇は崇伝にはない。

翌、慶長十八年四月――。

家康の側近のひとり、大久保長安が世を去った。前年の夏、脳溢血で倒れた長安は、病の床から立ち上がることができず、無念の死をとげたのだった。

岡本大八事件で、長安らの《大久保派》に押しまくられていた《本多派》は、これを好機とみて、一気に反撃に出た。

本多正信、正純父子は、

——大久保長安は生前、不正な蓄財をおこない、謀叛をたくらんでいた。

との風評を、家康の耳に入れた。

たしかに、長安には以前から、佐渡、伊豆、石見の鉱山開発や、全国各地の代官領からもたらされる莫大な利益を不正にふところに入れて、私腹をこやしているのではないかとの〝黒い噂〟があった。

本多父子は、長安が死んで弁明ができないのをいいことに、対立派閥の《大久保派》のもっとも痛いところを衝いたのである。

調べてみると、不正蓄財はまぎれもない事実であった。駿府の大久保長安の屋敷の蔵からは、七十万両という莫大な金が発見された。

それみたことかと、鬼の首を取ったように騒ぎたてたのが《本多派》である。

「長安は不正にたくわえた黄金をもとでに、旧主の武田家を再興し、徳川幕府の転覆をくわだてていたのだ」

事実はどうであったにせよ、当の長安がこの世にいない以上、反論のしようがない。

死人に口なしとはこのことである。

大久保家は、私財没収のうえ、改易《かいえき》。

長安の七人の息子たちは、各地へおあずけのすえ、切腹を申しつけられた。また、長安の嫡男の妻の実家、信濃松本城主石川康長ほか、大久保長安とかかわりの深かった大名、代官の多くが連座、失脚した。

長安事件で世が騒然としているさなか、崇伝は、

——公家衆法度《くげしゆうはつと》

を起草した。この法度は、徳川幕府が朝廷および公卿の権限を規制する法令にほかならない。

つづいて、崇伝が書き上げた、

——勅許紫衣法度《ちよつきよしえはつと》

により、それまで天皇が独自におこなってきた高僧に対する紫衣のゆるしは、幕府の許可なしではできぬこととなった。

もはや、京の朝廷は徳川幕府のあやつり人形にひとしい。

国家安康

大坂城本丸――。

その大奥の庭に、葡萄《ぶどう》の木がある。

かつて、故太閤秀吉が、北政所《きたのまんどころ》ねねのために植えさせた木であった。

大坂城についてしるした『西城細書』なる書物にも、

――此北脇に稲荷の社あり。此所大きなるぶどうの木、または白藤、柿、榎《えのき》あり。

と、しるされている。

太閤が植えさせたのは、日本に古来からある山葡萄ではなく、南蛮貿易によってもたらされた葡萄の木であった。

葡萄は夏の終わりに、美しい翡翠《ひすい》色の実をみのらせる。

その葡萄の実を狩るのが、大坂城の大奥に暮らす女官たちの、ひそやかな楽しみとなっていた。

「なんと、きれいな実でございましょう。翠《みどり》の房が陽にすけて、まるで宝玉のようではございませぬか」

「そばにいるだけで、甘い香りに指まで染まりそうですこと」

手に小籠を持った若い女官たちが、木のまわりで華やかな笑い声をあげた。

着飾った女たちが葡萄狩りに浮き立つさまは、さながら花のまわりを群れ飛ぶ蝶のようである。

（このような平穏なときが、いつまでもつづけばよいが……）

少し離れた縁側で、葡萄狩りのようすを眺めていた紀香は、かすかに眉をひそめた。

大坂城大奥では、紀香は、小宰相ノ局と呼ばれている。

秀頼の生母の淀殿と、奥を取り仕切る大蔵卿ノ局がもっとも信頼を寄せる女官のひとりである。

ひかえめながら才知があり、面倒見のよい紀香は、若い女官たちのあいだにも人望があり、姉のように慕われていた。

「小宰相ノ局さまも、こちらへおいでなされませ。わたくしたちだけでは、葡萄が摘みきれませぬ」

「そのように、夢中になって摘まずともよい。城の庭にやってくる鳥のために、少しは実を残しておいておあげなさい」

紀香は澄んだ陽射しに目をほそめた。

女官たちがふたたび、木の下ではじけるように笑う。これくらいの年ごろは、何をしていても楽しくてならぬものである。

(わたくしにも、あのようなときがあった……)

紀香の耳には、若い女官たちのみずみずしい笑い声が遠いものに聞こえた。

紀香が豊臣秀頼や淀殿にしたがい、大坂城内に暮らすようになってから、はや十五年がたつ。

その間、さまざまなことがあった。

天下分け目の関ヶ原合戦で、石田三成ひきいる西軍方が敗れ、徳川家康が天下人となった。秀頼は、摂河泉六十五万七千石の一大名になり、大坂城は世のまつりごとの中心ではなくなった。

しかし、豊臣恩顧の大名である、

加藤清正

浅野幸長《よしなが》

福島正則

らは、表面は徳川幕府にしたがいながらも、心ひそかに大坂城の秀頼をあるじとあおいできた。

彼らは、いずれ天下の覇権を徳川から取り返さんと願っている大坂方にとって、かぎりなく心強い存在であった。

だが、もっとも忠義心に篤かった加藤清正が、二年前に病死（あまりに急な死であったため、徳川方に毒殺されたのではないかとの噂もあった）。

知らせでは、浅野幸長も紀州和歌山で病の床についているという。

（この先、大坂城はどのようになるのであろう……）

紀香の心は、不安に揺れ動いていた。

若い女官たちのように、美しいもの、めずらしいものを見て、素直に心を浮き立たせることができぬのは、自分が年齢《とし》をかさねてきたせいだろう。

今日まで誰の助けも借りず、ひとりで必死に生きてきた。

崇伝への恋情を断ち切った紀香は、もはや二度と、男には心をゆるすまいと誓った。

過ぎ去った崇伝との恋には、苦い思い出しか残っていない。

（あの方はしょせん、まことが通じる相手ではなかった……）

いまにして思う。

紀香にとって、崇伝は遠い過去の存在であり、いまは駿府の家康の智恵袋となって、大坂城を窮地におとしいれる憎い敵《かたき》のひとりでしかなかった。

その紀香の心に、ほころびが生じたのは、

「南禅寺の伝長老が重い病にかかり、明日をも知れぬ命だそうだ」

と、人に聞かされたときだった。

足もとが揺らぐような気がした。自分でもわけのわからぬ衝動に突き動かされ、局の壺庭に咲く貴船菊を摘んで、大坂城を抜け出し、金地院の門前にたたずんでいた。

(自分のなかに、まだこんなに激しい炎が残っていたのか……)

紀香は我ながら、おどろかずにいられなかった。


「おお。今年もまた、太閤殿下お手植えの南蛮葡萄がみごとに実りましたのう」

紀香がとどけた翡翠色の果実を見て、大蔵卿ノ局が目尻に皺を寄せた。

大蔵卿ノ局のいる中段ノ間から一段上がった上段ノ間に、草花模様の華麗な小袖をまとった淀殿がいる。

「この葡萄を見るたびに、太閤殿下のご遺徳がしのばれる」

淀殿は言った。

四十七歳になる淀殿は、かつて太閤秀吉をとりこにした凄艶な色香が影をひそめ、いまはただ気性の強さばかりが目につく、二重顎にたっぷりと脂ののった中年の婦人になり果てている。

この大坂城では、あるじの秀頼でさえ母の意向にみだりにそむくことができず、淀殿は気まま放題にふるまっていた。

「お方さま、どうぞお召し上がりくださいませ」

大蔵卿ノ局がすすめる銀の金椀《かなまり》の葡萄を、淀殿が一粒つまんだ。

すずやかな果実を口に入れた淀殿の目から、突然、ひとすじの涙がこぼれた。

「いかがなさいました、お方さま」

大蔵卿ノ局をはじめ、その場にいた十人ほどの女官が狼狽《ろうばい》して腰を浮かせた。

「葡萄が酸《す》うございましたか」

「そうではない」

淀殿の目は、怒ったような蒼白い光をためながら虚空を見すえている。

「太閤殿下、ありし日のことを思い出したのじゃ。殿下が北政所さまのために植えた葡萄を、この茶々が駄々をこねてねだった」

「さようなことがございましたのう」

そのころを知る大蔵卿ノ局は、懐かしげにうなずいた。

「あのころは、ひとつとして思いがかなわぬことがなかった。天下の大名はこぞって殿下の前にひれ伏し、忠誠を誓った」

「まことに」

「しかるに、どうじゃ」

淀殿は柳眉《りゅうび》をつり上げ、

「大名どもは、いまや太閤殿下の重き御恩を打ち忘れ、江戸の幕府に尻尾を振っておるではないか。それを思うと悔しゅうて、悔しゅうて、しぜんと涙がこぼれてまいるのじゃ」

「お胸のうち、お察し申し上げまする」

女たちは口々に言い、なかにはもらい泣きをする者もいる。

むかしが恋しいといっては泣き、関東は横暴じゃといっては悔しがるのは、大坂城大奥では日常茶飯事といっていい。女たちはみな、往時の栄華が忘れられぬのである。

「ときに方広寺のほうはどうなっておる、小宰相ノ局」

その場の沈んだ空気を打ち払うように、大蔵卿ノ局が紀香に言った。

京の東山の方広寺は、豊臣家の菩提寺《ぼだいじ》である。

亡き豊臣秀吉の菩提をとむらうため、徳川家康のすすめで秀頼が建造に取りかかったものだった。

慶長七年、作事がはじまり、本堂の大仏殿は完成に近づいた。が、翌年暮れの火事のために焼失。それから七年の歳月をへて、ふたたび着工の運びとなった。

大仏殿は、昨年の春に完成し、いまはまわりを囲む回廊などの建物を造っている。

「片桐且元どのよりうかがいましたが、鐘楼もじきに完成となり、海内無双《かいだいむそう》の大鐘が吊るされるそうにございます」

紀香は、つつしみ深く目を伏せて言った。

「おお、さようか」

大蔵卿ノ局が膝を打った。

「さぞ、立派な鐘であろうのう」

「はい」

と、紀香はうなずき、

「何でも、鐘に刻む銘文は、東福寺の清韓和尚《せいかんおしよう》がお書きになるとか」

「それはよい。清韓どのと申せば、五山随一の名文家として知られておいでじゃ。亡き加藤主計頭（清正）どのも、清韓和尚に私淑し、領国の肥後熊本に呼んだと聞いておる」

「清韓和尚は京へもどり、いまは南禅寺で加藤さまの菩提をとむらっておられます」

「南禅寺……」

と聞いて、大蔵卿ノ局がかすかに眉をひそめた。

「まさか、清韓どのは、金地院の大欲山《たいよくざん》悪長老と親しくしているわけではなかろうの」

「……」

思わず、紀香は言葉に詰まった。

大蔵卿ノ局の言う、

──大欲山悪長老
とは、南禅寺金地院のあるじ、以心崇伝の蔑称にほかならない。

駿府の家康につねに影のように寄り添い、朝廷や豊臣家工作に辣腕《らつわん》をふるう崇伝を、大坂城の女たちは蛇蝎《だかつ》のごとく憎み、嫌悪していた。

「あの者は関東の威光を笠にきて、帝《みかど》に対し奉っても、僭越《せんえつ》なふるまいが多いそうじゃ。先日は、片桐のもとに大坂城内の切支丹を取り締まるようにとの、高飛車な書状を送りつけてまいった。おのが分際もわきまえず、大坂に指図するとは無礼千万」

「まことに……」

大蔵卿ノ局に相槌を打つ紀香の声は弱々しい。

憎いかたきだとわかってはいても、崇伝に対する悪口雑言は、やはり聞きづらい。


そのころ──。

崇伝は京にいた。

二条の京都所司代屋敷、二階の庇《ひさし》にかけた竹簾を、秋の気配を感じさせる涼風が揺らしている。

枝ぶりの大きな松柏がえがかれた二階の書院の間には、崇伝のほかに、所司代の板倉勝重、そして伊勢津城主の藤堂高虎がいた。

「洛東の方広寺が、いよいよ竣工に近づいたようでござるな」

客に迎えたふたりの男に交互に視線を投げ、板倉勝重が言った。

「鐘楼には、大仏開眼にあわせて大鐘が吊るされるとや申す。かほど湯水のごとく寺社造営に浪費しても、大坂城の金蔵は底をつく気配を見せようとはせぬ。太閤の遺金とは、じっさい、はかり知れぬものじゃ」

崇伝、勝重とともに大坂城潰しの密謀にかかわる藤堂高虎が、白髪の目立ちはじめた眉をひそめた。

六十八歳の板倉勝重と五十七歳の藤堂高虎にはさまれ、四十代なかばの崇伝はひときわ若い。

が、実務では家康の信頼第一の勝重、権謀術数にたけた高虎にはさまれてなお、崇伝の存在感は巌《いわお》のように重かった。

「大御所さまは、ことをお急ぎになっておられます」

崇伝は、まるで自身が家康であるかのごとく、威厳をはらんだ声で言った。

「もはや、大坂城の財が尽きるのを待ってはいられぬ。自分の体が壮健なうちに――できれば、ここ一両年のうちに片をつけねばならぬとの思し召し」

「一両年と申されてものう……。何の咎もない者に、こちらから喧嘩を売るわけにもいかぬ」

板倉勝重が、かたわらの高虎と困惑したように目を見合わせた。

崇伝は間をおかず、

「ならば、喧嘩のタネを探し出せばよろしゅうございましょう」

「いかにして?」

と、高虎。

「とにかく、大坂城から目をはなさぬことです。大坂城が兵糧《ひようろう》、武器弾薬を買い入れるなど、不穏な動きをみせておらぬかどうか。長宗我部盛親《ちようそかべもりちか》、毛利勝永《かつなが》、明石掃部《かもん》、真田幸村ら、関ヶ原牢人と密書のやり取りをして、幕府転覆の陰謀をくわだてておらぬかどうか」

「それでも、ほころびを見いだせぬときは、何とする」

藤堂高虎の射るようなまなざしに、崇伝は微笑をもってこたえた。

「そのときは、言いがかりであれ、こじつけであれ、無理にでも火ダネをつくり、こちらから喧嘩をしかけるまで」

「ひとたび開戦となれば、どれほどの人数が大坂に入城いたすであろうか」

上方の治安をつかさどる京都所司代、板倉勝重の関心事は、すでに大坂方との開戦後の話へと移っている。

「大坂には、潤沢な金がある。その金に引き寄せられる者、および名誉の働き場をもとめる関ヶ原の牢人、あわせて七万は下らぬであろう」

藤堂高虎が冷静に分析する。

「七万か」

勝重は口のなかで言葉をころがし、

「こちらは、諸国の大名に号令をかけ、動員できる勢は二十万余といったところでござろうの」

「さよう」

関ヶ原合戦のおりには東軍の左翼にくわわり、獅子奮迅《ししふんじん》のはたらきをした高虎が、顎を引いて重々しくうなずいた。

「城攻めには、俗に城方の二倍から三倍の勢がいると申す。二十万の兵が味方にあれば、城攻めをおこなうにまずまず不足はなかろう。されど、最大の難物はその城じゃ」

高虎の表情は浮かない。

高虎のみならず、板倉勝重、そして崇伝の脳裡にも、瞬間、ありありと、

——大坂城
の威容がよみがえった。

大坂城は、城造りの天才といわれた太閤秀吉が、持てる英知と財のかぎりを尽くして

築き上げた難攻不落の大城郭である。

まず何よりも、立地がよい。

大坂城は、南の堺方面からのびる上町《うえまち》台地の最先端に築かれている。丘陵の北のはしを天満川が洗い、東は平野川、河内川、巨摩《こま》川が流れる低湿地帯。西は難波の海に囲まれているという、まさに天造堅固の要害の地であった。

秀吉がとくにこの地をえらび、城を築いたのも十分にうなずける。

ただし、ひとつだけ弱点があった。

川や湿地でかぎられていない丘つづきの南側が、無防備なのである。

生前の秀吉も、そのことは気にしており、

「もし、大坂城を攻めんとする者があれば、かならず南からやってくるであろう」

と考え、城南に深い空堀《からぼり》をうがち、さらに高々と土塁を築いて有事にそなえた。

それが、高津から玉造まで東西一直線につづく、

——惣構《そうがまえ》え

である。

いずれにせよ、大坂城を攻め落とすのは、容易な仕事ではない。

大坂方とのいくさで、不安要因はほかにもあった。

「旧豊臣恩顧の大名どもが、いかように出るかでございますな」

崇伝の端整な貌《かお》を、庇から吹き込む風がなぶって過ぎる。

小姓が茶を運んできた。

宇治の茶商、上林《かんばやし》家がおさめた初昔《はつむかし》の茶で唇をしめらせたのち、

「福島正則は、まず動くまい」

断ずるように、藤堂高虎が言った。

賤ヶ岳七本槍のひとりで、秀吉子飼いの家臣だった福島正則は、去る関ヶ原合戦において、石田三成憎しの思いから徳川家康の東軍方についた。いまは広島城主として、備後安芸に四十九万八千余石の大封をあたえられ、唯々諾々《いいだくだく》と幕府にしたがっている。

その腑抜けぶりをあざけってか、高虎は頰に冷笑を浮かべ、

「広島城にはなった諜者の知らせでは、近ごろ、福島は昼夜を問わず酒におぼれておると申す。そのような男に、いまさら幕府に刃向かう気骨などあろうはずがない」

「しかし、万が一ということもございます。気をゆるめず、目をはなさぬことでありましょうな」

と、崇伝はクギを刺すことも忘れない。

「肥後熊本の加藤家はどうであろうか」

板倉勝重が、諸大名の動きに通じた高虎を見た。

「加藤も、大事なかろう」

高虎は自信を持っている。

「先代の加藤清正在世中ならばいざ知らず、跡を継いだ息子の忠広はまだ若い。家中の老臣どもは二派にわかれて、たがいに相争い、大坂に味方するどころではない」

「その家中の争いを、かげで焚《た》きつけているのは、ほかならぬ藤堂どのご自身ではござらぬか」

崇伝は皮肉に笑った。

藤堂高虎は、大御所家康より、加藤家の監視を命じられている。つい先年も、ふたりの目付《めつけ》を連れて肥後国内をくまなく巡検し、加藤家領内の国情を調べあげて家康に報告している。

これに基づき、幕閣は筆頭家老の加藤美作《みまさか》を更迭《こうてつ》し、代わりに加藤右馬丞《うめのじょう》をその座にすえて、家臣団の分断をはかった。崇伝が言うのは、そのことである。

「それよりも気になるのは、切支丹どもの動きじゃ」

高虎の言葉に、

「同じことを、駿府の大御所さまもおおせでございました」

崇伝は深くうなずいた。

「切支丹は、日本国中に三十万人いるとも、四十万人いるとも申しまする」

こと切支丹にかんしては、幕府の宗教政策にかかわる崇伝の専門分野である。

「むろん、彼らの多くは武士ではございませぬが、大坂方とのいくさにさいし、切支丹が各地で蜂起し、騒擾《そうじょう》を起こせばどのようなことになるか」

「たしかにそのような騒ぎが出来《しゅったい》いたせば、大坂城攻めどころではなくなろう」

板倉勝重が、温顔をくもらせた。

崇伝はさらに言葉をつづけ、

「京を追われたロドリゲスなる宣教師が、大坂城へ逃げ込んだとの噂もござります。噂がまことなら、切支丹と大坂方が手を組む恐れあり」

「それは、ゆゆしきことじゃ」

藤堂高虎の声が、思わず高まった。

「わしも加藤家巡察のおり、肥後国内を歩いたが、切支丹は思ったよりも、はるかに深く根をはっておった。あれは、流行病《はやりやまい》のようなものじゃ。鎮西《ちんぜい》（九州）では、五人にひとりが天主教に入信しているとも聞いておる」

「藤堂どのがお耳にされたのは、けっしておおげさな話ではございませぬ。拙僧も、鎮西の南禅寺末寺の者より、同様の報告を受けておりますれば」

「伝長老」

と、高虎が落ちくぼんだ眼窩《がんか》の奥の底光りする目で崇伝を見た。

「そなたの力で、切支丹を何とかできぬのか。かの者どもが大坂と結託してからでは手遅れじゃぞ」

「むろん、策は考えておりまする」

「手ぬるい策では焼石に水じゃ。大御所さまは、まだイスパニアとの交易にこだわり、禁教令を日本中に触れ出すことをためらっておられるのか」

「大御所さまには大御所さまのお考えがございます」

崇伝は冷たく言った。

たしかに、幕府がいまだに、切支丹禁教令を直轄領以外におよぼしていないのは、イスパニアとの交易がもたらす利益に、家康が多少の未練を残しているためである。

だが、

（藤堂どのの言うとおり、いつまでも切支丹勢力をこの国に残しておくわけにはいかぬ……）

ことをかまえる前に、憂いは取りのぞいておかねばならなかった。崇伝のみならず、大坂城との決戦を急ぐ家康にも、当然、同じ思いがあろう。

三者による密談を終えた崇伝は、いったん駿府へ引きあげ、年のうちにふたたび上洛の途についた。

崇伝のあらわした『本光国師日記《ほんこうこくしにっき》』、慶長十八年十一月の条によれば、

――小《こ》晦日《つごもり》夜、船にて大坂へ下る

と、ある。

日記にあるとおり、崇伝は十一月二十九日の夜、京の南禅寺を出て、鳥羽《とば》から川船で大坂へ下った。

大坂入りしたのは、豊臣家家老の片桐且元に会うためである。

城下の禅寺に且元を呼びつけた崇伝は、

「大坂城内に、幕府の禁令をおかして京より逃亡した伴天連《バテレン》宣教師が逃げ込んだとの風聞がある。事実とすれば、はなはだ遺憾なる儀なり。幕府に対し、豊臣家に異心ありと取られても仕方ござらぬな」

「あ、いや……。お待ち下され、伝長老」

且元はおおいにあわてた。

近江生まれの且元は、万事に合理的かつ現実的な考え方を持っている。それゆえ、いつまでも太閤在りしころの夢を追っている淀殿などとはちがい、豊臣家は江戸幕府の一大名として生き残りをはかるべきだと考えていた。

生き残るためには、たとえいささかでも、幕府に不審を持たれる行動を起こしてはならない。

「さような風聞、何かの間違いにござる。幕府のご禁制にそむいたる伴天連を、大坂城がかくまうはずもなし」

こめかみに脂汗《あぶらあせ》を浮かべ、且元は必死に抗弁した。

「しかと、まことであろうな」

「神明に誓って」

「城内の何者かが伴天連をかくまっていることを、片桐どののみがご存じないということもある」

「ま、まさか、さような……」

崇伝のひとことに、且元が顔面を真っ赤にした。

まるで、自分は城内の事情をまったく把握していない、無能な家老だと言われたようなものである。

「とにかく」

と、崇伝は尊大な態度を崩そうともせず、

「さような事実が大坂城内にあるや否や、即刻、お調べあるように」

「は、は……」

「ことの黒白《こくびゃく》が判明し次第、京都所司代屋敷にご報告なされよ」

突き放すように言いはなち、崇伝は席を立った。

十二月朔日《ついたち》、崇伝は大坂から京へもどった。

同月七日、京を発し、十二日駿府着。

崇伝が駿府城へ登城すると、家康は一足ちがいで江戸へ向かったあとだった。その家康のあとを追うように、崇伝は急ぎ江戸へ下った。


江戸へ着くなり、崇伝に大仕事が待っていた。

「切支丹禁教令の起草をせよ」

ついに、家康が禁教令を日本国中におよぼすことを決断したのである。

意を決したとなると、家康の行動は早い。

「一両日中にも、禁教令を触れ出す。明朝までに、かならず書き上げるように」

壮者のごとく、

——爛《らん》
と、まなこを輝かせる家康の前に、崇伝はつつしんで平伏した。

切支丹禁教令は、かつて豊臣秀吉の時代に一度、発布されたことがある。そのとき、起草の任にあたったのは、秀吉の侍医兼参謀の施薬院全宗であった。

時代はめぐり、このたびは家康の参謀の崇伝が、禁教令の起草にあたる。

政権は代わっても、為政者にとって切支丹が、天下を治めるために邪魔な存在であることに変わりはない。

夕刻——。

江戸城内の役宅へ引きあげた崇伝は、さっそく文机《ふづくえ》に向かった。

筆をとりながら、ふと、海の向こうの安南へ去った六弥太のことを思い出した。

(ばかなやつ……)

腹立たしさとともに、取り返しようのない喪失感が込みあげた。

六弥太が去ってから、崇伝は孤独だった。

日々、忙しく立ち働き、さまざまな人間と顔を合わせているが、そのうちの誰ひとりに対しても、崇伝は心をゆるすことがない。

幕閣のうちで、比較的親しい板倉勝重、本多正純であっても、それは同じである。いまは、政治的に手を結んでいるが、それがいつ敵に変わるともしれない。喉がヒリヒリするような緊張がある。

それは灼《や》けた砂の上を歩くような苦痛でもあり、快感でもあった。

いまにして思えば、その苦痛をやわらげていたのは、六弥太の変わらぬ友情であったことが身に沁み入るようにわかる。

「ばかめ……」

文机の上のまっさらな紙を見つめ、崇伝は誰に言うともなくつぶやいた。

そして、おもむろに書きだした。

乾《けん》を父となし、坤《こん》を母となす。人の生、その中間におき、三才これにおいて定まるか。夫《そ》れ日本はもとよりこれ神国なり。陰陽を測らず、これを名づけて神という。聖の聖となし、霊の霊となす。誰か尊崇せざるや……。

崇伝が「切支丹禁教および伴天連追放令」を書き上げ、ようやく筆をおいたのは、翌早暁、一番鶏が時を告げるころであった。

崇伝の書き上げた、

――切支丹禁教および伴天連追放令

は、将軍徳川秀忠の名において、ただちに発布された。

これにより、日本国内における天主教の信仰は禁止。伴天連宣教師はことごとく、国外へ追放される運びとなった。

じっさいに法令を実施する総奉行を命ぜられたのは、大久保相模守忠隣《ただちか》である。

かつては、幕閣で本多佐渡守正信と権勢を二分した実力者も、この春におきた〝大久保長安事件〟のために、すっかり影がうすくなり、影響力がおとろえていた。

「これぞ、名誉回復の絶好の機じゃ」

大久保忠隣がおおいに張り切ったのは、いうまでもない。

年明けとともに上洛した忠隣は、藤堂高虎の京屋敷に腰をすえ、意欲的に切支丹の取り締まりにあたった。

京に二ヶ所あった教会堂を破壊。

宣教師は家財没収のうえ、国外追放。

辻々に、

——基督教《キリスト》を捨てざる者は、みな焚死の刑に処す。

との高札を立て、火刑用の柱を準備した。

忠隣は切支丹の名簿を手に入れ、熱心な信者の家屋敷を有無を言わさず取り壊し、彼らを京より追い出した。

改宗をすすめてもしたがわぬ婦女子は、裸にして俵につつみ、市中引きまわしのうえ、見せしめとして河原にさらすという手荒な手段も取った。

突然、吹き荒れた切支丹弾圧の嵐に、京の人々からは怨嗟《えんさ》の声があがり、憎しみは総奉行の大久保忠隣に向けられた。

切支丹の受難は、京だけにとどまらない。

大坂では、豊臣家家老の片桐且元が切支丹の摘発を命ぜられた。

そもそも且元は、家康腹心の崇伝から、

「切支丹をかくまうは、幕府に対する謀叛《むほん》も同じ」

との警告を受けている。いやでも、やらざるを得ない。

大坂城内で、天主教の信者たる者はすみやかに名乗り出よと触れを出したところ、三百人の者が名乗り出た。このうち、棄教をせまってもしたがわなかった者五十八名は、俵を着せられ、市中を引きまわされた。

且元が肝《きも》を潰したのは、みずからの侍医が、

「わたくしも切支丹でございます」

と、名乗り出たときであった。

マグダレナの洗礼名を持つ侍医は、自分も仲間と一緒に苦しみを分かち合いたいと願ったが、且元はこれを説き伏せ、ことが明るみに出るのを防ごうとした。

やがて――。

京、大坂ではじまった切支丹の迫害は、全国に波及した。

切支丹弾圧の嵐が吹き荒れるさなかの慶長十九年、一月末――。

幕閣内で政変が起きた。

取締の総奉行、大久保忠隣に謀叛のくわだてありとして、配流《はいる》を命ずる決定が下されたのである。

その日のうちに、老中奉書が急使をもって江戸から京へ送られた。

知らせを受け取った京都所司代板倉勝重は、処分を本人につたえるべく、大久保忠隣の宿所をおとずれた。

このとき――。

忠隣は将棋をさしていた。

「配流だと？」

忠隣は盤上から視線をはなさず、勝重に問い返した。

「罪状は何だ」

「幕府に対するご謀叛にござる」

勝重が言った。

「本多めの策謀か」

手にしていた飛車の駒を盤上におき、忠隣は唇を嚙んだ。

忠隣の睨んだとおり、ことは本多正信、正純親子が仕組んだ罠であった。本多親子は、政敵の忠隣を失脚させるべく、忠隣が京へ行っているあいだに政変を起こした。

「ことは遺恨なり」

一瞬、忠隣の顔が怒りにゆがんだ。

が、大御所家康自身が忠隣の幕閣からの追放を容認したことを知ると、六十二歳の老臣の表情は、怒りから静かなあきらめに変わった。

（かくなるうえは、抗弁してもむなし……）

と、悟ったのであろう。

事実——。

忠隣と交際のあった南光坊天海が、とりなしをおこなっても、家康は一度下した断をついにくつがえすことはなかった。

家康とて、大久保忠隣が無実であることは知っていたであろう。

しかし、大坂の豊臣家との決戦を前に、幕閣内が《大久保派》と《本多派》に分かれ、いつまでも内部抗争しているのは、なんとしても好ましくない。幕閣の結束をはかるため、家康はあえて一方の《大久保派》を切り捨てたのだった。

大久保忠隣は、鉄砲その他の武具をすべて板倉に差し出したのち、配所に下った。

政争に敗れた忠隣が、失意の暮らしを送ったのは、近江国栗太郡上笠村（現、滋賀県草津市上笠町）であった。

つたえによれば、忠隣は配所にあてられた庄屋の六郎衛門方で、朝から晩まで家の柱に向かって正座し、黙然と過ごしたという。

人に言いたくても言えなかった無念の思いが、彼の胸には死ぬまでわだかまっていたにちがいない。

大久保忠隣が改易《かいえき》に処されると、幕政は本多正信、正純親子の握るところとなった。本多正純と親しい崇伝も、これにより大幅に発言力を増した。

崇伝は大御所徳川家康のそばに、つねに影のごとくしたがった。

外交、および宗教政策にかぎらず、朝廷との交渉、諸大名の仕置きにいたるまで、家康が崇伝の意見を聞かぬということはない。

——大名の生き死には、伝長老（崇伝）の胸三寸にある。

と、まで噂されたほどである。

家康の歓心を買わんとする大名や、朱印状の発給をもとめる商人は、先をあらそうように崇伝に貢《みつ》ぎ物を贈った。

氷砂糖、書画、陶器、絹織物、さまざまな品が、金地院の蔵にあふれた。貢ぎ物にそえて、大枚の金銀を差し出す者も少なからず、寺の納所《なっしょ》はうるおった。

揺るぎなき地位を手にした崇伝は、実家の一色家の再興をはかることにした。

一色家は、室町時代以来つづく武家の名門である。それが、崇伝の父の代に、足利将軍家の衰退とともに没落し、いまは廃絶同様になっていた。

崇伝は、いとこにあたる一色範勝《のりかつ》が洛北に逼塞《ひっそく》していると聞き、すぐに人をやって呼び寄せた。

範勝を家康に引き合わせ、一色家の再興を願い出ると、

「一色家は、清和源氏につらなる名家である。失われるのはいかにも惜しい。二千石で召し抱えよう」

家康は即座にゆるしをあたえた。

この一事をもってしても、崇伝の家康に対する影響力が、いかに大きかったかがわかる。

いつしか世の者は崇伝のことを、

――寺大名
と、呼びならわすようになった。

姿は法体《ほったい》だが、政治的な力は大名と変わりないという意味である。いや、いまや崇伝は、並の大名がとうていおよぶべくもない権勢をおのが手につかみ取ったと言っていい。

また、ある者は崇伝を、

――黒衣《こくい》の宰相
と呼んだ。墨染の衣を着た僧侶でありながら、一国の政治を動かしているという意味である。

女忍者の霞が崇伝のもとにあらわれたのは、六月末の月のない夜であった。

「方広寺の梵鐘《ぼんしょう》の銘文の写しが手に入りました。何かのお役に立てばと、持参いたしま

した」

大坂方の動きをさぐらせるため、崇伝は半年前から、霞を大坂城内の雑仕女《ぞうしめ》として仕えさせていた。

「梵鐘の銘文か」

「はい」

「たしか、銘文は韓長老がしたためたのだったな」

崇伝はつぶやいた。

「さようでございます。豊臣家では、この七月にも大仏の開眼供養をおこない、鐘のつきぞめをおこなうと聞いております」

「うむ……」

崇伝は銘文の写しを受け取った。

「ほかに何か大坂で変わったことは」

「いまのところございませぬ」

「何かあればすぐに知らせよ」

「はっ」

霞が去ってから、崇伝は銘文に目を通した。

銘文を書いたのは、清韓《せいかん》である。

清韓は、五山のひとつ、東福寺出身の僧で、肥後の加藤家に長らく寄寓し、豊臣家との縁浅からぬ人物であった。また、五山有数の名文家としても名高い。

崇伝は文章を何げなく目で追った。

(下らぬ文章だ……)

崇伝は、途中で読むのをやめようとした。

べつだん、毒にも薬にもならぬ、言祝《ことほ》ぎの美辞麗句がつらなっているだけである。

が——。

次の瞬間、崇伝の視線が動かなくなった。食い入るように、ただ一点を凝視する。

(これは……)

崇伝の口もとに、かすかな笑みが浮かんだ。

翌朝、崇伝は輿《こし》を仕立て、駿府城へ登城した。

城内二ノ丸、東御門内にある本多正純の屋敷に輿を乗りつけた崇伝は、取り次ぎを通さず、正純の居室へすすんだ。

正純とは、それほど親しい。

「これは、伝長老」

突然入ってきた崇伝を見て、正純がおどろいた顔をした。

崇伝は正純の前にすわった。

ふところに入れてきた銘文の写しを、畳の上にひろげる。

「これは？」

正純が怪訝な顔をした。

「豊臣家がこのたび落慶供養をおこなう、方広寺の梵鐘に刻まれる銘文です」

「それが、どうかいたしましたかな」

「大坂城に喧嘩を仕掛ける、格好の口実をとらえたのです」

「と申されると？」

文章の専門家でない正純には、銘文を一読しただけでは、何のことか見当がつかない。

「おわかりになりませぬか」

崇伝は太く笑った。

「これなる一文をご覧《ろう》ぜられよ」

口辺に笑みを浮かべたまま、崇伝は銘文の終わりのほうを指さした。

所庶鑴者
国家安康
四海施化
万歳伝芳

君臣豊楽
子孫殷昌
…………

「ここにある『国家安康』なる四文字」

と、崇伝は膝をすすめ、

「額面どおり読めば、国が安泰たらんことを祈念しているように見えます。しかし、子《し》細《さい》にながめるに、〝家〟と〝康〟の二文字、すなわち家康さまの御名が、もったいなくも真っ二つに引き裂かれてござる。これぞ、豊臣家の叛《はん》意《い》のあかし。幕府に対する公然たる挑発にほかならず」

崇伝は獲物を見つけた鷲のように、目をするどく光らせた。

「加うるに、『国家安康』の文字の少しあとに『君臣豊楽』とある」

崇伝は手にした白扇で、そこをしめし、

「これは、大御所さまの首をとったあと、豊臣を君として末永く楽しむとの意が込められております。かような呪いの言葉を鐘に刻むとは、言《ごん》語《ご》道《どう》断《だん》。天を恐れぬ所業とは、このことなり」

「ううむ……」

と、本多正純がうなった。

家康が呪われたことに恐怖したのではない。

銘文のなかにささいな糸口を見つけ、そこに、幕府側にとって都合のいい解釈をあたえた崇伝の知謀の冴えに、肚《はら》の底から感嘆したのである。

「まさか豊臣家も、大御所さまを本気で呪うつもりで、かような文言《もんごん》を銘文に入れさせたわけではなかろうが」

正純がうすく笑った。

崇伝は表情を変えず、

「じっさいに、彼らが呪詛《じゆそ》をたくらんでいようがいまいが、われらにとっては同じ。豊臣家の菩提寺たる方広寺の梵鐘に、このような忌まわしい銘文が刻まれたことこそ問題にすべきでござろう」

「いかにも」

と、正純がうなずいた。

それ以上、何も話し合わずとも、ふたりの考えは完全に一致している。

銘文を口実にして、豊臣家に難癖《なんくせ》をつけ、手切れのきっかけとする——それは、取りもなおさず、大坂方との決戦を望む大御所家康の意にかなうことでもあった。

「大御所さまも、さぞお喜びになるであろう。さっそく、大御所さまのもとへ参上しようではないか、伝長老」

　本多正純が嬉々として腰をあげた。

「いや。拙僧はこれより、すぐに京へのぼらねばなりませぬ。大御所さまには、上野介どのよりご報告下され」

「京へゆくのか」

「はい」

　崇伝は目の奥を冷たく光らせ、

「京で五山の長老どもに密かに会ってまいります。彼らを一堂に集めて、銘文の解釈をおこなわせ、豊臣家の謀叛の意を天下にあきらかにする下準備です。権威ある五山の長老が言うこととなれば、世の者どももこれをみとめましょう」

「さすがに伝長老、智恵がまわる」

　正純が、うっすらと笑った。

　慶長十九年七月――。
　徳川家康は豊臣家に対し、方広寺大仏開眼供養の延期を命ずる使者を発した。

駆け引き

豊臣家の菩提寺《ぼだいじ》、

――方広寺
は、いまも京都の東山に現存している。

〝寺〟とはいうが、じっさいにおとずれてみると、寺らしいたたずまいがいっこうに感じられない。町の古びた集会所のような本堂と庫裏《くり》が軒を並べている。

今日、創建当時のおもかげをつたえているのは、わずかに大鐘と石垣のみ。

境内《けいだい》の鐘楼にかかるこの大鐘こそ、呪詛《じゆそ》の疑いありと徳川幕府に因縁《いんねん》をつけさせるきっかけを与えた、いわくつきの鐘にほかならない。

大鐘を見にやってくる観光客のためだろう。鐘に刻まれた銘文のうち、

「国家安康」

「君臣豊楽」

の部分が、わざわざ白い塗料で囲ってある。

方広寺のみどころといえば、この大鐘くらいで、豊臣秀頼が再建したという青銅の大仏は残っていない。高さ十九メートルあったといわれる大仏は、寛文年間の地震で倒れた。そのとき鋳つぶされて、〝大仏銭〟と呼ばれる貨幣になった。

ともかく――。

今日の寺運おとろえた方広寺とちがい、慶長十九年当時の方広寺は、新造なったばかりの大仏殿を中心に、京の東山に威容をほこっていた。

駿府の徳川家康が、

――開眼供養を延期せよ
と、言ってきたのは、儀式がおこなわれるわずか三日前のことである。

そのとき、豊臣家は大仏の開眼供養の準備におおわらわであった。

開眼供養には天台宗五百人、真言宗五百人、あわせて千人の僧侶が招かれることになっている。すでに、六百石の餅がつかれ、三千樽の酒も用意されていた。

突然の申し入れに、

（いったい、何があったのだ……）

豊臣家家老の片桐且元はおどろいた。

家康が延期を命じてきた事情が、さっぱりわからない。

書状には、

「鐘の銘文に不吉の文字あり」

と、書かれているのみである。

不吉の文字ありと言われても、銘文は〝洛陽無双の智者〟といわれる名文家の清韓が書いたもので、どこにも落ち度はないはずだった。

ようやく事情が呑み込めたのは、且元が京都所司代屋敷に板倉勝重をたずねたときだった。

「右のような次第である。ご自分が呪詛されたと知り、大御所さまはいたくご立腹《りっぷく》なされておいでじゃ」

京都所司代の板倉勝重は、片桐且元に対し、開眼供養延期にいたった事情をおもおもしく告げた。

「呪詛などとは誤解にござる」

勝重の説明を聞いて、片桐且元は全身にどっと汗が湧いた。

もとより、豊臣家に呪詛の意思などあるはずがない。

呪ったところで、

（いまさら天下の覇権が、豊臣家の手にもどる道理がないではないか……）

少なくとも、家老の且元自身は、まじない、その他の迷信のたぐいをいっさい信じぬたちだった。

「鐘の銘文は、たまたまそのような形になっただけのこと。大御所さまを呪詛したてまつる意思など、毛頭ござらぬ」

且元は額に噴き出る汗を拭き拭き、必死に弁解した。

「片桐どのにそのように言われても、潔白をあかす証拠がないでのう」

板倉勝重は厳しい顔で返答する。

じつは、駿府の家康より内々に、大坂方が何を言ってこようと、冷たくあしらうようにと命じられているのである。

「証拠と申されても……」

且元は答えに窮した。そのようなもの、あるはずがない。

一方の板倉勝重は、それを見こしたうえで、

「ともあれ、銘文に大御所さまの名を寸断して入れたのは、まぎれもなき事実。困ったことになりましたな、片桐どの」

「どうすれば、大御所さまに二心《にしん》なきことが信じていただけようか」

わらにもすがりたい思いで、且元は聞いた。

「さあて……」

「板倉どの、何かよいお智恵はないであろうか」

板倉勝重は鼻のわきを撫で、しばらく考え込むように黙っていた。

やがて、口をひらくと、

「まずは何より、駿府へ行かれることでござろうな」

「駿府へ？」

「さよう。片桐どのご自身が、大御所さまに会ってじかに釈明されてはどうか。それがしに弁明するより、ずっと話が早い」

「なるほど……」

勝重の言うとおりだと、片桐且元は思った。

ことは、重大である。ぐずぐずしている暇はない。

且元は、あわただしく駿府へ向けて旅立った。

——八月十三日、晴、片桐市正《いちのかみ》（且元）、夜中駿府下向《げこう》云々。

と、醍醐寺三宝院義演《ぎえん》のしるした『義演准后《じゅごう》日記』にはある。

しかし——。

且元は、駿府に入ることをゆるされなかった。

駿府の西、安倍川をへだてた丸子《まりこ》の徳願寺に留めおかれ、居ても立ってもいられない焦燥感に駆られながら駿府よりの指示を待つこととなった。

豊臣家の家老、片桐且元という男について、少しふれておきたい。

片桐且元といえば、

——豊臣家を滅ぼした裏切り者

とか、

——家康がはなった大坂城のスパイ

といった汚名をきせられているが、筆者はかならずしもそうは思わない。むしろ、豊臣家の生き残り策をまじめに考えた、まっとうな男であったと思う。

且元は近江の人である。

小谷《おだに》城のふもとの須賀谷、いまの滋賀県浅井町に生まれた。

少壮のころ、賤ヶ岳の合戦で、

——七本槍

のひとりとして名をはせたものの、その後、パッとしたところがなかった。

豊臣秀吉在世中、同輩の福島正則や加藤清正が、それぞれ数十万石の大名に取り立てられていったのに引きかえ、且元はようやく一万石の大名になるのが関の山だった。

しかし、秀吉が世を去り、その後起きた関ヶ原合戦で有力大名たちが豊臣家から離れていくと、且元は一躍、秀吉遺児の秀頼を補佐する家老に成り上がった。

且元は、財務に明るく、事務能力にたけ、平和の時代にあっては、まさに家老にうってつけの人物であった。

天下の覇権が徳川家に移ったいま、豊臣家が昔の夢をむさぼりつづけることはむずかしい。

いささかの疎漏《そろう》もなく、ことあるごとに、冷静な政治判断を下さなければ、豊臣家の悲惨な末路は目に見えている。

片桐且元には、それが十分すぎるほどわかっていた。

いつまでも過ぎた栄華にこだわるのではなく、徳川幕府の一大名として生き残りをはかる。

すなわち、幕藩体制の枠組みのなかで、《豊臣家》をいかにうまく軟着陸《ソフト・ランディング》させるか
——ただその一事に、片桐且元はみずからの政治生命を賭けていたといっていい。

且元とはそういう男である。

丸子の徳願寺で、且元はまる二日待った。

三日目の八月二十日——。

且元は、ようやく駿府入りをゆるされた。

駿府城の対面所で、家康の名代《みょうだい》として且元の応対にあたったのは、崇伝と本多正純の

両名であった。

紫衣《しえ》をまとった崇伝は、袖を払い、悠然とすわった。

片桐且元とは、初対面ではない。

崇伝は徳川家の代表として、一方の且元は豊臣家の意思を代表する者として、これまでにも何度となく交渉の席についている。

（伝長老は苦手じゃ……）

片桐且元は、崇伝の前に出ると、なぜか自分がとてつもなく矮小《わいしょう》な人間になったような気がする。

大御所家康の威光を背景に、いまや日の出の勢いにある崇伝の前では、落ち目の豊臣家を背負った家老など、あってなきに等しい存在に思えてくるのである。

（ならぬ……。こたびばかりは、この男に負けてはならぬぞ）

且元は相手に気圧《けお》されぬよう、必死に気力をふるいたたせた。

「はるばる上方よりのお越し、ご苦労にござる」

本多正純が口をひらいた。

「用向きは、それがしと伝長老のふたりが承っておくようにと、大御所さまより申しつかっている。われらを大御所さまの代わりと思い、何なりとおおせになられよ」

「それは、困る」

片桐且元は表情をこわばらせた。

「このたびの方広寺梵鐘《ぼんしょう》の銘文の件、ぜひとも徳川さまにお会いし、誤解をといていただかねばならぬ。徳川さまにお取り次ぎくださるよう、伏してお願い申し上げたい」

「誤解とは何のことか」

崇伝は形のいい眉を吊り上げた。

「そもそも、梵鐘の銘文に『国家安康』『君臣豊楽』の不埒《ふらち》な文字が刻まれておるは、動かしがたき事実。いかな言いわけをなそうと、銘文にあらわれたる豊臣家の謀叛《むほん》のこころざしを消すことはできぬ」

「伝長老。あれしきのことで謀叛のこころざしありなどとは、あまりな申されよう」

「あれしきのことと申されるか」

崇伝は怜悧な顔で追及の手をゆるめない。

「恐れおおくも、大御所さまの御名を両断し、呪詛したてまつったのが、あれしきのことか」

「いや、だから、われらにそのような意思はなかったと申しておる」

片桐且元は、口のまわりの薄髭をふるわせて言った。

「あとになれば、言いわけは何とでもおできになろう」

「何と……」

「とにかく、大御所さまはいたくご立腹である。豊臣家の使いの者の顔など、見たくもないとおおせになっておられる。いつまで駿府におられても同じことゆえ、早々にお引き取り願おう」

崇伝の冷えびえとした声が、片桐且元の臓腑《ぞうふ》をえぐった。

片桐且元が丸子の徳願寺へ引きあげていったあと、崇伝と本多正純は今後の策を協議した。

「まずは、あれくらい脅しつけておいて、ちょうどよろしゅうございましょう」

崇伝は言った。

「しかし、あまりに追いつめすぎると、かえって世の同情が大坂方に集まるのではないか。ことあったときに、豊臣に味方しようという西国大名があらわれるかもしれぬ」

こちらから、いくさの火種《ひだね》をおこしているつもりだが、その肝心のいくさが長引いたり、厄介な展開となっては元も子もない。

正純は、そのことを案じている。

「ご心配にはおよびませぬ。世間から悪党呼ばわりされるのは、どのみち愚僧とご貴殿。大御所さまと豊臣のあいだを裂いているのは、われらふたりだと、世間に思わせておけばよいのです」

「損な役まわりだな」

正純がつぶやいた。

「何ごとも、天下を泰平ならしむるためにござりますれば、辛抱することです」

「伝長老は強い」

正純が鑽仰《さんぎょう》するように、改めて崇伝に向き直った。

「強い……。わたくしが？」

「さよう。人の非難や世間の評判など、いささかも恐れておられぬ。いかにすれば、さように強くあることができるのか」

「かいかぶりだ」

崇伝は皮肉に笑った。

「もしかすると、愚僧はほかの誰よりも弱き心を持った男かもしれませぬ。その弱みを見せぬため、あえて修羅《しゅら》の道を歩もうとしているのです」

「そんなものか」

「ほかに生きようを知りませぬ」

「生きようを知らぬといえば、大坂の片桐且元とて同じ。天下のまつりごとを動かしているわれらは、修羅のなかで生きるよりほかないのだ」

「まことに……」

とにかく、あともどりはできない。

ここまで来た以上、世間からどのような非難をあびようと、悪人と罵られようと、前へ突き進んでいくしかない。その覚悟は、とうの昔にできている。

丸子の徳願寺へもどった片桐且元は、再三再四、家康との会見をもとめてきた。

が、崇伝らはゆるさない。

断固として、強硬な姿勢をつらぬいた。

家康に会わぬうちは、大坂に帰ることもならぬ且元は、徳願寺でむなしい日々を過ごした。

この事態に業を煮やしたのは、大坂城の女あるじ、淀殿である。

「且元は何をしておるのじゃ」

淀殿は顔を紅潮させて激怒した。

もともと、淀殿は豊臣家の立場を弱めても徳川との融和をはかろうとする片桐且元のやり方を、こころよく思っていない。

そこへ、今度のもたつきである。

「もはや、男どもにはまかせておけぬ。大蔵卿ノ局、そちが駿府へ下り、家康どのに会ってまいれ」

淀殿は、腹心の大蔵卿ノ局に命じた。

駿府へつかわされることになったのは、大蔵卿ノ局のほか、
正永尼
二位ノ局
ら、淀殿気に入りの女官たちである。

その顔ぶれのなかに、小宰相ノ局こと、紀香もえらばれていた。

「そなたなら、経験、才識とも申しぶんなし。この大蔵卿を手助けしてくりゃれ」

気乗りのしない紀香であったが、大蔵卿ノ局に頼まれては、

「おおせにしたがいまする」

と、うなずくしかない。

（あの男と顔を合わせることになるのか……）

紀香は、いまや徳川方の交渉役として、豊臣家の前に巌《いわお》のごとく立ちはだかる崇伝を思った。

たがいに、いまのような立場で、再会を果たしたくはなかった。

（いまさら、何を臆している。あの男はもはや、わたくしとは何のかかわりもない赤の他人ではないか）

と言いきかせた。

大蔵卿ノ局をはじめとする淀殿の使いが、護衛の兵二十名にまもられて駿府へ下った

のは、それから三日後のことである。

一行は、片桐且元のように足止めを食わされることもなく、すんなりと駿府入りをゆるされた。

しかも、且元がいかに懇願しても対面を許可しなかった大御所徳川家康が、女官たちには喜んで会うという。

あらかじめ、且元の書状で徳川方の強硬姿勢を知らされていた大蔵卿ノ局は、むしろ拍子ぬけがした。

「片桐どのは、ちと役儀怠慢なのではないか。こちらが筋目正しくわけを話せば、さほどものわからぬ徳川どのではない」

大蔵卿ノ局ばかりでなく、使者の女官たちのなかに、片桐且元に対する疑いが生まれた。

が、紀香ひとりは、

(どうも話がおかしい……)

且元と、自分たちに対する徳川方の対応のちがいに、不審をおぼえた。

大蔵卿ノ局ら淀殿の使者は、駿府城の大広間で家康に対面した。

家康は上機嫌だった。

「大坂城の見目うるわしき上臈《じようろう》衆に囲まれ、枯木に花が咲いたごとく若返ったようじゃ」

満面の笑みである。

とても、鐘の銘文に腹を立て、豊臣家に謀叛の疑いありと難癖《なんくせ》をつけている張本人には見えない。

大広間には大御所家康のほかに、側近筆頭人の本多正純、金地院崇伝、天海、安藤直次、後藤庄三郎らが居並んでいる。

大坂方の使者の紀香と、家康側近衆につらなる崇伝のあいだは、ものの三間《げん》と離れていない。しかし、近いようで、その距離は果てしなく遠い。

紀香は視線を宙に這わせ、無関心をよそおいながら、崇伝の存在を強烈に意識していた。

「このたびは、方広寺鐘銘《しょうみょう》の件につき、大御所さまはいたくお腹立ちとのよし」

大蔵卿ノ局が、家康の顔色をうかがいながら、おそるおそる言った。

「腹を立てておると？　このわしがか」

「そのようにうかがっておりまする」

「局は、わしがささいな文字の行きちがいに目くじらを立てるほど、尻の穴の小さき男と思うてか」

「けっして、さようなことは……」

「であろう」

家康は扇で膝をたたいて磊落《らいらく》に笑い、

「はじめは、ちと気にせぬでもなかったがのう。秀頼どのが、わしに叛意をいだかれるはずがない。なにしろ、秀頼どのはわが孫お千の婿。徳川と豊臣の家は、親戚のあいだがらじゃ」

「ほんに、おおせのとおりでございます」

「わしは秀頼どのを信じておる」

「そのお言葉をうかがいますれば、大坂の淀のお方さまも、どのように安堵《あんど》なされますことか……」

大蔵卿ノ局の頰のたるんだ顔に、みるみる喜色がひろがった。

「さっそく大坂に立ちもどり、秀頼君、並びに淀のお方さまに、大御所さまのご存念をおつたえいたしまする」

「おお、そうするがよい」

家康は、人あたりのよい笑顔を口辺に浮かべたまま、

「このとおり、わしは秀頼どのを大事に思うておるのだが、豊臣家の家臣のなかに、大坂城に牢人どもを招き入れ、しきりといくさを煽《あお》り立てておる者がいると聞く。豊臣、徳川両家の末長き付き合いのためにも、さような佞臣《ねいしん》、一日も早く城より追い出されるようにと、淀殿におつたえあれ」

女たちと家康の会見は、半刻（一時間）ほどで終わった。

「大坂城の佞臣とは、はて、誰のことであろう」

会見のあと、丸子の徳願寺に引きあげた大蔵卿ノ局が、南蛮菓子の有平糖《あるへいとう》を食べながら言った。

「大御所さまのお口ぶりから察するに、あれは片桐且元めがことにちがいありませぬ」

正永尼が声をひそめる。

「これ、正永尼どの。寺の別棟には、片桐どのもおる。聞かれたら何とする」

大蔵卿ノ局は、あけはなたれた障子の向こうをちらりと見て、正永尼をたしなめた。

「なれど、大蔵卿ノ局さま。どう考えてもおかしゅうございます。わたくしどもにはあれほど寛大なる大御所さまが、片桐どのには一度も面会をおゆるしにならぬ。これは大御所さまが、片桐どのを、豊臣と徳川の仲を裂く佞臣と疑っておられるからにちがいありませぬ」

「そうよのう」

大蔵卿ノ局がうなずいた。

「そう申せば、近ごろ、片桐どのが新しく家臣を雇い入れているという噂を聞いたことがある。さだめし、大御所さまは、そのことで豊臣家に謀叛の疑いありなどと誤解されたのじゃ」

「とすれば、片桐どのこそ豊臣家にあだなす、まことの佞臣……」

「大蔵卿ノ局さまも、正永尼さまも、少し考えすぎではございませぬか」

と、異をとなえたのは、小宰相ノ局こと紀香であった。

「片桐さまは、豊臣家のおんためを思えばこそ、身をけずる思いで徳川との話し合いをなしておいでなのです」

「ほほ……」

紀香の抗議に、大蔵卿ノ局が手の甲を口もとにあてて笑った。

「そなたは、人を信じすぎなのじゃ。片桐が肚《はら》の底でなにを考えておるか、知れたものではない」

「しかし……」

「よいではないか。ともかく、大御所さまは、われらに二心なきことをわかって下された。これで豊臣家は、末長う安泰ぞ」

大蔵卿ノ局をはじめとする女たちは、豊臣家の将来を楽観視した。

が、紀香ひとりは、

（ちがう……）

焦燥感にかられ、思わず叫びだしそうになった。

（徳川方は、何としても豊臣家を取り潰したいと思っている。こたびの鐘銘をめぐる騒ぎが、このままでおさまるはずがない）

紀香は家康側近衆のなかで、ひとり、刃物のごとき冷徹な目をして、自分たちを見ていた崇伝のことを思い出した。

（あの方は、目的を達するためなら何でもする。そういう恐ろしいお方だ……）

紀香の背すじに悪寒が走った。


——崇伝は、目的を達するためなら何でもする。

と、思った紀香の直感はあたっていた。

崇伝は本多正純とともに、奇謀を弄《ろう》していた。

女官たちの一行を大坂へ帰したあとも、

「市正（且元）どのには、いま少し話したきことがある」

と言って、ひとり片桐且元のみは丸子の徳願寺に留めおいたのである。そのうえで、崇伝と正純は三日後に連れ立って徳願寺をたずねた。

人ばらいをし、寺の客殿で三人だけで膝詰めの話をする。

まず、口をひらいたのは崇伝であった。

「女人の使者では、まつりごとの話はできぬと大御所さまはおおせになられていた」

きりりと引き締まった表情である。一分の隙もない。

その崇伝に、片桐且元が言い返した。

「女人では相手にならぬと申されるが、ならば何ゆえ、徳川さまはそれがしに会って下されぬ。最初から会うて下さっておれば、大坂城の女官どもが駿府へやってくることもなかったものを……」

且元にすれば、愚痴のひとつもこぼしたくなる。

自分は家康との会見をゆるされなかったにもかかわらず、大蔵卿ノ局らがあっさり家康に会ったことで、豊臣家の家老たる且元の面子《メンツ》は丸潰れになっている。

「そのこと」

と、崇伝は且元を睥睨《へいげい》するように見すえた。

「こたびの件、大御所さまは一切の交渉を、この金地院と本多上野介の両名におまかせになられた。ご自身は、すでに老齢ゆえ、めんどうな交渉ごとは骨が折れるとおおせになられてな。話し合いは、われらと片桐どののあいだでつけば、それでよし」

「それは、おかしい」

且元が、やや苛立ったように声を荒らげた。

「ことは豊臣と徳川、両家の大事にかかわるのじゃぞ。かようなときこそ、徳川さまおんみずから、交渉の席にお出まし下さるのが筋というものではないか」

「これは異なことを」

崇伝は鼻先で笑った。

「片桐どのは、大御所さまがお出ましにならぬのがおかしいと申されるが、それこそ筋ちがいというもの」

「なに……」

「大御所さまご自身に会見をもとめられるのであれば、大坂方も秀頼君ご自身が駿府へ下ってまいられることだ。ちがうか、片桐どの」

「………」

「そのときは、大御所さまも、喜んで秀頼君にお会いになるであろう」

「………」

崇伝の理路整然とした物言いに、片桐且元は反論できない。

「とにかく」

と、本多正純が横から口を出した。

「われらは、おのおのの主君から交渉役をまかせられた者どうし。腹を打ち割って話し合い、両者にとって、もっともよき道を探ろうではござらぬか」

「もっともなり……」

且元はうなずくしかない。

交渉は、はじめから崇伝と本多正純が主導権を握っている。

片桐且元は、崇伝たちの手のうちでなすすべもなく翻弄《ほんろう》されているようなものである。

「されば、ご両所にあらためておうかがいしたい」

片桐且元が言った。

「徳川さまは、方広寺の鐘銘のこと、いまだにお怒りであろうか」

「いや」

と、正純は首を横に振り、

「大蔵卿ノ局にもおおせになられたとおり、大御所さまは一時のお怒りもとけ、いまは冷静になっておられる」

「まことか」

「まことじゃ。のう、伝長老」

正純の問いかけに、崇伝は目でうなずいた。

「それは重畳《ちようじよう》じゃ」

片桐且元はほっとした顔になった。

そこへすかさず、

「ただし、これにて、すべてがおさまったと思うてもらっては困る」

崇伝の言葉が飛んだ。

「大御所さまの、まことのご心配のタネは、鐘の銘文云々ではない」

「と、申されると？」

「これは、大御所さまご自身がおおせになられたことだが」

と前置きしたのち、崇伝は老齢の家康が、自身亡きあとの徳川と豊臣の関係を、しきりに案じていることを告げた。

「世間では、両家の仲をとやかく言う者もある。しかし、ようやく天下は泰平におさまり、戦乱のない世になった。いまさら、江戸と大坂のあいだに波風が立つようなことがあってはならぬ――となな」

「むろん、われらとて、いくさを望んでおるわけではござらぬ。それゆえ、こうして話し合いに来ている」

「お気持ちはわかる」

崇伝はうなずき、

「しかし、言葉にいつわりなきことを信じるためには、それなりのあかしというものがいる」

「あかしが……」

「さよう。はっきりと目に見える形で、豊臣家が幕府に叛意なきことをしめしていただきたい。さすれば、大御所さまもご納得なされよう」

崇伝は、片桐且元にむずかしい命題をつきつけた。

豊臣家が、幕府に対して謀叛の意思がないことを、明確な形でしめせ——と要求したのである。

「と、言われてものう……」

片桐且元は困惑した。

「いったい、どうやってあかしを立てればよいのか。それがしには見当もつかぬ」

「豊臣家の舵取りをまかされた片桐どのともあろうお方が、それしきの分別がつかぬはずがありますまい」

崇伝の言葉に、

「む、むむ……」

且元が顔を真っ赤にした。

「大御所さまが、いかにすればご安心召されるか、それを考えるのは片桐どのご自身。われらは、片桐どののお考えを大坂方の意思と思いなし、そのまま大御所さまにおつたえするまで。この先、豊臣家が生き延びるも滅びるも、すべてはご貴殿の肚ひとつにかかっておる」

自分たちのほうから和平の条件を一切しめさず、且元ひとりに責任を押しつけようというのである。

言外に、もし家康が満足する条件を出せなかった場合は、

──いつなりとも、いくさを仕掛けるぞ
という、恫喝《どうかつ》をにじませている。

そのことは、長いあいだ豊臣家を代表して、徳川方との交渉にあたってきた片桐且元にもよくわかった。

(体《てい》のよい脅しじゃ……)

且元は唇を嚙んだ。

しかし、脅しに逆上して交渉を決裂させては、それこそ徳川方の思うツボになる。家康は格好の口実を見つけたとばかりに、大坂へ攻め寄せてくるだろう。

(たとえ身を切り、血を流してでも、いくさだけは避けねばならぬ……)

且元の額に、脂汗《あぶらあせ》が光った。

「片桐どの、いかがか?」

本多正純が膝を乗り出した。

「いや……」

「そのように、かたくお考えになることはあるまい。何もわれらは、ご貴殿の首を差し出せと申しているわけではない」

首を差し出すくらいで、この苦しい局面が打開できるなら、

（いっそ、そのほうが楽だ）

と、且元は思った。

だが、且元の首ひとつで矛先をおさめるほど、徳川方は甘くない。

片桐且元の苦悩するさまを、崇伝は猫が鼠をいたぶるように、じっと眺めた。

（さて、どこまで折れてくるか……）

且元がいっときの感情に我を忘れ、暴発するような男でないことを、崇伝は百も承知している。

豊臣家生き残りのため、且元は必ずや思いきった譲歩をしてくるだろう――と、崇伝は読んでいた。

袴《はかま》の膝の上においた且元の手が、小刻みにふるえている。こめかみに血管が浮き、うつむいて畳を見つめる目が、しだいにうつろになっていくのがわかった。

長い沈黙が流れた。

相手に考える間をあたえるため、崇伝も、本多正純も、あえて声をかけない。十分すぎるほどの余裕をもって、且元の返答を待った。

しばらくして――。

片桐且元が顔をあげた。

そして、ややしゃがれた声で、三つの提案をした。

一、大坂城を明けわたし、他国へ立ち退くこと。
一、秀頼の母、淀殿を人質として江戸へ差し出すこと。
一、秀頼みずから江戸へ下り、和を請うこと。
このうちのひとつを、徳川どのにえらんでいただきたいと、且元は言った。いずれも、豊臣家にとっては、すこぶる屈辱的な条件である。

(なかなか、まつりごとをわかっている男だ……)

提案を聞いた崇伝は、且元を見直す気持ちになった。

たしかに、そこまで思いきった手を打たねば、とうてい豊臣家は生き残りをはかれない。片桐且元は、政治というものを知っている。

(しかし……)

はたして、且元以外の大坂城の首脳部――ことに、秀頼の生母の淀殿が、それらの条件を黙って呑めるのか。

且元の出した条件は、どれひとつとして、大坂方に受け入れられるはずがない。

だが、交渉の決裂にこそ崇伝らの狙いはあった。

「ご殊勝な提案である。われらさっそく駿府へ立ちもどり、大御所さまにご報告いたそう」

崇伝は言った。

話をまとめた片桐且元は、大坂へもどった。もどるなり、たいへんな事態が、且元を待っていた。

久方ぶりに大坂城へ登城した片桐且元は、城中の空気がどことなく変わっているのに気づいた。

人々の、自分を見る目がよそよそしい。一足先に駿府から帰坂した大蔵卿ノ局が、

「片桐且元どのに不審の動きあり」

と、言いふらしていたのである。

且元ひとりが駿府に留めおかれたのも、人々の猜疑に輪をかけた。

「ひょっとして、片桐どのは徳川方と何らかの密約を交わしたのではないか」

「家康にうまい話で誘われ、寝返るつもりではあるまいか」

という噂が、城中のいたるところでささやかれた。

じつは、さまざまな流説は、徳川方が大坂城内にはなった数人の間者が流したものである。疑惑が疑惑を呼び、本人があずかり知らぬ間に、大坂城での且元の立場は完全に浮き上がったものとなっていた。

知らぬは、且元ばかりであった。

そんな雰囲気のなか、駿府からもどった且元の報告がなされた。

大坂方に激震が走った。

且元は、大坂城を明けわたすか、淀殿を人質として江戸へやるか、あるいは秀頼自身が下向して和を請うか、豊臣家存続のためには、そのいずれかしか策はないと言った。

当然、淀殿は額に青すじを立てて怒った。

「さような不届きな条件、どれひとつとして呑めるものか。家康めは、わが豊臣家にそこまでせよと言いおるか」

「いや、三つの条件は、すべてそれがしのほうから言いだしたこと……」

「何じゃとッ！」

淀殿が、はっしと且元を睨んだ。

「そなた、秀頼君を裏切り、徳川の意を迎えんとして、そのような不埒《ふらち》なことを言いおったのじゃな」

「そうではありませぬ。それがしは、豊臣家のゆくすえを思い、よかれと思って智恵を絞ったのでございます」

「ええいッ、黙らっしゃい！」

淀殿は逆上した。

「そなたが家康めとしめし合わせているという噂は、やはりまことだったのじゃな」

「お静まり下され、淀のお方さま。どうか落ち着いて、話を……」

「裏切り者の顔など見とうもない。即刻、下がりおろうッ」

こうなると、もはや且元が何を言いわけしても、淀殿は聞く耳を持たない。

片桐且元は、苦渋に満ちた顔で御前を下がった。


片桐且元のしめした策は、政治的に見れば、きわめて妥当なものである。

関ヶ原合戦後、諸国の大名は生き残りのために、たいへんな努力をした。

たとえば、関ヶ原で徳川方に敵対した上杉家の場合である。

上杉家の舵取りをまかされていた執政の直江兼続は、思いきった奇策を用いた。

家康腹心の本多正信相手に、ギリギリの交渉を重ねた兼続は、正信の次男政重《まさしげ》を自分の養子にし、ゆくゆくは直江家を継がせようという破格の条件と引きかえに、ようやく上杉家の存続を勝ち得た。

すなわち、

「上杉家の内政はいっさい本多どのにおまかせする。生かすも殺すも、どうぞお好きなようにしていただきたい」

と、ひたすら恭順の姿勢をしめしたのである。

過去の怨恨や執着を捨て、相手のふところに飛び込んでみせる——それくらいの思いきりのよさがなければ、取り潰しをまぬがれることはできない。

もっとも、この本多正信の次男、のちに加賀百万石の前田家の執政に迎えられ、藩政を牛耳《ぎゅうじ》ることになる。外様《とざま》の前田家も、上杉家と同じく、幕閣に重きをなす本多正信とのつながりをみずからすすんでもとめたのである。

上杉家、前田家の屈辱的な生き残り策を見れば、片桐且元の三つの提案は、豊臣家にとってやむを得ない選択だったことがよくわかる。

もし、万が一――。

豊臣家が三条件をすべて実行し、大坂城を明けわたして、伊勢あたりの一大名となっていたら、その後の天下の流れはよほど異なったものになっていたにちがいない。

だが、人はなかなか過去の栄光を捨て去れるものではない。過去が華やかであればあるほど、昔の夢にすがりたくなる。

淀殿をはじめとする大坂城の首脳部は、ついに過去の栄光を捨てることができなかった。むかしの夢にこだわるあまり、現実を見失った。

とにかく――。

淀殿の怒りをかった且元への風当たりは、一気に強まった。

「片桐は、徳川方に内応したる謀叛人ぞ」

大蔵卿ノ局の息子で、淀殿の信頼あつい大野治長《はるなが》らが、口々に且元の非を言いたてた。

ばかりでなく、大野治長は兵をひきいて、大坂城二ノ丸にある且元の屋敷に攻め寄せた。

ことここにいたり、進退きわまった片桐且元は、大坂城を退去。居城の摂津茨木城《いばらき》へ引きあげた。


「そうか、そうか」

片桐且元の大坂城退去を聞いた家康は、相好《そうごう》を崩した。

このところ、目に見えて若返っている。

つねに、家康のそばにつき従っている崇伝には、それがよくわかる。

肌は、うちからつやつやと輝き、目の奥に力があった。

——大御所様、今度の仕合をお聞きなされ、大方もなく御若やぎなられ候。

と、側近の本多正信も、藤堂高虎にあてた手紙に書いている。

家康、このとき七十三歳。

平素から体に気をつかっているものの、さすがに寄る年波は隠しきれずにいたが、大坂での騒ぎを聞いたとたん、にわかに往年の精気がよみがえった。

いよいよ決戦近し——と見て、身のうちに流れる闘将の血が、熱く脈打ちだしたのである。

「正純も伝長老も、よくぞやってくれた。礼を申すぞ」

「ともあれ、且元が大坂におらぬとなれば、もはや大野治長らの主戦論に歯止めをかける者は、豊臣家にひとりもおりませぬな」
顔をあげた崇伝と、家康の目が合った。
家康は、
「伝長老の申すとおりじゃ」
と、満足げにうなずき、
「大坂方は、城内に天下からつのった牢人どもをあつめ、早々に、いくさ支度をととのえるであろう。こちらも、後れをとるわけにはいかぬ」
「江戸の将軍さまにも、お使者をつかわしまするか」
「急ぎ、そのようにせよ」
家康は崇伝に命じた。
と同時に、本多正純に申しつけ、
近江
伊勢
美濃
尾張
をはじめとする、東海道筋近辺の諸大名に、大坂征討の出陣命令をつたえる使者を送らせた。

ときに慶長十九年、十月――。

大坂の大城郭を囲む草地に、霜の降りはじめるころのことである。

大坂の陣

崇伝は、急ぎ京へ向かった。

上洛の理由は、京の天皇家や公卿の所持する古記録の写本をつくるようにと、家康から命じられたためである。

『日本後紀』
『扶《ふ》桑略記《そうりやつき》』
『類聚国史《るいじゆうこくし》』
『百錬抄《ひやくれんしよう》』
『明月記』

といった、古い歴史書や日記の写本をつくる一方、そのなかから、〃朝敵〃にかんする記述を探し出すというのが、崇伝にあたえられた秘密の役目であった。

大坂攻めの軍を発するに先立って、家康はすでに戦後の処理を考えている。

すなわち、豊臣家を攻め滅ぼすことで、逆臣の汚名をかぶらぬため、平将門《まさかど》や藤原純友《すみとも》、あるいは平家一門など、朝廷をおびやかした謀叛人《むほんにん》——すなわち〝朝敵〟に大坂方をなぞらえ、みずからはそれを討伐する忠臣たらんとしたのである。

苦労人の家康らしい、じつに用意周到な策である。

駿府から京への道中、東海道の宿場に到着するたびに、各方面からの書状を持った使者がつぎつぎ崇伝のもとにやってきた。

大坂城を出て、茨木の居城に引き籠もっていた片桐且元からも使いが来た。

且元の使者は、大坂城の内情を知らせる書状をたずさえていた。

痛くない腹を探られ裏切り者とそしられるなら、いっそ本当に徳川方についてしまったほうが得策と、且元なりに肚《はら》をくくったのである。

崇伝は、使者に、

「この書状を持って、駿府の本多上野介どののもとをたずねるがよい。大御所さまも、片桐どのを悪くはなさらぬだろう」

と、告げた。

状況は、刻々と動いている。

十月十日に駿府を発した崇伝は、同月十五日の夜、京の南禅寺に到着した。

翌朝、崇伝は京都所司代の板倉勝重をたずねた。

いかなるときも沈毅《ちんき》冷静な勝重が、めずらしく頰を紅潮させ、気負い立っている。

「大坂城の動きはいかがでございます」

崇伝は、勝重に聞いた。

所司代屋敷には、大坂城内にいる諜者から、つねに最新の報告が届いている。

「牢人どもが、ぞくぞくと入城いたしておる。大坂城には、太閤秀吉が残した莫大な遺金がある。関ヶ原で禄を失った食いつめ牢人どもには、願ってもない働き場所であろう」

「しかし、しょせんは烏合《うごう》の衆。金につられて頭数だけ集まったとて、恐るるには足りますまい」

「そうとばかりも言いきれぬのじゃ、伝長老」

板倉勝重が眉をひそめた。

「天下に名のとどろいた大物が、あいついで大坂に入城した」

勝重は抹茶をすすった。

「まずは、長宗我部盛親《もりちか》」

「四国の雄として、天下に名をとどろかせた長宗我部元親《もとちか》の一子でございますな」

崇伝も、盛親の名は知っている。

四国の覇者元親のあとを継ぎ、土佐一国二十二万二千石をあたえられていた長宗我部盛親は、関ヶ原合戦で西軍方につき、戦後、所領を没収されて浪々《ろうろう》の身となった。食うに困った盛親は、京の相国寺の門前に寺子屋をひらき、子供相手に手習いや算学などを教えてほそぼそと暮らしていた。

かつては、大封を領する大名だった男である。敗者はすべてを失うのが世のならいとはいえ、胸の底に、忸怩《じくじ》たる思いをかかえていたにちがいない。

そこへ、大坂城の豊臣秀頼から使いが来た。

いくさに勝利したあかつきには、

――土佐一国をあたえる。

と、盛親の心を激しく揺さぶるような条件を言ってきた。

(このまま、寺子屋の師匠で生を終えるよりは……)

盛親は、おのれの運を大坂城に賭けようと思った。

しかし、関ヶ原で徳川方に弓を引いた長宗我部盛親の行動は、つねに京都所司代の監視下にある。

一計を案じた盛親は、所司代の板倉勝重に対し、

――このたびの大坂城攻めでは、ぜひとも徳川どのにお味方し、軍功をあげて、小封にあずかりたい。ついては、紀州和歌山の領主浅野長晟《ながあきら》どのの軍勢に、与力として加わる所存ゆえ、和歌山への下向《げこう》をおゆるし願いたい。

と、許可をもとめ、服従をちかう誓紙《せいし》を差し出した。

「あれには、まんまと一杯食わされたわ」

板倉勝重は苦りきった表情になった。

「誓紙を取ったことでもあるし、そこまで言うならと、和歌山行きをゆるしたところ、やつはそのまま、大坂城へ入城してしまった。我ながら、まったくうかつであった」

『槐記《かいき》』なる古記録によれば——。

長宗我部盛親が相国寺門前の侘び住まいを出るとき、わずか二、三騎であった家来の者が、寺町今出川まで来たところで、弓や槍などを持った者二、三十騎が加わり、さらに寺町三条で二、三百騎が、伏見にいたるころには、なんと千騎にまでふくれあがっていたという。

大坂城入りした大物は、長宗我部盛親ばかりではない。

「加うるに、天下随一の、鬼謀《きぼう》の将が動いた」

勝重の表情が、ますます苦くなった。

「鬼謀の将とは、九度山《くどやま》の流人《るにん》のことでござりますな」

「さよう」

その流人の名は、天下につとに名高い。

真田幸村――。

戦国きっての策謀家といわれた信州上田の土豪、真田昌幸の次男である。

去る関ヶ原合戦のおり、真田昌幸、幸村の父子は西軍方に味方し、居城の上田城に立て籠もった。

そこへ攻め込んできたのが、東山道を西へ向けて進軍していた徳川秀忠の軍勢、三万八千である。

「このような小城、たやすくひねり潰せるであろう」

秀忠は頭から嘗《な》めてかかり、総攻撃を命じた。

だが、秀忠軍は真田父子の知謀を尽くした堅い守りに手を焼き、ついに城を落とすことができず、関ヶ原の陣に間に合わぬという大失態を演じるはめになった。

関ヶ原合戦後、信州上田の領地を召し上げられた真田父子は、紀州浅野家の監視下におかれ、高野山のふもとの九度山で流人暮らしを送っていた。

しかし、その間も、昌幸、幸村父子は、ただ手をこまねいて配所に閉じ籠もっていたわけではない。

幸村は独自に、

――真田紐

なる組紐を考案し、里の女たちにつくらせて、配下の忍びに行商をおこなわせた。

紐を売り歩かせたのは、ひとつには活動資金をかせぐためと、いまひとつは天下の情勢をさぐるという重要な目的があった。

大坂と関東の手切れの日は、遠からずやってくる。そのときを、真田父子はひそかに牙をとぎつつ、一日千秋の思いで待ち望んでいたのである。

しかし――。

幸村の父昌幸は、大坂開戦のときを待たず、三年前の慶長十六年、六十五歳で世を去った。

幸村のもとに、大坂入城をもとめる豊臣秀頼からの密使が来たのは、今年の九月のことである。

大坂入城を快諾した幸村は、酒宴をひらき、浅野家から流人の監視をまかされていた土地の庄屋、農民たちを酔い潰し、その隙に、庄屋の乗ってきた馬をうばって大坂へ馳せ参じた。

幸村のもとに集まった手勢は三百。もともと、信濃の小土豪だけに、兵の数は多いほうではない。

だが、幸村の知謀は、ひとりで千人、万人の兵にあたいすると言われた。

さらに――。

大坂城から誘いを受けたのは、豪勇をもって知られる、もと黒田家家臣の後藤又兵衛（主君の黒田長政との不仲がもとで、牢人していた）。

もと宇喜多家宰相の切支丹武将、明石全登《てるずみ》。

豊前小倉六万石の大名だったが、関ヶ原合戦で西軍について改易《かいえき》された毛利勝永。

いずれも、世に隠れなき、歴戦のつわものである。

彼らは、ある者は個人的な理由で、ある者は関ヶ原合戦で牢人を余儀なくされ、華やかな活躍の場を心の底から渇望していた。

そんな彼らの目に、太閤秀吉が築いた大坂城は、またとない働き場所として映じた。

天下一の大城郭、大坂城には、漢《おとこ》たちの渇いた心を熱くする何かがあった。眠っていた乱世の武士《もののふ》の血を沸きたたせる、何かがあった。

その魔力に吸い寄せられるように、諸国の牢人が大坂城をめざした。

その数、ゆうに十万を超える。

「あなどれぬ数じゃ」

板倉勝重が、喉の奥から声をしぼり出した。

「しかし、つまるところ、牢人は牢人。上に立って彼らをひとつに束ね、采配をふるう者なくば、しょせんは烏合の衆。それをなし得る者が、いまの大坂城にいるかどうか」

崇伝の双眸《そうぼう》が、青みを帯びた凄絶な光をはなつ。

「片桐且元退去のあと、大坂城内の実権を握った大野治長は、ただ秀頼どのの乳母子《めのとご》というだけの小物じゃ。さりとて、いくさなれした真田幸村や後藤又兵衛に全軍の指揮をまかせるほど、大坂城の首脳部の度量は広くあるまいて」

「まことに」

「しかし、何といっても、われらの前に立ちはだかるのは、太閤秀吉が人知を尽くして築いた難攻不落の城……」

表情をくもらせる勝重に、

「大御所さまも、それをご心配なされておりました」

崇伝は言った。

「城攻めにてこずり、一年、二年と、時がかかるようだと、まずいことになる。いまのところ、諸大名は徳川将軍家にしたがうむねの誓紙を差し出してはいるが、いくさがあまり長引くようだと、彼らのなかにけしからぬ考えを抱く者があらわれぬものでもない。ことに、薩摩の島津、長門の毛利あたりの動きが気になると……」

「大御所さまが、さようおおせになられたか」

崇伝は無言でうなずいた。

徳川家康が軍勢をひきいて駿府を発したのは、十月十一日のことである。

南禅寺へもどった崇伝は、家康にしたがって東海道を行軍中の本多正純にあてて、書状をしたためた。

――大坂城中の儀、日用《ひよう》など取り籠もり、むさとしたる様体と承り及び候。

すなわち、大坂方の兵は日銭をかせぐ傭兵《ようへい》にすぎず、いずれもむさくるしい姿の連中だと崇伝は書いている。

また、家康軍の先鋒をつとめる藤堂高虎にも、

――大坂城中へ少々、牢人衆入り候。日用同然と思し召され候。

と、同様の文を書き送った。

家康は、東海道を京までゆっくりとすすんだ。これは、家康が関ヶ原合戦でも用いた、得意の戦術である。

ゆるゆると兵をすすめつつ、敵軍の動き、諸国の大名の動静などをたしかめ、状況に応じて変幻自在に作戦を展開させていくのである。

もっとも、京にいる崇伝と板倉勝重には、気がかりなことがあった。

それは、家康が大軍をひきいて京の二条城へ入る前に、豊臣方が大坂城から打って出て、京へ攻め寄せるのではないかという風評である。

「万が一、そのような事態にいたったときは、二条城に立て籠もり、ひといくさするまで」

板倉勝重は、崇伝に向かって言った。

もともと勝重は武人としてではなく、有能な事務官として家康に仕えた男である。いくさには自信がないが、家康が上洛するまで、何としても二条城を死守せねばならないという悲壮な決意を固めていた。

その一方で、勝重は大坂城の近辺に隠し目付を走らせ、豊臣方に少しでも不審な動きがないか、抜かりなく網を張りめぐらしている。

十月二十日、勝重の網に大坂方の山伏がかかった。

——大坂より遣わさる山伏、六十人余り、二条近辺に放火せしめんとの企てあり、訴え人出て、二十人余り搦《から》め捕らる(『当代記』)

大坂方は、二条城周辺に火をかけさせるため、山伏六十余人を京へはなったという訴えがあった。板倉勝重は山伏のアジトを襲い、一味のうち、二十余人を捕縛した。

ほかにも、大坂城内では奇謀がくわだてられていた。

策を献じたのは、真田幸村、後藤又兵衛である。彼らは、家康軍が上洛する前に、機先を制し、宇治、瀬田をかためて迎え撃つべきだと主張した。宇治、瀬田は、源平合戦のころから、京畿方面の戦略的要地であった。

しかし、幸村らの積極策は、慎重派の大野治長によって握り潰された。

十月二十三日——。

家康は、京へ無事に到着した。

凍《い》てつく愛宕颪《あたごおろし》が吹きすさぶなか、崇伝は霜柱を踏んで家康を出迎えた。

「おんつつがなくご到着なされ、祝着《しゅうちゃく》しごくに存じます」

「うむ」

家康は行軍の疲れも見せず、上機嫌にうなずいた。

軽装である。

股引《ももひき》、羽織に草鞋《わらじ》ばきという、鷹狩りにでも行くようないで立ちで、甲冑《かっちゅう》はつけていなかった。

今回は関ヶ原合戦のときのような、生きるか死ぬかの切迫したたたかいではない。圧倒的に徳川方が有利であった。

家康は、天下仕置きの最後の仕上げを大坂でなさんとしているのである。

あとは、いかにして、その仕事を上手にやりおおせるか——たたかいの眼目は、ただ、その一点に尽きた。

「写本のほうはすすんでおるか、伝長老」

家康が聞いた。

「京都五山より、それぞれ十人ずつの能筆の僧侶を集め、古記録を写させております。むろん、〝朝敵〟にかかわる記述も、古書のなかより、ぬかりなく書き出させておりますれば」

崇伝は、かしこまって目を伏せる。

「よし」

と、家康は満足げな笑みを浮かべ、

「わしは、豊臣家を朝敵にしたい」

「御意《ぎょい》」

「さすれば、天下に恥じることなく、大坂城を攻め落とすことができようというもの。勅命のこと、帝《みかど》にあたりをつけてみたか」

家康のよく光る大きな眼が、崇伝を見た。

「幕府に意を通じる公卿どもに、帝のご意思をたしかめさせてはおります。しかし……」

「帝は、うんと言わぬか」

「はい」

崇伝は表情を厳しくした。

そもそも、今上《きんじょう》、すなわち後水尾帝は、徳川幕府の力によって帝位についた天皇である。したがって、幕府は、なにかにつけてうるさく口を出す。それが災いし、天皇は幕府に反感をいだくようになっていた。

今度の大坂城攻めにしても、そうである。

冷静に考えれば、大坂城の豊臣秀頼は、朝廷に仇《あだ》をなしたわけではない。それを幕府は、無理やり朝敵にしようとしている。

徳川の言うがまま、豊臣家追討の勅命を下すことは、天皇にとって大きな抵抗があった。

「どうしても帝のゆるしが得られぬときは、勝手にことを起こすまで。わしは、これ以上は待てぬ」

老いた家康は、断固たる意思を双眸にみなぎらせた。

家康は、二条城に、

藤堂高虎

片桐且元

を呼びつけた。

両人を呼んだのは、難攻不落とされる大坂城の弱点を問うためである。

藤堂高虎は、もと豊臣家の家臣であり、築城家としても一流であったため、大坂城のようすをよく知っていた。

片桐且元にかんしては、言うまでもない。ついこのあいだまで、豊臣家の家老であっただけに、城の櫓《やぐら》や門の配置、焔硝蔵《えんしょうぐら》のありか、淀殿や秀頼の寝所の位置まで、現状を正確に把握している。

且元を徳川方に引き入れたのは、崇伝だった。

摂津茨木の居城にあって、うつうつと楽しまぬ日々を送っていた且元は、家康側近の崇伝によしみを通じることにより、みずからの生き残りをはかろうとしていた。

豊臣家と徳川家のあいだで苦しい折衝《せっしょう》をつづけていた且元は、大野治長らに裏切り者とののしられ、兵を差し向けられて殺されそうになった。よって、豊臣家に何の未練もない。

しかも、崇伝からは、

「いままでは、豊臣家の家老というお立場ゆえ、何かと考えの行きちがいもあったが、大御所さまは片桐どのをひとかどの人物と見込んでおられる」

と、労をねぎらわれ、持ち上げられると、且元はますます、おのれの居場所を徳川方に見いだすようになった。

大坂城では、自分がどれほど正論を言っても、まともに取り合う相手はいなかった。

塵や芥《あくた》のごとく、且元は軽んじられていた。

しかし、崇伝はちがう。

且元の言うことに、いちいち、

「もっともなり」

と、うなずき、

「かほどの人材を城から追い出すとは、豊臣家も愚かなことよ。大野治長らの気が知れぬ。大坂方で唯一、話すに足る相手は、ご貴殿ひとりであろう」

などと、且元の自尊心をくすぐるようなことを言って、巧みに心を引き寄せた。

なかば世辞とはわかっていても、褒められれば悪い気はしない。

家康の御前に呼ばれて、絵図を前に城中のようすを説きはじめたとき、且元の心に罪悪感はうすかった。

むしろ、開き直り、すがすがしい気分になった。

「大坂城は、生玉口《いくたまぐち》の三ノ丸の堀が浅うございます。また、城南のそなえが手薄にござりますれば……」

且元は身ぶり手ぶりをまじえ、熱弁をふるった。

藤堂高虎と片桐且元から聞き出した情報をもとに、家康は大坂城攻めの手順を決めた。

——かようの大軍は日本はじまり候て、これあるまじき。

大坂城攻めのために上方へ集結した軍勢を見て、崇伝は日本開闢《かいびやく》以来の出来事と、『本光国師日記』に書いている。

徳川方の兵数、二十万。

野に軍馬が満ち、諸将のかかげる黄金色の馬印が輝き、色あざやかな旗指物《はたさしもの》が翩翻《へんぽん》とひるがえっている。

対する大坂城の豊臣方は、兵数十二万。

徳川方が、旗本や諸国の大名を中心に編成された正規軍であるのに対し、大坂城に籠もった兵たちの多くは、いまふたたびの乱世を夢見る牢人たちであった。

十一月十五日——。

徳川家康は京を発ち、大和路をすすんで大坂へ向かった。

相変わらずの軽装である。白の衣に繻子《しゅす》の軽衫《カルサン》、柿色の羽織を身につけている。

崇伝は、家康より遅れること五日、同月二十日の早朝に総勢六十人の寺侍、小者、僧侶をしたがえ、手輿《たごし》に乗って京を発した。

奈良をへて、摂津住吉《すみよし》の家康本陣に到着したのは、二十二日のことである。

——住吉の御本陣へ参着つかまつり候。すなわち、御前へまかり出づ（『本光国師日記』）。

これより、崇伝は本陣にあり、家康の相談役をつとめることになった。

いまひとりの相談役、南光坊天海も関東から駆けつけた。このふたりの僧侶は、つねに家康のそばにあって、

「敵方との交渉役」

「出陣の日取りの吉凶占い」

「敵退散の加持祈禱《かじきとう》」

などに、かかわることとなる。

崇伝が宿所としてあたえられたのは、住吉神社の近くにある、

――床菜庵《しようさいあん》
という寺だった。

境内《けいだい》はことのほか広く、崇伝一行が寝泊まりするには、まったく不自由がない。

緊張は、日々、高まった。

家康は宿所とした住吉社の神官津守家の客殿に、崇伝、天海をはじめとする、おもだった側近たちを呼び集めた。

津守家の客殿は二階づくりになっている。

その眺めのいい二階の大広間の縁側から、家康は松林の向こうを扇でしめした。

「みなの者、見よ。あれが、太閤秀吉が築いた古今無双の城じゃ」

凛々《りんりん》と冷たく澄みわたった冬空を背に、大坂城天守閣の金箔瓦が遠く輝いている。二里はなれた住吉からでも、その威容は、はるかにのぞむことができた。

「あの城を落とすことは、むずかしい」

徳川家康は言った。

「大坂城は、城造りの名人といわれた故太閤が、持てる英知のかぎりを尽くして築いた城じゃ。それを攻略できるや否《いな》や、こたびの城攻めは、言ってみればわしと故太閤との智恵くらべでもある」

君側に侍《はべ》る崇伝の目に、家康は嬉々として、その智恵くらべを楽しんでいるようにさえ見える。

「ありし日の太閤は、側近の者に城南のそなえが弱いと洩らしたとのよし、聞きおよんでおります」

崇伝の言葉に、

「そのとおりじゃ」

家康は深くうなずいてみせた。

「見てのとおり、大坂城は堺のほうからのびる上町の台地の北端に築かれておる。北、東、西を、それぞれ川や谷によって分断された天険の要害じゃ。しかるに、南の方角のみは台地と地つづきになっており、唯一、そこが弱い」

「その弱点を克服すべく、太閤が台地をさえぎるように築かれたのが惣構《そうがま》えの堀でございますな」

崇伝は同席する天海のほうに、ちらりと視線をやった。

天海は、この種の話題にはいっさい口を出さない。ただ、年をへた古ギツネのように黙し、武将なみに軍議に加わる崇伝と家康のやり取りに耳をかたむけている。

（自分は、怪しげな密教の加持祈禱にたけているだけの天海とは、わけがちがう……）

同じ僧侶の身で家康に仕える者として、強烈な敵愾心《てきがいしん》と、かすかな優越感が、崇伝のなかに芽生えていた。

「たしかに、惣構えは、大坂城の弱みである南の攻め口をはばむべく築かれたものじゃ」

家康が一同を見わたした。

「しかも、惣構えの平野口に真田左《さ》衛門佐《えもんのすけ》めが出丸を築きおった」

家康の言うとおり、惣構えの平野口の外に突き出すように、大坂方随一の知将真田左衛門佐幸村が曲輪《くるわ》を築いた。

世に言う、

――真田丸

である。

幸村は、門の外に曲輪を築くことにより、惣構えの堀に近づこうとする徳川勢を横合いから攻撃できるようにした。真田丸は、かつて甲斐の武田信玄が得意にした〝丸馬《まるうま》出《だし》〟の応用である。

「ただでさえ、攻略の難儀な城に、やっかいな出丸まで加わった。ここはひとつ、慎重に策を練らねばならぬ」

家康が床几から重い腰をあげた。

その夜——。

崇伝は、家康の本陣へひそかに呼ばれた。

幔幕《まんまく》のうちに焚《た》かれた篝火《かがりび》を見つめながら、家康はひとりで蜜柑を食っていた。

「そのほうもどうじゃ。うまいぞ、伝長老」

家康は、崇伝にすすめた。

駿府の浅間《せんげん》神社の神主が、陣中見舞いに送ってきたものである。住吉の本陣には、蜜柑のほかにも、平茸《ひらたけ》、朝倉山椒、諸白《もろはく》、挽き茶、頭巾、綿帽子と、さまざまな品が、家康によしみを通じる御用商人や諸国の大名から届いた。

頭巾や綿帽子は、陣中の寒さをしのぐのにおおいに役立った。

「つつしんで頂戴つかまつります」

崇伝は、家康の手から蜜柑を押しいただいた。

家康は蜜柑が好きである。

考えごとをしながら食べていると、三つでも、四つでもたちまちのうちに平らげてしまう。

いまも、床几の足もとに橙色の皮が散らばっている。

「わしは和睦《わぼく》をするぞ。伝長老」

家康が、親指の爪を蜜柑の皮に立てた。酸味をおびたみずみずしい芳香があたりにただよう。

「いま、何とおおせになられました」

思わず、崇伝は聞き返した。

和睦をするも何も、城攻めはまだはじまってもいない。合戦をする前から、講和をおこなう者がどこにあろうか。そんな話は、古今東西、聞いたためしがない。

だが、家康は、

「大坂方と和睦をする。ついては伝長老、そのほう、金銀改役《きんぎんあらため》の後藤庄三郎とともに具体的な話を煮つめよ」

蜜柑の房を噛みながら、きっぱりと言った。

「このいくさ、大御所さまは、戦う前から勝てぬ——と危ぶんでおいでなのでございましょうか」

そうとしか思えない。

さもなければ、戦端をひらく前に、和睦をすすめよなどと命じるはずがない。

「そのほうの申すとおりじゃ。いまのままでは、大坂城を攻め落とすことはかなわぬ」

「これは、大御所さまらしゅうもございませぬ。相手は烏合の衆にひとしき、牢人どもの集まり。徳川方の総力をもって攻めかかれば、いかでか勝てぬことがありましょうや」

「それでは、こちらも戦力をいちじるしく消耗することになる。結果、勝てればよいが、無理をして城が落ちなかったときはどうなる」

「…………」

「一年、二年といくさが長引き、それでもなお、大坂城が落ちなんだとき、世の風向きは変わる。わしが恐れておるのは、それじゃ」

家康の言わんとしていることは、崇伝にもわかった。

唯一の弱点であった南の惣構えに、真田丸をそなえたいまの大坂城は、

——鉄壁
といっていいほどに、守りが堅い。

攻めあぐんで、一年、二年と戦いが長引くうちに、

——薩摩の島津や長門の毛利が、不穏な動きをみせるやもしれぬ。

と、崇伝自身、京都所司代の板倉勝重と話をしたことがあった。

世の動きは、刻々と変わる。

いま、徳川方が優位に立っているからといって、それがこの先もつづくという保証はどこにもない。

かりに、戦陣での寒さと疲労のために、家康が病に倒れたとする。家康の年齢を考え

れば、それはかならずしもあり得ないことではない。

そのまま、家康が死ぬようなことにでもなれば、天下は蜂の巣をつついたような騒ぎになるだろう。徳川方の求心力はうすれ、城攻めをおこなっている外様《とざま》大名のなかにも、裏切り者が出ることは必定《ひつじょう》である。

そうなれば、今度は豊臣家が優位に立つ。形勢逆転と言っていい。

まさに、一寸先は闇である。何が起きるか、誰にも予想がつかないのが世の中というものである。

「昼間、こたびのいくさは故太閤とわしの智恵くらべだと申した」

家康が言った。

「人は、鉄壁の備えを持った城を目の前にすると、何とかそれを力で攻め落とさんものと、血まなこになる。目先の城攻めにのみ執着し、ほかの一切が見えなくなる」

「一事にとらわれ、心の鏡がくもってまいるのでございますな」

「そうじゃ。禅の教えでいうところの、融通無碍《ゆうずうむげ》、自由自在の心を忘れては、こたびのいくさは勝てぬ」

「われらの目的は、大坂城を攻め落とすことにあらず。豊臣家を滅ぼすことにあり。それをはきちがえると、いくさは泥沼に引き込まれることになる——大御所さまは、かようにおおせなのでございますな」

「さすがに伝長老。ものわかりがよい」

家康は満足げにうなずいた。

「和睦をすすめ、相手に隙をつくらせる。まことのいくさは、それからはじまるといってよい」

「されば、さっそく大坂方との和睦の準備をすすめまする」

崇伝は目の奥をするどく光らせた。

大坂冬の陣は、両軍の小競り合いからはじまった。
もとより、家康は大坂城へ全面攻撃を仕掛ける気はない。味方の損害を最小限にとどめ、その一方で、大坂方に心理的圧迫をあたえればそれでよい。
敵軍に、一日も早く和睦を結びたいという厭戦《えんせん》気分を起こさせる。今回のいくさの眼目はそこにあった。
大坂方は、惣構えの外に、点々と砦を築いていた。
木津川口砦
鴫野《しぎの》砦
今福砦
伯労《ばくろう》ヶ淵砦

福島砦

などである。

もっとも小さな今福砦で、兵六百。大規模な福島砦で、二千五百名の兵が守りをかためている。

家康は、木津川の河口にある、

――木津川口砦

に向けて、蜂須賀至鎮《よししげ》隊三千の兵を差し向けた。

木津川口砦は、大坂方の水上輸送の拠点のひとつである。その拠点を奪うことは、城方の補給路を分断するという意味があった。

木津川口の砦を守るのは、切支丹武将の明石掃部。

明石掃部はかつて、宇喜多秀家の宰相をつとめた人物で、敵、味方、双方から一目も二目もおかれる名将だった。

ところが――。

大坂方にとって不運なことに、蜂須賀隊が夜襲をかけたとき、明石掃部は本丸の秀頼のもとに伺候《しこう》していて留守だった。

指揮官のいない砦の守備兵は統制をうしない、蜂須賀隊は一夜にして木津川口砦攻略に成功した。

その後も、局地戦がつづいた。

冬の陣におけるもっとも大きな戦闘は、十一月二十六日の、

——鳴野、今福の合戦

である。

鳴野砦は、大坂城の東、大和川べりに位置している。今福砦は、その鳴野砦と川をへだてた対岸にあった。

いずれも、砦のまわりは湿地と水田で、人馬が往来できるのは川堤の上だけだった。

大坂方は、両砦に大野治長の組下を配し、川堤に三重、四重の堀と柵をもうけて、万全のそなえをしいた。

これに攻めかかったのは、上杉景勝、佐竹義宣《よしのぶ》の軍勢。

いまだ暁闇《ぎょうあん》のうちに、不意討ちに砦を襲った上杉と佐竹の勢は、有利に戦いをすすめた。

上杉景勝、佐竹義宣隊は、鉄砲を撃ちかけながら、鳴野、今福の砦にせまった。

砦方も鉄砲で応戦したが、たちまちのうちに柵を突破され、両砦は陥落した。

しかし、戦いはそれでは終わらなかった。

大坂方が砦を奪回すべく、すぐさま大軍を繰り出してきたのである。ふたたび激戦がはじまった。

鳴野砦の上杉軍は、自軍の三倍以上の敵勢の猛攻をよく防ぎ、ようやくこれを敗走させた。このときの上杉隊の奮闘ぶりは、のちのちまで人々の語り草になったほどである。

本陣にあって、鳴野の戦いのようすを聞いた家康は、

「激戦を勝ち抜き、兵たちもさぞや疲労困憊《こんぱい》しているであろう。ここは、すみやかに軍勢を引き、後陣の堀尾忠晴に砦をゆずるように」

と、前線の上杉景勝に使者を発した。

家康にしてみれば、景勝の奮戦をねぎらう意図があったろう。

しかし、おさまらないのは上杉景勝である。

「先陣をあらそって多くの兵を失い、ようやく奪い取った砦。上意とはいえ、いかでか他人にゆずりわたせましょうや」

景勝は家康の命を拒否し、鳴野砦を頑として動かなかった。

一方——。

苦戦を強いられたのは、今福砦の佐竹隊である。

城中より打って出た後藤又兵衛と木村重成の勢に苦しめられ、先手を破られて、さらに旗本備えまで崩れんとするにおよび、大和川対岸の上杉隊に加勢をもとめた。

上杉隊は、川の浅瀬をザブザブとすすみ、中洲から敵勢めがけて鉄砲を撃ちかけた。

これにはたまらず、大坂方は城へ退却した。

つづいて十一月二十九日、大坂方の守る伯労ヶ淵の砦を、蜂須賀至鎮、石川忠総《ただふさ》の隊が奪取した。

ことここにいたり、大坂方は城外の砦をすべて引きはらい、惣構えのうちに引き籠もって守りをかためた。

いくさは動かなくなった。

これを見た家康は、住吉から茶臼山《ちやうすやま》へ本陣を移した。

茶臼山は、大坂城からわずか南へ一里（四キロ）ばかりの小丘陵である。山のいただきが狭く、側近のほかはいる場所がない。

ために、番士らは、付近の一心寺《いっしんじ》という古寺を駐屯所とした。

このとき同時に、平野にいた将軍秀忠の軍勢も岡山《おかやま》の丘陵へ移り、大坂城包囲の態勢をかためた。

むろん、崇伝は茶臼山の家康に影のごとくしたがっている。

いくさの本陣に法衣を着た僧侶がいるのは、一見、奇異にも見える。しかし、合戦の場に不似合いなのは、ひとり崇伝だけではなかった。

南光坊天海（川越喜多院住職）

後藤庄三郎（金銀改役）

茶屋四郎次郎（商人）

亀屋栄任（商人）

中井正清（大工頭）

と、茶臼山の家康本陣には、異様な顔ぶれがそろっている。

崇伝をふくめた六人を、世の人は、

——六本槍の衆
と呼んだ。

〝六本槍の衆〟は、合戦の表舞台で活躍する武将たちと異なり、軍資金や兵糧《ひょうろう》、武器の調達、攻城道具の製作、水面下での敵方との交渉など、人目に立たぬところで武将にもおとらぬ働きをする者たちである。

彼らを揶揄《やゆ》し、大坂城内からは、

「六本槍の衆は怖いのう」

などと、皮肉なヤジが飛んだと『当代記』にはある。

大坂方が、彼らの真の怖さをどこまで理解していたかはわからない。だが、崇伝らが大坂方との戦略的な和睦へ向け、着々と手を打ちつつあるのはたしかであった。

家康の内命により、大坂方との講和を公式にすすめていたのは、六本槍のひとり、後藤庄三郎である。

後藤庄三郎は、織田有楽《うらく》と連絡をとり、和睦をのぞむ家康の内意をつたえた。

有楽は淀殿の叔父という縁から大坂城へ入り、長老格にまつりあげられていた。

しかし、大坂城内においては、

「有楽は、徳川方から差し向けられた間諜《かんちょう》ではあるまいか」

と、周囲から疑いの目で見られており、有楽を通じての交渉は難航した。

そして、いまひとつ、後藤庄三郎とはべつの道筋で和睦を模索しているのが金地院崇伝である。

崇伝は交渉相手として、敵将の、

――大野治長
に目をつけた。

大坂城中にあって、主戦派の中心となっている大野治長を交渉の相手に選ぶとは、一見、理にあわぬことのように思われる。

しかし、崇伝は、治長が籠城に嫌気がさしているとの情報をつかんでいた。

知らせをもたらしたのは、大坂城に雑仕女《ぞうしめ》として潜り込んでいる女忍者の霞である。

「大野修理《しゅり》さまは、ひどく苛立っておられます」

城をひそかに抜け出し、茶臼山に姿をあらわした霞は、崇伝に告げた。

「ほう、治長が苛立っているか」

崇伝は忍び装束に身をかためた霞に目をやった。

黒い忍び装束が闇に溶け込んでいる。

闇のなかで、女忍者の面輪《おもわ》だけが花でも咲いたようにほの白かった。

「いくさを始める前の肚づもりがはずれたことが、よほど身にこたえているものと思われまする」

「治長め、いざ開戦となれば、西国大名のうちの幾人かは大坂に味方すると踏んでいたのであろう」

「はい」

「ところが、蓋をあけてみると、案に相違し、大名のなかで大坂方につく者はひとりもおらなんだ。城に集まってきたのは、烏合の衆にひとしい食いつめ牢人ばかり。あてがはずれて、いくさをつづける意欲が失せたと見たが」

「おおせのとおりにございます」

凍えるような夜気に、霞の吐く息が白く流れていく。

「主戦論を唱えていた大野修理さまが弱気になったことで、城中の士気はとみにおとろえております。いまだに、血気さかんなのは、真田左衛門佐どのや後藤又兵衛どのら、ほんの一握りの武将のみ」

「となれば、和議の交渉は思ったよりたやすくなる」

崇伝は口もとに微笑をふくみ、冬の夜空をちらりと見上げた。冴えた星明かりが、目に沁み入るようである。

「女どものようすはどうだ」

崇伝は聞いた。

女とは、豊臣秀頼の生母淀殿、およびその取り巻きの女官たちにほかならない。崇伝は霞に、女たちの動静をおこたりなく見張るよう命じておいた。

なににしろ、大坂城でもっとも大きな力を握るのは、城のあるじの秀頼でも、大野治長でもなく、淀殿とそれを中心とする女たちだからである。

「みな、いくさに飽いております」

霞が言った。

「はじめのうちは、淀のお方さまご自身が武具に身をかため、同じく武装した侍女四、五人を召しつれ、番所の見まわりなどしておりましたが、近ごろではそれも沙汰やみになりました。何かと息苦しい籠城の暮らしが、嫌になったのでございましょう」

「大坂城には蓄えがあるとはいえ、こう蟻《あり》の這い出る隙もなく包囲されていては、物資も思うように調達できまい。もともと、女どもには長期のいくさに耐え抜く心構えがないのだ」

「小宰相ノ局さまは、ご壮健にしておられます」

「……………」

霞が口にした女の名を聞いて、崇伝は一瞬、虚をつかれた表情になった。

「わたくしが大坂城内に入り込みますとき、崇伝さまは小宰相ノ局なる者に目をくばれとおおせでございました」

霞がまたたきもせず、崇伝を玻璃《はり》のような目で見つめた。

霞の言うとおり――。

崇伝はいまもなお、その女人のことを心にかけていた。

このたびの陣では、いったん和睦を取り結ぶにしても、いずれ近いうちに家康は豊臣家との最後の決着をはかる。

そのとき、大坂城は紅蓮《ぐれん》の炎につつまれるか、はたまた徳川勢の蹂躙《じゆうりん》にまかされるところとなるか――。

いずれにしろ、秀頼、淀殿をはじめ、城中の者たちの身が無事にすむはずがない。

それは、いい。

徳川幕府を中心にした泰平の世に、さながら戦国の世の遺物のごとく取り残された豊臣家は、滅びるべくして滅びのときを迎えるのである。

それが、世のまつりごとというものだ。

これまで崇伝はおりにふれ、大坂城を出るよう、小宰相ノ局こと紀香に書状を送ってきた。

そもそも、そなたは大坂城とは何の縁もゆかりもない身である。豊臣家の者どもに義理だてする理由はどこにもない。片意地をはらず城を出て、戦火のおよばぬ場所で心静かに暮らせ、と——。

だが、紀香からは何の返事もなかった。

最後の最後まで、淀殿に仕える女官としてのおのれの職務をまっとうする気でいるのだろう。

——そこにしか、生きる場所がない……。

かつて、紀香はそう言ったことがあった。

切実な心の叫びであったことが、いまにして崇伝にもわかる。たしかに、紀香は大坂城にしか、自分が自分でいられる場所を見いだせなかったのだ。

（おそらく……）

紀香は、大坂城と運命をともにする覚悟をかためているにちがいない。

あの柔和な顔容《かんばせ》の下に、紀香はこうと思い定めたら決してあとへは引かぬ強さを秘めていた。

世の将兵のなかには、親子、兄弟のあいだであっても、大坂方、徳川方にわかれて戦っている者が多い。どちらが勝っても、いずれかはこの世から永遠に姿を消さねばならない定めである。

そのような苛酷な状況のなかで、自分だけが女への情におぼれるなど許されるはずもない。

「小宰相ノ局のことは、もうよい」

「しかし……」

「大坂城へもどれ、霞」

崇伝は闇を見つめて言いはなった。

翌日、崇伝は宿所としてあたえられた天王寺鳥居脇の宿坊に、ひとりの男を呼びつけた。

名を、

——大野壱岐守治純《はるずみ》
という。

大坂城にあって、城方の指揮をとる大野治長の弟である。

治純は兄とはたもとを分かち、家康に石高三百石で仕えていた。

「お呼びにより、参上いたしました」

色白の若者が、かしこまったように頭を下げた。

まだ二十三、四といったところだろう。

面長で鼻梁がほそく、端整な顔立ちのとりすましたようなところが、兄の治長によく似ている。

「そなたを呼んだのは、ほかでもない。ひとつ、兄者の大野修理どのとの仲立ちを頼みたいのだ」

「仲立ちを……」

大野治純は、眉間にかすかに皺を寄せた。

あきらかに迷惑がっている顔である。それもそのはず、治純は兄の治長とは犬猿の仲だった。

豊臣秀頼の乳母である大蔵卿ノ局には、四人の息子がいた。

長男、大野修理大夫治長。

次男、治房。

三男、道犬斎《どうけんさい》。

そして、末子が壱岐守治純である。

治長のほかの兄ふたりも秀頼の近臣として、大坂方の首脳部に名をつらねているが、治純ひとりは家康に招かれて、徳川家に仕えるようになっていた。

治純を引き抜いたのは、大野家の兄弟仲が悪いことに目をつけた家康の大坂方分断政策の一環である。

「お言葉を返すようでござるが、伝長老。それがし、兄修理とは長らく音信不通になっております。兄とのあいだの取り持ちなど、それがしにつとまることではございませぬ」

大野治純はきっぱりと言った。

ただでさえ、大野兄弟の末子として、徳川方の陣中で白い目で見られているうえに、これ以上のかかわり合いは御免だということだろう。

「いや。この役目、そなたでなくばつとまらぬ」

崇伝は、若者の気を引き立てるように言った。

「じつは、大御所さまは城方との和睦をお考えになっておられる」

「和睦でございますか」

「さよう。これ以上、無益な血を流すことはない。いくさが長引けば、たがいのためにならぬとおおせになられてな。ついては、城に籠もってかたくなになっている秀頼さまや淀殿の心をひらきたい。さいわい、そなたは城内に母や兄たちがいる。和睦の話をつけるに、これ以上の適役はなし」

崇伝はさらに言葉をつづけた。

「豊臣、徳川両家は、秀頼君と千姫さまの婚姻を通じて、親戚付き合いの仲である。大御所さまは、実の孫の千姫さまが大坂城におられることに、お心を痛めておいでだ。肉親と戦わねばならぬ辛さは、そなたが誰よりよくわかっていよう」

「それは……」

仲が悪いとはいえ、兄弟はやはり兄弟であった。ましてや、治純の母の大蔵卿ノ局も大坂城中にいる。

いかに戦国の世のならいとはいえ、これを見殺しにすることは、治純にとっても寝ざめが悪かった。

「どうだ。和睦の使者として兄を説得すること。大御所さまのおんため、引き受けてくれような」

「は……」

家康側近として並びなき権勢を持つ崇伝に、底光りする目で見すえられては、大野治純も素直に引き受けざるを得なかった。

大野治純は、さっそく大坂城へひそかに出向き、兄治長と面談した。

治長のほうも、ちょうど戦いの矛先《ほこさき》をおさめる機会をうかがっていたところである。

和議の話し合いは、順調にすすんだ。

徳川方が、まず和睦の条件として提示したのは、

一、城内の牢人をすべて退去させること。

一、関東に二ヶ国あたえるのと引きかえに、秀頼が大坂城を出ること。

の二点であった。

牢人退去の件はともかく、豊臣家の生命線ともいえる大坂城を放棄することは、城方にとってとうてい呑める条件ではない。

「それはならぬ」

治長が首を横に振ると、

「されば、秀頼君が大坂城をお出になる儀は、考えをあらためてよろしゅうございます。代わりに、大坂城の惣構えをことごとく破却《はきやく》するという条件ではいかがか」

大野治純は、崇伝から教えられたとおりの言葉を、そっくりそのまま兄の治長につたえた。

崇伝の言葉は、すなわち家康の意思でもある。

「惣構えを破却せよとな……」

大野治長は、この代案にも渋い顔をした。

なぜなら、惣構えは天下の巨城、大坂城の弱点である城南の守りをかためる重要な外堀である。

徳川方は、一連の戦いで周辺の砦を落としてはいるものの、惣構えのうちにはいまだ一歩も攻め入ることができずにいた。

「その条件も呑むことはできぬ」

治長は苦い顔のまま言った。

大野治長と弟治純の交渉は隠密のうちに三度おこなわれた。

しかし、おたがいに肚の探り合いがつづくばかりで、話し合いはいっこうにはかどらない。大野治長ら大坂城の首脳部は、和睦に向けて気持ちがかたむいているものの、いまひとつ踏ん切りをつけるまでにいたっていないのである。

崇伝を通じて報告を受けた家康は、

「いま一歩……。いま一歩、詰めの手が欲しいところじゃな」

眼前にそびえる大坂城の巨影を見すえた。

「脅しをかけてご覧になられてはいかがでございます」

崇伝は言った。

「脅しか」

「はい」

と、うなずき、

「さも剛毅《ごうき》らしくふるまってはおりまするが、大野修理は根は小心者にございます。かような者を動かしめるには、脅しにしくものはなし。かつて関ヶ原合戦のみぎり、大御所さまが松尾山に陣取る小早川隊に鉄砲を撃ちかけ、ために、去就を決しかねていた小早川秀秋がお味方に馳せ参じたというためしもございます」

「そのようなこともあった」

家康はかるく笑った。

「されば、大坂城へ向かって砲撃を仕掛けるか」

「天守あたりへでも砲弾が当たれば、城内の者どもはさぞやおどろき騒ぐことでございましょう」

「大筒《おおづつ》をもって、備前島あたりから砲撃いたさば、天守はまさしく格好の標的じゃな」

「まことに」

当時――。

大筒の最大射程距離は、一キロが限度といわれた。

家康本陣のある城南の茶臼山から、大坂城天守閣までは四キロ。井伊直孝、松平忠直、藤堂高虎らがいる徳川方の最前線からでも、ゆうに三キロ近くあった。これでは、天守閣にはまったく届かない。

しかし、城北の淀川をへだてた備前島からは、わずか七百メートルしか離れていなかった。大筒の砲弾が十分に天守閣まで届く距離である。

「よし、さっそく砲撃の用意をさせよう」

家康は決断した。

十二月十六日より、四日間にわたって、昼夜をわかたず徳川方の砲撃がはじまった。

大坂の陣で使われた大型火器について、もう少しふれておきたい。

このころの大型火器には、

「大筒」

「石火矢《いしびや》」

という二種類があった。

砲術流派の渡辺流の伝書『渡辺流要之巻』によれば、

——百匁《もんめ》まで大筒、その上は石火矢。

と書かれている。

すなわち、百匁筒（口径四十ミリ）までが大筒で、それより大きいものが石火矢と呼ばれた。両者は口径の大きさ——つまり、発射される弾の大きさによって区別されるということになる。

しかし、それより何より、大筒と石火矢の決定的なちがいは、石火矢が木の台架にすえつけて撃つのに対し、大筒は小銃と同じように、ひとりの人間がかかえて撃つということにあった。

当然、大筒の砲手には、筒の重さや強い反動に耐えるため、身体頑健、足腰を鍛えあげた者が任じられることになる。

このような大型火器の発射法の例は、西欧ではまったく見られず、日本独自のものとされている。

家康は、その大筒のあつかいに慣れた砲術方の足軽三十名を、備前島の櫓《やぐら》の上に配した。と同時に、堺の鉄砲鍛冶、芝辻《しばつじ》理右衛門《りえもん》に命じてつくらせた石火矢を五門、台架にすえて砲撃させた。

その激しい砲撃の音は、六甲山をへだてて二十六キロも離れた有馬温泉や、遠く京の都へも届いたほどである。

間断なくつづく砲撃に、大坂城内の者たちは夜もろくに眠れず、日増しに恐怖と苛立ちがつのった。

ことに大坂方をおどろかせたのは、徳川方随一の砲術の名手、稲富正道《いなとみまさみち》がはなった大筒の一撃であった。

『徳川実紀』には、天守閣の二階の淀殿の居室に砲弾が飛び込んだときのようすが、次のように書かれている。

——稲富が放ちし大筒、あやまたず淀殿の居間の櫓を打ち崩したり。その響き、百千の雷の落ちる如く、そばに侍りし女房七、八人、たちまちに打ち殺され、女童《めのわらわ》の啼《な》き叫ぶことおびただし。

それまで、和議には断じて応じぬと意地をはっていた淀殿も、これにはさすがに震えあがった。

砲撃を機に、講和の話し合いは一気にすすんだ。

家康が大坂方に正式に申し入れた和睦の条件は、次のとおりである。

一、籠城の侍たちは、譜代、牢人を問わず、何の咎めもなきこと。

一、秀頼の身上は従前と変わりなきこと。

一、淀殿も、人質として江戸へ下るには及ばぬこと。

一、大坂城は本丸の内堀だけを残し、そのほかの堀はすべて埋めたてること。

これらのうち、最初の三ヶ条については、徳川方が大坂方の要求を受け入れた形である。

しかし、家康にとって、もっとも重要なのは最後の一項のみだった。家康の狙いは、最初から、大坂城の堀の埋め立てにこそあった。

すなわち、太閤秀吉の築いた難攻不落の名城を、

——裸城《はだかじろ》

にする作戦である。

大坂城は惣構えをはじめ、二ノ丸、三ノ丸の外堀、本丸の内堀によって幾重にも囲まれている。

大坂方が徳川の大軍勢の猛攻に耐え、城内に一兵も入れなかったのは、それらの巨大な堀が敵の侵入をはばんだためである。

（あの堀さえなければ……）

大坂城を外から眺め、家康はその思いを幾度嚙みしめたことかしれない。

大坂城は正面からまともに攻めかかって、容易に攻め落とせる城ではなかった。となれば、知略によって、これを籠絡《ろうらく》せねばならない。

（堀が邪魔ならば、まつりごとで堀を取りのぞけばよいではないか）

それが、家康の発想であった。

講和の交渉は、徳川方でも極秘のうちにすすめられた。

詳細を知っていたのは、崇伝や本多正純、後藤庄三郎をはじめとする家康側近のごくわずかな者のみ。将軍秀忠ですら、いくさの裏でギリギリの話し合いがおこなわれているのを知らされていなかった。

砲撃に恐怖した大坂方は、それが家康の仕掛けた罠とも知らず、一も二もなく和睦の提案にのった。

――堀を埋めるくらいですむなら、当方にとってさほど悪い条件ではない。

と、大野治長らが断を下したのである。

大坂城の内部には、徹底抗戦をつづけるべきだという声もあったが、何より秀頼の母の淀殿が、これ以上いくさが長引くことを嫌がった。

両軍のあいだに講和がととのったのは、慶長十九年も押しつまった、十二月二十日のことである。

紅蓮の炎

（大坂方も、ばかな条件を呑んだものよ……）

和議が成立した翌日——。

崇伝は茶臼山の中腹に立ち、鉛色に凍える冬空にそびえる大坂城を、あらためてつくづく眺めた。

二月にわたる籠城戦にも、びくともしなかった城である。

それを可能たらしめていたのは、城を取り巻く堀が徳川勢のゆくてをはばんでいたからにほかならない。

（砲撃におびえたとはいえ、みすみす、みずからの首を絞めるような条件を呑むとは……）

崇伝は、相手が哀れにさえ思えてきた。

とはいえ、堀埋め立ての条件を大坂方が了承したのには、彼らなりの思惑があった。

「しばらくようすを見ながら、のんびり堀の埋め立てでもやっておれば、そのうち家康が死ぬにちがいない」

大坂方は、そう考えていた。

家康は当年とって七十三歳になる。人生五十年といわれ、平均寿命の短かったこの時代としては、かなりの高齢といえる。

彼らの期待が現実となる可能性は、まったくないわけではない。

しかも、このたびの和議には付帯条件があり、いちばん外側の惣構《そうがま》えの埋め立ては徳川方が、二ノ丸、三ノ丸の外堀の埋め立ては大坂方がおこなう約束になっている。

大坂方にしてみれば、もっとも重要な二ノ丸、三ノ丸の堀の埋め立ては自分たちがおこなうのだから、いくらでも作事を遅延させたり、手心を加えることができるだろうとたかをくっていた。

とはいえ、彼らの甘い読みなど、老獪《ろうかい》な家康や崇伝らは先刻見通しずみであった。

——和議さえ結んでしまえば、こちらのものだ。あとは有無を言わせず、当方の手で堀をことごとく埋め立ててしまうまでのこと……。

家康側近のあいだでは、ひそかに、大坂城を丸裸にむしり取る策がすすめられていた。

それを承知しているだけになおさら、崇伝は無策の大坂方が哀れに思えてならないのである。

（戦いは勝つか負けるか、いずれかしかない。智恵のないほうが負け、地上から消え去らねばならぬのは、いつに変わらぬこの世の非情なさだめだ……）

その日のうちから、徳川方による惣構えの埋め立ての作業がはじまった。

土塁を崩し、塀や櫓をたたき壊して、堀のなかへつぎつぎと投げ込んだ。夜になると明かりをともして、昼夜兼行の突貫工事をおこなった。

惣構えはすぐに埋まった。

つづいて徳川方は、大坂方がまだまったく手をつけていない、二ノ丸、三ノ丸の外堀の埋め立てに着手した。

「これでは、約束がちがう」

大坂城の大野治長は、作事のようすを見て、おおいにあわてた。

違約に抗議しようと、家康側近の本多正純に使者を送ったが、正純は急病と称し、返事をしなかった。

そのあいだにも、堀はどんどん埋め立てられていく。

治長は重ねて抗議した。

が、返ってきたこたえは、

「そちらの作業が一向にはかどっていないようなので、当方で気をきかせてお手伝いいたしたるまで」

という、なんとも人をくったものだった。

そのように言われれば、大坂方としても文句のつけようがない。たしかに講和の条件には、二ノ丸、三ノ丸の堀まで埋め立てるとある。

「おのれ家康め、はかりおったな」

このときになって、治長はようやく徳川方の策略に気づいたが、すでにあとのまつりである。

徳川方は二ノ丸、三ノ丸の櫓を破壊し、西ノ丸にあった織田有楽と大野治長の屋敷まで取り壊してしまった。

このときすでに、京の二条城に引きあげていた家康は、長陣の疲れも見えぬ顔に満足の笑みを浮かべ、

「よいか、堀は三歳の幼児がのぼりおりできるほど、まっ平らに埋めてしまうのだぞ」

使いの者に上機嫌で命じた。

明けて元和《げんな》元年（一六一五）の正月三日、家康は京から駿府へ下った。

大坂城の堀埋め立てが終わったのは、その月のなかばのことである。

崇伝は『本光国師日記』のなかで、無残な姿に変じた大坂城のさまを、

——大坂の城堀埋まり、本丸ばかりにて浅ましく成り、見苦しき体《てい》にて御座候。

と書いている。

崇伝は、京の金地院にいた。

家康とともに駿府へ下らなかったのは、さまざまな事後処理のためである。

（ここまで来れば、あと一息だ……）

徳川幕府を中心とする秩序ある体制づくりが、いまようやく完成しようとしていた。

そもそも、崇伝は豊臣家そのものには、何ら怨恨を抱いていない。ただ、大坂城に豊臣家があることが天下泰平のためにならぬと判断したゆえ、智恵をしぼり、豊臣家取り潰し策にかかわってきたのである。

部屋の真新しい障子が、早春の陽射しに光っていた。

崇伝が筆をとり、駿府へ下った本多正純にあてて文を書きだそうとしたとき、障子に影がさした。

「崇伝さま、お邪魔いたしてもよろしゅうございましょうか」

障子の向こうで、女の声が言った。

崇伝は筆を持つ手をとめ、ちらりと目を上げた。

「霞か」

「はい」

「いままでどうしていた」

崇伝は問うた。

大坂方と徳川方とのあいだに和議が成立してから、すでに一月半が過ぎている。その間、大坂城にもぐり込ませていた霞からは、崇伝のもとに何の連絡もなかった。どうしたことかと、不審に思っていたところである。

「城内で、いろいろと取りまぎれることがございまして……」

「そなたの正体が、敵方に知られたわけではなかろうな」

「そのような気遣いはございませぬ」

「ならば、よいが」

崇伝は障子の影を見つめた。

霞は障子をあけず、廊下に片膝をついたまま、昨今の大坂城内のようすを報告した。

「堀は埋まりましたが、牢人どもは、いまだ城より退去する気配をみせませぬ。それどころか、空き地に仮小屋を建て、ものものしい軍装のまま詰めておるようす」

「大坂城の者どもも、このますむとは考えていないのであろう」

「はい。城内に立ち込める張りつめた空気は、城が徳川勢に囲まれていたころと、さして変わりがありませぬ」

「秀頼君や淀殿はどうしている」

「城中で小耳にはさんだ話では、秀頼君はこたびの講和を、かならずしも納得しておられぬそうです。徳川方の手によって外堀が埋め立てられてよりこのかた、ふさぎ込まれることが多いとか。淀のお方さまは、徳川方に騙されたと腹を立て、側近の者どもにしばしば当たり散らしておられます」

「目に見えるようだな」

淀殿が約定違反に立腹しようが、わめき散らそうが、そんなことは崇伝らにとっては痛くもかゆくもない。

むしろ、おおいに腹を立ててくれたほうが、次なる一手を仕掛けやすい。

崇伝の思いはすでに、大坂方との最後の決戦へ向かって飛んでいた。

「ご苦労であった、霞。長い籠城で息が詰まったであろう。しばらく、城の外で体をやすめてゆくがよい」

「崇伝さま」

「何だ」

「いまひとつ、申し上げておかねばならぬことがございます」

霞は声を低くした。

「小宰相ノ局さまがお怪我をなされました」

「なに……」

崇伝の眉間に皺《しわ》が刻まれた。

「大筒《おおづつ》の砲撃に巻き込まれたのでございます」

「……」

霞が言うのは、大坂方に脅しをかけるため、家康が命じた砲撃作戦であろう。そのとき、稲富正道がはなった大筒の砲弾が、本丸天守の淀殿の居室に飛び込み、侍女たちに死傷者が出たと聞いていた。

（そうか。あのときの砲撃で、紀香が……）

いくさであれば、敵味方に死者や怪我人が出るのはあたりまえのことである。いくさがはじまった以上、崇伝も、紀香のことは死んだものと思いなし、考えぬようにしていた。

いや、事実、茶臼山の陣から砲撃を眺めていたときは、その城のなかに自分と因縁浅からぬ女人がいることを、まったく忘れ果てていたといっていい。

しかし、現実に、砲撃によって女が傷を負ったと聞いては、崇伝とておだやかな気持ちではいられない。

「して、怪我の具合はどうなのだ」

「はかばかしくございませぬ」

「深手《ふかで》か」

「一時は、お命のほども危ぶまれました」

「……」

「あのとき、小宰相ノ局さまは淀のお方さまをかばい、みずからの身を投げ出されたのでございます。さいわいにして、砲弾の直撃はまぬがれましたが、倒れかかった柱の下敷きになり……」

「ともあれ、命は助かったのだな」

「はい」

霞はうなずき、

「ただ、どうしたことかお目の具合がよくないようです」

「目が……」

「おそらく、頭を強く打ったせいではないかと、大坂城御典医の曲直瀬正円《まさみつ》どのが言っておられるのを耳にしました。いまも小宰相ノ局さまは、本丸の長局で床《とこ》についておられます」

「……」

崇伝の脳裡に、陽の射さぬ城の奥で人知れず病をやしなっている紀香の姿が浮かんだ。

哀れ——とは思わない。

紀香が自分自身でえらんだ道である。

あるじの淀殿を守るため、傷ついたとしたら、大坂城で命を捨てる覚悟を定めた身には本望であろう。

（これが、そなたの望んだ生き方か……）

崇伝はしらじらと光る障子を見つめた。

二月のはじめ、崇伝は風邪をひいた。

――いまだ咳気《がいけ》すきと御座なき体に候、大かたは元気に相見へ申し候。

と、崇伝は後藤庄三郎にあてた手紙に書いている。

「すきと御座なき」とは、「すっきりとしない」という意味である。

風邪を引くと咳《せき》がおさまらないのは、ここ数年来の、崇伝の習慣のようになっていた。ほとんど、持病と言っていい。

一見、元気そうに見えるのだが、ひとたび咳の発作が起きると薬も効かない。

（自分は、あまり長生きできないのではないか……）

そんな予感めいたものがした。

一禅僧としては、前代未聞の大きな権力を握り、外交、宗教政策、朝廷との折衝《せっしょう》と、さまざまな分野で大御所家康の全幅の信頼を勝ち得た。

（いつ死んでも悔いはない）

と、おのれのなしてきた国家の礎《いしずえ》を築く仕事に満足をおぼえる一方、心のどこかに飽きたりぬ思いも抱えていた。

人として生まれて、もっとも大事な何かを、自分はまだ手にしていないような気がする。

風邪の具合が、ようやく快方に向かってきた三月中旬——。

崇伝は駿府へ下った。

駿府では、家康が最後の決戦へ向けて詰めの一手を打っていた。

家康は豊臣秀頼に対し、ふたつの要求を突きつけた。

まず第一は、大坂城内にいまだ残っている牢人を、ことごとく城の外へ追い出すべきこと。

第二に、伊勢、もしくは大和への国替えを承知すべきこと。

この二条件のうち、どちらかを呑まぬ場合、ふたたび大坂城を攻めると、秀頼にせまった。

無理難題である。

そもそも、家康は講和のとき、堀の埋め立て以外、何の条件もつけないと大坂方に約束した。だからこそ、大坂方は講和に応じたのである。

その舌の根も乾かぬうちに、一方的に約束を破ったと、大坂城の牢人衆はいっせいに猛反撥した。

「和睦の駆け引きも、いくさのひとつじゃ。堀の埋め立てを承知したとき、大坂方の命運はすでに尽きておったのよ」

久々に顔をそろえた崇伝と本多正純を前にして、家康は人生最後の大仕事に執念を滲《にじ》ませた。

「いずれにせよ、大坂方には呑める条件ではございませぬな」

崇伝は言った。

「なに、条件などどうでもよいのじゃ。こちらにとっては、大坂へふたたび兵を差し向ける口実ができればそれでよい」

家康の言葉に、本多正純がうなずいた。

「大御所さまが投げ込まれた石は、大坂城内に波紋を起こしております」

「ふむ」

「間諜《かんちょう》よりの知らせによりますれば、城内では大野治長を中心とする穏健派と、たとえ城を枕に討ち死にしても徹底抗戦すべしと主張する強硬派とのあいだで対立が深まっておるとのよし」

思えば皮肉なものである。

かつて、大野治長は徳川幕府との和合をはかる片桐且元に反撥し、主戦論を唱える立場にあった。

それが、いまでは合戦を望む牢人たちの突き上げを食らいながらも、必死に豊臣家生き残りの道を模索する立場にまわっている。

（それが、まつりごとというものだ）

崇伝は思う。政治は刻一刻と姿を変えていく。その動きによって、政治家ひとりひとりの立場も変わる。

籠城戦と、その後の和睦交渉が思いどおりにいかなかったことで、治長はいまや、すっかり戦う自信を失っていた。

「城が惣構えと外堀を失った裸城《はだかじろ》では、治長ならずとも腰が引けよう」

家康はつぶやいて、縁側の向こうに広がる、乳色と薄墨色が混じり合った物憂い春の空に視線を投げた。

庭では、あたたかい陽気に誘われたか、蝶が舞っている。

部屋のなかでおこなわれている物騒な話し合いとはまったく無縁の、のどかな春景色である。

「その堀でございますが」

と、本多正純が膝をすすめ、

「大坂城の牢人どもが、二ノ丸、三ノ丸の堀を勝手に掘り返し、深いところでは人の肩を越すほどになったと報告がとどいております。これぞまさに、格好の口実。この機を逃す手はございませぬ」

「拙僧も、上野介どのと同じ意見でございます」

崇伝は家康の目を見た。

「鉄は熱いうちに打てと申します。ここ二月、三月うちにも、大坂再征の兵を差し向けられるのがよろしいかと……」

「いや」

家康が太い首を横に振った。

「二月、三月先と言わず、わしは来月のはじめにも上洛する。伝長老も、上野介もそのつもりで準備をすすめよ」

「ははッ」

「今年は、つねよりも早く夏がやってきそうじゃのう」

家康は、その夏を待ちかねるような口ぶりであった。


元和元年、四月四日――。

徳川家康はふたたび駿府を発し、軍勢を上方へすすめた。

家康の上洛には、崇伝もしたがっている。

京へ到着した家康は二条城へ入り、崇伝は南禅寺へもどった。日をおかずして、仙台の伊達、米沢の上杉、金沢の前田、福岡の黒田、姫路の池田など、諸大名の軍勢がぞくぞくと京へ集まってきた。総勢、二十万の大軍である。

同月二十二日、家康は遅れて伏見城に着いた将軍秀忠を二条城へ招き、おもだった重臣をまじえて密議をひらいた。

その場に顔をそろえたのは、本多正信、正純親子のほか、秀忠側近の土井利勝、伊勢津城主の藤堂高虎であった。

大坂城攻めの先鋒をつとめる藤堂高虎は、家康に意見をもとめられ、つぎのようにこたえた。

「大坂方は、いかに兵が多くとも、国持ち大名がひとりもおりませぬ。よって、お味方の勝利は疑いなし。ただし、ことをせいては、万が一ということもございましょう。ここは勝ちをあせらず、敵の出方をじっくりとうかがうことが肝要かと存じます」

「もっともなり」

と、家康はうなずいた。

開戦にそなえて急遽《きゅうきょ》、二ノ丸、三ノ丸の堀の修復をはじめたとはいえ、もはや前回の冬の陣のときのように、大坂方は城をたのみに戦うことはできない。

大坂城が鉄壁の要塞でなくなった以上、彼らに残された唯一の道は、城をうって出て野戦をおこなうことであった。

じつは、その野戦こそ、家康がもっとも得意とするいくさにほかならない。

家康はたっぷりと時間と手間をかけ、最後の詰めの戦いを自身に有利な形に持ち込んだのである。

一方——。

大坂方は、手切れが決定的となるや、徳川方の機先を制する策に出た。

四月二十六日、大野治房の手勢二千が大和国に出兵。

つづく二十八日、大野道犬斎の軍勢が、泉州堺を焼き討ちした。

翌二十九日には、大野治長みずからが紀州へ出撃した。

大野三兄弟による積極策は、徳川方の兵站《へいたん》基地となっていた堺の町を焼け野原としたほかは、さしたる戦果をあげることもできず、軍勢はふたたび大坂城へ引きあげた。

(このうえは、もはやどのような猛将、知将であっても、豊臣家を滅びの道から救うことはできまい……)

崇伝は、刻々ともたらされる戦況を、南禅寺金地院で聞いた。

嵐の前の静けさのごとき日々が、崇伝におとずれていた。

冬の陣のときと異なり、今回のいくさは背後での高度な政治交渉の必要がない。あとはただ、力で大坂方をねじ伏せればよいのである。

したがって、武将ではない崇伝には、高みの見物といってよい戦いであった。

家康の勝利はまちがいない。

しかし、決戦の日が近づくにしたがい、しだいに苛立ちをおぼえはじめている自分を崇伝は感じていた。

久しぶりに、若い修行僧たちにまじって、

——夜坐《やざ》
をおこなった。

夜坐とは、夜に組む座禅のことである。

修行熱心な若い禅僧のなかには、堂内の灯りが落ちたあとも、こっそりと寝床を抜け出し、本堂の濡縁や石塔の陰、樹木の下などで座禅を組む者がある。

物音ひとつしない夜の静寂のなかに身をおいていると、心気澄みわたり、迷いの霧が晴れることが多い。

崇伝も、胸に野心を抱きながら、それを実現する手立てが見つからずに悶々としていた若き日、池のほとりに枝をのばす五葉の松の木陰で、毎夜のように夜坐をしたことがあった。

その二十数年前と同じ五葉の松の下に、崇伝は座布団を敷いて結跏趺坐《けっかふざ》した。

闇を見つめていて、ふと、昔のことを思い出した。

(あのときわしは、この松の下で、学問をきわめるために禁を破って明国へわたることを決意したのだ。そして、六弥太とともに寺を抜け出し、九州へ下った……)

思えば、恐れを知らぬ大胆不敵な行為であった。

崇伝にも六弥太にも、大きな夢があった。

たがいに世に名をなすことだけを考え、海の向こうに洋々とひらけるおのれの未来を見ていた。

その六弥太は、

——天下一の商客の徒になる

という夢を、こころざしなかばにして捨て、遠い異国の地へ去った。

「わたくしは、人らしく生きたい」

訣別のときの六弥太の言葉が、なまなましく胸によみがえった。

その言葉のとおり、六弥太は妻や子のために人らしく生きているのだろう。

振り返って、自分はどうか。

豊臣家を滅ぼしたとして、それでおのれの長年の夢が果たし得たといえるのか——。

見上げると、東山の上に星は凜々と冴えわたり、天の川がひとすじの帯となって天空を流れている。

（自分は、人らしさを捨てて生きてきた……）

崇伝はそう思う。

そのようにしなければ、利《き》け者ぞろいの幕閣のなかで抜きん出ていくことはできなかったであろう。

少しでも隙を見せれば、人に足を引っぱられ、たちまち失脚が待っている。家康の側近として権勢をきわめた大久保長安一門の末路が、そのいい例だった。

きょう順風が吹くからといって、明日も同じ風が吹くとはかぎらない。

豊臣家という共通の敵が目の前にあるうちは、それでもまだいい。その敵に向かって、いまのところ、幕閣はひとつにまとまっている。

だが、豊臣家という敵を打ち滅ぼしたとき、微妙な均衡をたもっていた幕閣はどうなるのか。今度は、幕府内部の主導権をめぐり、暗闘がはじまるのは火を見るよりあきらかであった。

家康の信任あつい崇伝とて、安閑《あんかん》としてはいられない。

家康は幕府の宗教政策を、禅門の崇伝と密教の天海、この両名にほぼ同じ比重でまかせてきた。だが、晩年に向かうにつれ、家康は宗教者としての匂いがうすい崇伝よりも、加持祈禱《かじきとう》にひいでた天海のほうに、より重きをおく可能性があった。

さらに、崇伝を苛立たせている原因のひとつに、ここまで崇伝を重用《ちようよう》してきた家康の老いがある。

積年の宿願であった豊臣家討伐を前にして、いまのところ、七十四歳の家康は壮健そのものに見える。しかし、家康とて不死身ではない。

家康が世を去ったら、幕閣は大きく様変わりする。これまでは、駿府の家康と江戸の将軍秀忠のもとで二元政治がおこなわれてきたが、家康亡きあとは当然、秀忠がおのれの手のうちに全権を握るだろう。

そうなったとき、駿府の大御所政治をささえてきた崇伝や本多正純、後藤庄三郎らの側近衆は邪魔になる。

世の流れに逆らおうとすれば、大久保一門のごとき運命が待っているのは明らかだった。

(豊臣家を滅ぼしても、また次なる戦いが待っているか)

それがまつりごととはいえ、道の厳しさに肌が粟立つ思いがした。

眼を閉じ、雑念を脳裡から消し去ろうとしたとき、人の気配がした。

(誰か……)

気配のほうに視線を向けた崇伝は、次の瞬間、息を呑んだ。

石塔の横に、男が立っていた。

星明かりが男の顔を、ほのかに照らし出す。

「六弥太……。そなた、六弥太ではないか」

崇伝はおどろきの声をあげた。

「お久しゅうございます、崇伝さま」

男が陽灼《ひや》けした顔をほころばせて笑った。

そこにいるのはまぎれもない、崇伝の親友である六弥太である。

（しかし……）

六弥太は、遠い異国へ去ったはずである。

「そなた、帰ってきたのか」

六弥太は答えず、ただしずかに微笑した。

最後に会ってから、三年の時が流れている。六弥太は、以前と少しも変わってはいない。いや、天主教への信仰と崇伝への友情のはざまで揺れていたときの苦悩の表情が消え、顔が晴ればれとしている。

「切支丹の教えは捨てたのか」

崇伝は聞いた。

六弥太は、頰の陰を深くして笑い、

「信仰など、いまのわたくしにはどうでもよいことです」

「そうか、考えをあらためて、わしのもとへもどってきてくれたのか」

「そなたがいなくなってはじめて、わしは自分がいかに、孤独な人間であるかがわかった」

「崇伝さま……」

「心を打ち割って話せる相手は、そなたしかいない。よくぞもどってくれた、六弥太。もはや、どこへも行くな」

崇伝は、めずらしく感情を剝き出しにしている自分を感じていた。

六弥太が何も言わず、崇伝のいる松の木の陰に歩み寄った。

崇伝の横にどっかとあぐらをかくと、

「今宵は崇伝さまと、とことん飲み明かそうと思ってまいりました。このとおり、酒も用意してございます」

六弥太はふところから、素焼きの徳利と酒盃《しゆはい》を取り出した。

根来塗の酒盃に、六弥太がなみなみと酒を満たした。

「わしは酒は飲まぬ」

崇伝は断った。

いつ何どきなりとも心に隙をつくらぬため、この大坂城攻めがはじまって以来、飲酒はつつしんでいる。

「……」

「よろしいではございませぬか」

と、六弥太が笑った。

「さように、崇伝さまが肩にお力を入れずとも、世の中はよきように流れていくものです」

「よきように、か」

「あの空の星をごらん下さいませ」

六弥太が天空を振りあおいだ。

「明日、豊臣が滅びようが、徳川が滅びようが、あの星の輝きの美しさに変わりはありませぬ」

「……………」

「悠久の星の輝きにくらべれば、人の生などちっぽけなものです。禅にも、不滅の法身の教えがあるではございませぬか」

「そなたに禅を教えられるとは思わなんだ」

崇伝は苦笑いし、酒盃を受け取った。

──不滅の法身の教え

とは、こうである。

中国の五代時代の修行僧が、師の大竜和尚に問うた。

「人は年をとれば死にます。この世で、無常でないものはありません。不滅の法身とは、いったいどのようなものでしょうか」

和尚こたえて曰《いわ》く、

「山に咲く花は錦を織りなしたように美しく、谷川の水は青く澄んで美しい。不滅の法身もまた、かくのごときものだ」

と——。

たしかに、ひとたび生をうけた以上、死なぬ人間はいない。同じように、枯れぬ花もない。

山に美しく咲く花は季節が変われば枯れてしまうが、それで花が死んだと思うのは自我にとらわれているからである。花は散っても、また一年たてば美しい花を咲かせる。そのように、花というものを長い流れのなかで眺めると、花の命は永遠だといえる。これすなわち、〝不滅の法身〟であり、〝無常のなかの常住〟である、と禅の教えはいう。

「のう、六弥太」

崇伝は酒盃に唇をつけ、芳香のただよう酒を口に含んだ。

「わしは近ごろ、ふと思うことがある。大御所さまにとって、いや、徳川幕府にとって、わしという男はいったい何であるのかと。わしがおらずとも、豊臣家は滅びの道をたどり、幕府の礎は盤石《ばんじゃく》となったはずだ。とすれば、花の美しさも見ず、星の輝きも見ずに過ごしてきた、わしの生は何の意味もなくなる」

酒になれぬ体に、ほろほろと酔いがまわってきた。

「ご自身の生を、意味なきものとおおせになられますか」

六弥太が、崇伝に重ねて酒をすすめた。

「黒衣の宰相と称せられ、世に並ぶ者なき権勢を手にされたお方が、いまさら何を迷うておられるのです。たとえ、人からどのような誹《そし》りを受けようと、みずからの信じた道をつらぬき通す――それが、あなたさまの生き方ではありませぬか」

「そう……。おのが道をつらぬかんがため、わしは天主教に帰依《きえ》したそなたを、心ならずも国外へ追放した。そして、いままた、生涯でただひとり、心をゆるしたといってよい女を、死の淵へ追いやろうとしている」

「紀香どののことでございますな」

「そなた、紀香のことを知っていたのか」

崇伝はおどろき、六弥太を見た。

崇伝は長い付き合いの友にさえ、心に秘めた女の存在を話したことがない。

「幼きころよりの友垣でございます。わたくしは、崇伝さまのことなら何でも存じております。もっとも、崇伝さまはご自分の心のうちをのぞかれるのを、いたく嫌っておいでのようでしたが」

六弥太の横顔は、少しばかり影がうすく、寂しそうに見えた。

「どうせ人の生は、ただ一度きりです。あとで後悔するくらいなら、悔いなきようになさることです」

「悔いなきようにか……」

「はい」

六弥太はうなずき、

「おのれをいつわって生きてもはじまりませぬ。人は生まれてくるときもひとり、死ぬときもひとり。最後に瞼を閉じる瞬間、悔いなき生であったと満足できれば、それでよいのではありませぬか」

「説教されたな」

「これは、善知識《ぜんちしき》の崇伝さまに、とんだ出すぎたことを申しました」

六弥太が照れたように、首の後ろをかいた。

「ひさびさにそなたと話して、心が落ち着いた。まだまだ、話したいことは山ほどある。部屋へもどって、ゆるりと語り明かそう」

「はい」

「だいぶ、酔ったようだ。今宵はことのほか、星が美しゅう見える」

「まこと、目に沁み入るような……」

話しているうちに、吸い込まれるような眠気が崇伝を襲った。緊張がほぐれたせいかもしれない。

ふっと意識が遠くなり、ふたたび目ざめたとき、六弥太の姿は消えていた。

代わりに、提灯を手にした弟子の元竹が、怪訝そうな顔をしてこちらをのぞき込んでいる。

「どうなさいました、伝長老」

元竹が聞いた。

「どうしたとは？」

「池の向こうの築山で夜坐を組んでおりました者が、こちらのほうで怪しげな人の話し声がするようだと知らせてくれたのです。見まわりに来てみれば、おられるのは伝長老ただおひとりではございませぬか」

「いや、いま友が来ていたのだ」

「友……」

「そうだ、六弥太だ。六弥太がもどってきたのだ」

「六弥太どのなら、安南でお亡くなりになったと聞いておりますが……」

「何、それはまことか」

「朱印船を出している茶屋の者から聞きましたゆえ、まちがいございませぬ」

「ばかな……ほんのいましがたまで、六弥太はわしと言葉を交わし、酒を酌《く》み交わしていた。まだ、近くにいるはずだ」

崇伝は、闇に向かって友の名を呼ばわった。

だが、返事はない。六弥太の姿は庭のどこにも見えなかった。

「悪い夢でもご覧になられたのではございませぬか」

元竹が提灯の明かりで、あたりを明るく照らして言った。

「そんなはずはない。見よ、やつが持参した徳利と酒盃がここに……」

言いかけた言葉を、崇伝は途中で呑み込んだ。

酒器は、どこにもなかった。

(夢か……)

六弥太とは、たしかに言葉を交わした。

だが、それが現実であったのか、はたまた短い夏の夜の夢が見せた幻影であったのか、自分自身にも判然としない。

うつつと思えばうつつ。

夢と思えば、夢であるような気がした。

「夜坐はお体に毒でございます。早々に、引きあげましょう」

「……」

崇伝は、もう一度、振り返った。

五葉の松に、星明かりが冴えざえと落ちている。木の下の闇は深い。

そのとき、耳の底に、

——人の生はただ一度きり、悔いなきようになされませ……。

六弥太の野太い声がよみがえってきた。

（あれは……）

六弥太の姿を借りた、おのれ自身の心の声であったかもしれない。

「悔いなく生きるのはむずかしいぞ、六弥太」

崇伝のつぶやきに、

「いま、何と申されました」

元竹が不審そうに眉をひそめた。

「何でもない。方丈《ほうじょう》へもどるぞ」

「はい」

庭の苔を踏みしめて歩きだした崇伝を、元竹が追った。

家康は満を持して、京の二条城を発した。

ときに五月五日、新暦では六月一日にあたる。

同じ日、将軍秀忠の軍勢も伏見城を発して、淀で家康軍と落ち合い、大坂へ向かった。

大坂方が城に立て籠もった冬の陣とちがい、今度のいくさは短期決戦が予想された。

出陣にあたって、家康は、

——三日の腰兵糧《こしびようろう》ばかりにてまかり出ずべし（『大坂御陣覚書』）

と、命じている。

三日のうちに勝負は決するので、兵糧は三日分しかいらぬと公言したのである。

みずからの支度も、米五升、干鯛一枚、味噌、カツオ節、香の物だけを用意させ、冬の陣のときと同じく、おおげさな軍装は身につけなかった。

その夜——。

河内の星田村に陣した家康のもとへ、京の板倉勝重から使者がやってきた。使者は、大坂城内の忍びが勝重にもたらした独自の情報を、家康につたえた。

「先日来、大坂城内ではさまざまな評定《ひようじよう》がおこなわれておりましたが、後藤又兵衛基次が決死の覚悟で道明寺《どうみようじ》村（現、藤井寺市）方面へ打って出ることで、衆議がさだまったようにございます」

「して、決行の日取りはいつじゃ」

「明朝と聞いております」

使者の返答に、

「明朝か……」

家康の大きな金壺眼《かなつぼまなこ》が底光りした。

この情報を得た家康は、本隊の先鋒をつとめる藤堂高虎および井伊直孝に、即刻、使者を送った。

知らせはさらに、道明寺村の半里（約二キロ）東の国分村に陣していた大和経由の別働隊にもたらされた。

別働隊は、総勢三万四千六百。編成は次のとおりである。

一番組　水野勝成《かつなり》

二番組　本多忠政

三番組　松平忠明

四番組　伊達政宗

五番組　松平忠輝

予定では、この別働隊は道明寺付近で徳川軍の本隊と合流し、城南より大坂城に総攻撃をかけることになっていた。

しかし、後藤又兵衛の突然の出撃により、作戦は変更された。

合戦は大坂城の城南ではなく、生駒《いこま》山地のふもとにひろがる河内の野で展開されることになった。

五月六日、払暁《ふつぎよう》——。

後藤又兵衛基次は、朝霧の深い河内の野を粛々《しゆくしゆく》とすすんでいた。

ひきいる兵は、二千八百。

前夜、後藤又兵衛は、大坂方の主翼をになう毛利勝永、真田幸村の両名と打ち合わせをしていた。

「わしは夜明けとともに、道明寺村付近にすすむ。大和路方面からの敵は、まだ大和、河内境の峠を越えておるまい。お手前がたの到着を待って、道明寺からさらに国分村へ兵をすすめ、峠の出口で待ち伏せをいたそうではないか」

又兵衛の意見に、毛利勝永と真田幸村も賛同した。

よって、又兵衛はいまここにいる——。

後藤又兵衛基次は、かつて福岡藩黒田家に仕えた男である。家祖、黒田如水に我が子のようにかわいがられ、朝鮮の役などで戦功をあげた。

が、如水の後をついだ二代目の長政とそりが合わず、黒田家を飛び出して牢人暮らしを送っていた。豊臣と徳川の手切れにより、大坂城に迎えられたのが半年前のことである。

身の丈六尺の長身に黒具足をつけ、黒鹿毛の馬にまたがって悠然と野をゆく姿は、まさしく一騎当千のおもむきがあった。

（城を盾に戦えぬとはいえど、まだ勝負に負けたわけではない。敵は油断している。ここはひとつ、家康めに一泡吹かせてくれようぞ……）

馬の背に揺られる又兵衛の口もとには、楽しげな笑みさえ浮かんでいた。

しかし——。

このとき、後藤又兵衛は重大な事実を知らなかった。

徳川方の大和別働隊は、すでに峠を越え、国分村で大坂方を迎え撃つ万全の態勢をしいていたのである。

豊臣と徳川、両者の圧倒的な情報力の差としかいいようがない。

やがて、又兵衛の軍勢は道明寺村に着いた。

道明寺村は、大和街道と高野《こうや》街道がまじわる交通の要衝である。又兵衛はここで、毛利勝永、真田幸村の軍勢と合流する肚《はら》づもりでいた。

陽はのぼったが、霧は晴れない。

野は、白いとばりにつつまれている。

霧のなかで、半刻《はんとき》（一時間）ほど待った。

しかし、毛利、真田の軍勢は姿を見せない。

（まだか……）

いくさなれした百戦錬磨の剛《ごう》の者が、このときばかりはさすがに苛立ちをおぼえた。

偵察にはなっていた斥候《せっこう》が、又兵衛のもとへ思いがけぬ知らせをもたらしたのは、その直後のことだった。

「敵の先鋒は国境《くにざかい》を越え、すでに国分村に陣取っておりますッ」

「何ッ！」

後藤又兵衛は目を剝いた。

「先鋒は誰じゃ」

「大和口からやってきた、水野勝成の隊にございます」

「水野か……」

又兵衛の双眸《そうぼう》が、霧のかなたを凝視した。

頼みとする味方はあらわれず、予想だにしなかった敵が間近にせまっている。

万事休すといっていい。

この瞬間、後藤又兵衛は明確におのが死を覚悟した。と同時に、その〝死〟を、でき得るかぎり華やかに飾るべく肚をかためた。

「鉄砲隊、小松山へのぼれーッ！」

又兵衛は、五十名の鉄砲隊を国分村を見下ろす小松山にすすめ、銃撃を開始した。つづいてみずからも山にのぼり、采配をふるった。

国分村にいた水野勝成の勢が、これに銃撃で応戦。

山上の後藤勢はよく戦ったが、徳川方四番組の伊達政宗、二番組の本多忠政、三番組の松平忠明がつぎつぎ参戦するにおよび、孤立無援のまま総崩れになった。

後藤又兵衛は流れ弾にあたり、乱戦のなかで戦死。毛利勝永と真田幸村の軍勢がようやく道明寺村に到着したときには、将を失った後藤勢はすでに壊滅していた。

大坂方にとって不運だったのは、このとき、真田幸村の隊が霧にまかれて到着が遅れたことである。

毛利、真田隊は、小松山から逃げてきた後藤の残兵を吸収しつつ、伊達政宗の軍勢と全面対決した。

真田隊三千は、全員、赤一色の甲冑《かっちゅう》に身をかためている。目にもあざやかな赤備えの真田軍は、伊達軍一万の兵をさんざんに悩ませ、てこずらせた。

やがて、日没により、両軍は撤退。

大坂方は名将後藤又兵衛を失い、かたや徳川方も伊達軍に甚大な被害が出たのが、この日の道明寺の戦いであった。

一方――。

同じ日、道明寺村より二里北の八尾村、若江村では、徳川方の本隊と大坂方の長宗我部盛親、木村重成の勢とのあいだでぶつかり合いが起きていた。

徳川方本隊の先鋒をつとめる藤堂高虎と井伊直孝の勢に、長宗我部、木村の勢が横合いから奇襲をかけたのである。

戦いは激戦となり、藤堂の重臣六人ほか多数が死亡。大坂方も主将の木村重成のほか、多くの死者を出した。


闇につつまれた河内の野に、点々と明かりが散っている。戦い疲れて野営する、徳川、豊臣両軍の篝火《かがりび》である。

今宵、空に星はない。厚い雲に隠されているのであろう。

崇伝は、露に濡れる野を家康の本陣めざしていた。本陣は、河内枚岡《ひらおか》村にある。

昼間、道明寺の戦い、八尾、若江の戦いがおこなわれ、明日はいよいよ最後の決戦となることを、崇伝は板倉勝重からの急使で知った。

昂ぶる思いに、いてもたってもいられず、京より早駕籠《はやかご》を飛ばして駆けつけたのである。

幔幕《まんまく》をめくって本陣へ入っていくと、本多正純、後藤庄三郎らの側近が床几《しょうぎ》にすわっていた。

家康の姿は見えない。

「大御所さまは、いずこに？」

崇伝は小具足姿の本多正純に聞いた。

「すでに御寝《ぎょし》になられた」

いつもは冷静沈着な正純が、この日ばかりは異様にぎらついた目をしている。崇伝と同じく、昂ぶった気持ちを抑えきれないのであろう。

「さすがは大御所さま、落ち着いたものだ」

「うむ。わしなどには、とてもまねできそうにない」

正純が陽灼けした顔に、かたい笑いを刻んだ。

奇妙な静けさが、あたりを支配している。

今夜は誰もかれも息をひそめ、夜の底から忍び出る地霊たちのささやきに耳をかたむけているかのようである。

「出陣は？」

崇伝は法衣の袖をはらって、床几に腰をおろした。

「寅ノ刻（午前四時）と決した」

「大坂方のようすは、いかがか」

「城南に陣取っておる。真田の軍は茶臼山に、毛利の軍は天王寺に、大野治長も同じく天王寺、岡山口は大野治房がかためている」

「そのぶんでは、天王寺あたりが主戦場となりましょうな」

「向こうも死に物狂いじゃ。関ヶ原以来の激しい戦いとなろう」

「いずれにせよ、これが最後のいくさ……」

崇伝は、湿った闇に銀色の火の粉を散らす篝火を見つめた。

それきり、ふたりは黙り込んだ。

出陣まで、あと二刻（四時間）もない。

本多正純が、頬にとまった真っ黒なヤブ蚊をたたいた。蚊がつぶれ、てのひらに血が飛び散った。

「明日は暑くなりそうだな」

誰に言うともなく、本多正純がつぶやいた。


同じころ——。

ひそと寝静まった大坂城内、本丸大奥の長局《ながつぼね》で、ふたりの女が話している。

「もうやすみなさい、霞。いつまでもわたくしに付き合っていては、夜が明けてしまいます」

「いいえ、わたくしもお局さまと同じです。目が冴えて、今夜はとても眠れそうにありませぬ」

と言ったのは、崇伝の意を受けて大坂城へもぐり込んでいる女忍者の霞である。

そして、もうひとり、短檠《たんけい》の明かりに光を失った瞳を向けているのは、城中で小宰相ノ局と呼ばれる紀香にほかならない。

霞は大奥の長局で床に臥《ふ》せる紀香の世話をしていた。

誰に命じられたわけでもない。

あるじの崇伝と深いゆかりがあるらしい女人のことが、木石《ぼくせき》のごとき女忍者の心に不思議な影を投げかけていた。

「明日は、お城が燃えるやもしれぬ」

憂《うれ》わしげに眉をひそめて、紀香が言った。

白く、清麗な面輪《おもわ》である。

もう四十に手が届こうかという年齢のはずだが、

(まるで、歳月をどこかに置き忘れてきたような……)

霞はある種の憧憬を込めて、その女人を見つめた。

「まだ、城が落ちると決まったわけではありませぬ。秀頼さまの御台所《みだいどころ》は、徳川将軍家御息女の千姫さま。城外に千姫さまを落としまいらせ、和平の交渉にあたれば、徳川方もおだやかに兵をおさめるのでは……」

「そのようなことはあり得ぬ」

紀香が首を小さく横に振った。

「誇りを捨て、徳川に命乞いをするような淀のお方さまではありませぬ。それは、秀頼さまとて同じ。お二方とも、とうの昔に、城を枕に討ち死になされる覚悟をかためておられましょう」

「お局さまは、いかがなされるおつもりでございます」

「わたくしは秀頼さまや淀のお方さまとともに、この大坂城と運命をともにします」

霞の問いに、紀香は毅然《きぜん》たる口調でこたえた。

「もはや、わたくしは目も見えぬ。先に何の望みもない身。城とともに燃え尽きても、悔いはない」

「恐ろしゅうはないのですか」

「恐ろしいとは、死ぬことがですか」

「はい」

「怖くはないといったら嘘になります。でも、人はいつか、かならずその道を通らねばならぬのです」

悲壮な言葉とはうらはらに、紀香の声は澄んでいる。滅びを覚悟した者のみが持つ、底にはかなさをたたえた明るさであろう。

「お城に火がかかったら、そなたはわたくしにかまわずお逃げなさい」

声をひそめるようにして紀香が言った。

「徳川方の兵とて、そなたのような端女《はしため》の命まで奪いはしないでしょう。生きて、城の外へ落ち延びるのです」

「お局さま……」

もとより、霞は大坂城と運命をともにする気などない。ひとたび、落城のときが近いと知れば、忍びだけしか知らぬ抜け穴を通って城外へ脱出するつもりであった。

しかし、面と向かって、何も知らぬ紀香にそのように言われると、さすがに胸の痛みをおぼえずにいられない。

「お局さまも、一緒に逃げましょう。わたくしが城外へお連れいたします」

「そのようなこと、できるはずがない。たとえできたとしても、わたくしは逃げる気はありませぬ」

「お局さまが死ねば、嘆き悲しむお方がどこかにおいでなのではありませぬか」

一瞬、紀香は虚をつかれた表情になった。

見えぬ目が、過ぎた日の夢を追いもとめるかのように、虚空《こくう》をさまよった。

なおも、霞は言葉を重ねるように、

「お局さまは、誰かに恋をなされたことがおありでございますか」

「恋を……」

「はい」

「たしかに、思うお方はおりました。しかし、それは遠い昔のこと……。いまのわたくしは、おなごの心など忘れはてています」

自嘲《じちょう》するように、紀香が笑った。

霞はその横顔をひたと見つめ、

「嘘です」

と、言った。

「なぜ、そう思うのです」

「同じおなごゆえ、わかるのでございます」

「……」

「昔のこととおおせになられますが、お局さまはいまでもそのお方を思うておられます。そして、おそらく、そのお方も……」

「だからといって、いまさら何になるというのです」

紀香はかたわらにいる霞にではなく、自分自身に言い聞かせるようにつぶやいた。

「いまの世ではなく、もっと平穏な世に生まれていたら、あるいは別の生き方があったかもしれない。それは、あのお方とて同じ。わたくしは、誰を恨む気もない」

深くため息をつく紀香を、霞は玻璃《はり》のような冷たい目で見つめつづけた。

決戦の五月七日——。

夜が明ける前に、霞の姿は大坂城内から消え失せていた。

徳川家康の本隊が移動を開始したのは、夜がほのぼのと明けそめるころのことである。

本隊は、生駒山の西麓ぞいの高野街道を南下。

きのうの戦場となった八尾村、若江村の激戦のあとを見ながら、平野（現、大阪市平野区）にいたった。

崇伝は家康に同行した。

本多正純が言っていたとおり、朝から強い陽射しが照りつけている。じっとしていても、首すじにじんわりと汗が湧いてくるほどである。

巳《み》ノ刻（午前十時）、家康の本陣に、将軍秀忠が意気込んだようすでたずねてきた。

「このたびのいくさ、それがしに天王寺口をおまかせ下され」

角頭巾《すみずきん》の兜《かぶと》をつけた秀忠は、唾を飛ばして言った。

「天王寺口じゃと？」

浜納豆をかじっていた家康は、眉をひそめて聞き返した。

「さようでござる。天王寺の攻め口を、ぜひともこの秀忠に……」

天王寺口は、もっとも激戦が予想される地点である。

秀忠はそこで手柄をあげ、大御所家康の陰で、ともすれば影がうすくなりがちなみずからの権威を、天下にしめそうと考えたのだった。

しかし、家康は、

「ならぬ」

と、将軍秀忠の願いを一蹴《いっしゅう》した。

「天王寺口はきわどい戦いとなる。将軍たるそなたにもしものことがあっては、徳川幕府はどうなる。天王寺口は、老い先短い老骨のわしが引き受ける。そなたは東の岡山口へすすみ、大野治房隊にあたれ」

そうまで家康に言われては、秀忠もおとなしく引き下がるしかない。

家康は、十二万の兵をひきいて天王寺口にすすんだ。

左手の小高い丘が茶臼山である。斜面をおおい尽くすように、あざやかな紅《くれない》の旗指物《はたさしもの》がひるがえっている。

茶臼山に陣取るのは、真田幸村の軍勢であった。真田勢は、昨日、道明寺の戦いで伊達政宗の軍勢と激闘を繰り広げたものの、兵の損失が少なく、士気が昂揚《こうよう》している。

その右手に、吉田好是《よしこれ》、毛利勝永、木村宗明、竹田永翁《えいおう》、浅井長房の軍勢が展開、大野治長の隊がやや後方にひかえている。

対する徳川軍の先鋒は、本多忠朝《ただとも》（忠政の弟）の隊である。八尾、若江の戦いで疲弊《ひへい》した井伊直孝、藤堂高虎の隊は、先鋒をつとめることができなかった。

（夕暮れまでに、勝負は決するか……）

野を見わたす崇伝の視界のかなたに、大坂城の天守が孤高の峰のごとくそびえていた。

正午――。

まず仕掛けたのは、徳川方であった。

家康から天王寺口の先鋒を命じられた本多忠朝の隊が、大坂方の毛利勝永隊に向かって突きすすんだ。

これをきっかけに、両軍入り乱れての戦闘がはじまった。

兵力は、大坂方が総勢五万五千。

かたや徳川方は、天王寺口の家康隊、岡山口の秀忠隊、諸大名の勢をあわせて十五万五千。

圧倒的な兵力の差がありながら、いくさはまれにみる激戦となった。

「大坂の兵どもは、みな捨て身じゃ。ぎりぎりの瀬戸際まで追いつめられたネズミほど、恐ろしきものはない」

床几にすわって戦況を見つめる家康は、苛立たしげに親指の爪を噛んだ。

家康や側近の崇伝らがいる本陣の近くまで、大筒の弾が飛んでくる。銃声が響き、武者たちの叫び声が野にこだました。

「大御所さま、ここは危のうございます。もう二町ほどお退《の》き下さいませ」

紺糸縅《こんいとおどし》の当世具足に身をかためた本多正純が退却を進言した。

「黙れッ！」

家康は目を剝き、

「兵が命をまとにして前線で戦っておるというに、大将が退いたとあっては全軍の士気にかかわる。すすむことはあっても、わしは断じてあとへは引かぬ」

顔つきが変わっている。

そのような悪鬼のごとき形相《ぎようそう》の家康を、崇伝はかつて見たことがない。

崇伝が仕えはじめたころの家康は、すでに天下人となり、幕府をひらいていた。したがって、生きるか死ぬかの戦いの場にある家康の姿を崇伝が目の当たりにするのは、これがはじめてである。

（これぞ、乱世を勝ち抜いてきた武将のまことの姿だ……）

血臭をふくんだ熱風に、崇伝は目をほそめた。

雄叫びがあがり、銃声が鳴り響いた。

本陣に、前線からの使番《つかいばん》がつぎつぎ飛び込んでくる。

「先鋒の本多忠朝どの、おん討ち死にッ！」

「小笠原秀政どの、討ち死になされてござるッ！」

徳川方でも名のある将たちの戦死の報に、家康が床几から立ち上がった。

「ひるむなッ！　苦しいのは敵も同じじゃ。いまが勝負どころぞーッ」

家康は声を張り上げた。その声は、獣の咆哮《ほうこう》に似ている。

崇伝が、地鳴りに似た音を聞いたのは、その直後のことだった。目をあげると、真紅の旗指物を押し立てた一団が、真一文字に突っ込んでくるのが見えた。

（真田だ……）

崇伝は、〝六文銭〟を白く染めぬいた真紅の旗指物を見つめた。

〝六文銭〟は真田家の家紋にほかならない。

それまで、真田幸村ひきいる三千の兵は、茶臼山にあって、情勢を見さだめつつ動かずにいた。

しかし、乱戦のなかで徳川方の隊伍が乱れるにおよび、

（隙ありと見て、大御所さまの首を奪いたてまつらんものと、捨て身で突っ込んできたのだ……）

崇伝の目に、赤備えの真田隊は紅の竜のごとく見えた。

その竜が、徳川の旗本衆を蹴散らし、凄まじい勢いで近づいてくる。

家康の首を取れば、戦況は一気に大坂方優位にかたむく。総大将を失った徳川勢は算を乱し、大混乱におちいるであろう。

いちかばちか、真田幸村は一世一代の大きな賭けに出たのである。

「大御所さま、お逃げ下されッ！」

本多正純の悲鳴に近い叫びが聞こえた。

「ならぬ」

と、家康は床几を動かない。

しかし、戦況はなおも悪化した。本陣をかためていた徳川の旗本衆一万が、真田隊の猛攻に耐えきれず、もろくも崩れだしたのである。

このときのようすを、『薩藩旧記』は次のように書き残している。

――御所様（家康）の御陣へ真田左衛門（幸村）仕かかり候ひて、御陣衆追ひ散らし、討ち捕り申し候。御陣衆、三里ほどづつ逃げ候衆は、皆々生き残られ候。

御陣衆、すなわち旗本衆は、まさか家康の本陣近くまで、大坂方がせまってくるとは思ってもいなかった。それゆえ、真田の不意の来襲にうろたえ、本来の自分たちの役目を打ち忘れて一目散に逃げだしたのだった。

気がつくと、家康のまわりには崇伝と本多正純のほか、わずかな近習《きんじゅ》しかいなくなっていた。

崇伝は、逃げた侍が残していった大身《おおみ》の槍を手に取った。

姿《なり》は僧形ではあるが、崇伝の身のうちには武家の名門一色家の血が流れている。若年のころ、見よう見まねで棒術の修行をしたこともあった。

（いざとなれば、大御所さまを守り、この場で討ち死にするまで……）

武士の血が熱く燃えた。

そのとき、赤い旗指物をつけた騎馬武者が白刃《はくじん》をひらめかせつつ、突進してきた。正面に、家康がいる。

とっさに、右足を踏み込んだ。

カッと両眼を大きく見ひらいたとき、崇伝の繰り出す槍の穂先が武者のまたがった葦毛の馬の腹を突いていた。

馬がいななき、竿立《さおだ》ちになった。

真田の武者が背中から、どっと地面へ転げ落ちる。

そこへ家康の近習が走り寄り、馬乗りになって、首を刀で掻っ切った。

「いまのうちでございます、大御所さま。ひとまず退き、お味方の態勢を立て直すが賢明かと」

崇伝は槍をつかんだまま、家康のほうを振り返った。

「やむを得ぬ」

と、家康が老齢に似合わぬ敏捷《びんしょう》さで腰をあげる。

崇伝と本多正純、ふたりが家康の両脇をかためつつ退却した。

やがて、突然の奇襲に陣容を乱していた徳川の旗本衆がもり返し、逆襲に転じる。

真田勢の猛攻は、押し寄せる波のように三度繰り返された。

真田の兵はよく戦った。

が、さすがに多勢に無勢。三度めの突撃では大将の幸村自身が傷を受け、さしもの勢いもにぶった。

真田幸村は、茶臼山北の田の畦《あぜ》で休息していたところを、松平忠直の鉄砲頭、西尾仁左衛門の手によって討ち果たされた。

大坂方は、

木村宗明

竹田永翁

浅井長房

らが、激戦のなかで相次いで戦死。

陽が西に傾きはじめるころには、全軍ほぼ壊滅状態となり、勝負の帰趨《きすう》は決した。

崇伝は、家康にしたがって茶臼山にのぼった。

近くに敵の影が消えても、いくさの興奮がなかなかさめない。手のうちに、まだ槍を握りしめていたのに気づき、崇伝は槍の穂先を草地に突き刺した。

「見よ、城に火の手があがったぞッ！」

誰かが叫んだ。

たしかに、大坂城の本丸あたりから、煙が立ちのぼっている。真っ黒な煙がむくむくと空に広がり、東の大和川のほうへ向かって流れていく。

火は、徳川方に内通した大坂城の台所頭、大隅与左衛門がはなったものであった。かねてより、大隅は機を見て台所に火をはなつ手はずになっていた。

「おお、太閤の城が燃えおるわ」

黒煙をあげる大坂城をはるかにのぞみ、家康が感きわまったように、肉厚の重い瞼をしばたたかせた。

たまゆら

天を焦がす大坂城の炎を、崇伝は家康とはまた異なった思いで眺めていた。

戦いに勝利したという歓喜は、なにゆえか湧かない。代わって、胸に押し寄せるのは、てのひらから砂がこぼれ落ちていくような思いだった。

紅蓮《ぐれん》の炎のなかで、いま、何かが失われようとしていた。

（紀香……）

忘れたと思っていた女への思いが、突如、颶風《ぐふう》のごとく、崇伝の身のうちに吹き荒れた。

（わしとしたことが……）

どうかしている、と思った。

紀香のことである。城が落ちれば、おめおめと生きのびることをいさぎよしとしないのはわかっていた。ましてや、紀香は冬の陣の砲撃で、傷ついたと聞いている。城を捨てて逃げ出すことなど、あり得ない。

（何をうろたえている、崇伝……。こうなるのは、最初からわかっていたことではないか……）

乱れるおのれの気持ちを、崇伝はみずから叱りつけた。

難波の海に、陽が没しようとしている。

空は夕映えに染まり、その夕映えよりも赤い炎が大坂城をつつんでいる。

そこへ、

「申し上げますッ。ただいま、岡山の陣へ千姫さまがご到着なされました」

家康の御前に駆け込んできた使番《つかいばん》が、息を切らせて言った。

「なにッ、お千が」

家康が目の色を変えた。

千姫は家康の孫娘である。豊臣家と徳川家の和合のために、大坂城へ嫁ぎ、いまは秀頼の御台所《みだいどころ》となっていた。

豊臣家を滅ぼすためなら、いかなる手段も辞さぬ家康であったが、大坂城に残されたかわいい孫娘のゆくすえだけはつねづね案じていた。

「千姫さまは大坂城の使者として、秀頼公並びに御袋さま（淀殿）の助命嘆願をなされに参られたとのよしにございます」

「治長め、お千の命と引きかえに、秀頼と御袋を助けよというのだな」

この日――。

敗色が濃厚になるや、千姫は秀頼や淀殿とともに、最期《さいご》の時を迎えるべく大坂城の天守へのぼった。しかし、供の者に自害を止められ、一同は山里曲輪《やまざとぐるわ》の櫓《やぐら》に身をひそめていた。

大野治長はことここにいたり、秀頼、淀殿の命だけでも救わんものと、最後の切り札として、千姫を城外へ落としたのである。

「わしが情にほだされ、命乞いを聞き入れると思うてか」

家康は、燃えあがる大坂城を睨んだ。

徳川家康は、使番に、

「助命嘆願の件は、いっさい将軍にまかせると申しつたえよ」

と、命じた。

まかせるといっても、家康の肚《はら》は決まっている。長い年月をかけ、ようやくこの日を迎えたのである。いまさら、秀頼、淀殿母子を生かしておけるはずがない。

家康の意思は、将軍秀忠にもつたわっているはずだった。

使番が立ち去った。

その後ろ姿を見送りながら、

「この期におよんで命乞いとは、豊臣家も未練がましいことよのう」

本多正純が、横にいた崇伝に小声でささやいた。

「いや」

と、崇伝は首を横に振り、

「人というのは、誰もがいさぎよく死を迎えられるものではない。取りつくろったうわべはともかく、最後まで生をもとめてもがき苦しむのが人。その意味では、おのれに忠実な者たちであるかもしれませぬ」

「そうかのう」

「拙僧とてまた同じ」

「伝長老のごとき禅の悟りをひらいた高僧でも、死にのぞんでは、やはり平静ではいられぬのか」

正純が、やや意外そうな顔をした。

崇伝は黙して、こたえなかった。

あたりは薄闇につつまれ、茶臼山のうえに焚《た》かれた篝火《かがりび》と、はるか彼方に燃え上がる大坂城の炎だけが天を焦がすように明るい。

日が暮れ落ちると、本陣に、大坂方の名のある将士の首が運ばれてきた。家康みずから、首実検をはじめる。

崇伝はみなとともに、首を眺めて勝利の余韻にひたる気持ちにはなれなかった。

ひとり、本陣から離れて山を下りた。

木立の暗がりを縫うように歩きだしたとき、樹上から黒い影が音もなく降ってきた。

「霞か」

崇伝は足を止めた。

黒い忍び装束に身をかためた霞が、目の前にひざまずいている。木の間からこぼれる月明かりが、女忍者の顔をまだらに染めあげていた。

「消息が知れぬゆえ、どうしたかと思っていた。役目、ご苦労であった」

「崇伝さま」

霞が燃えるような目で、崇伝をまっすぐに見つめた。

「このまま、あのお方をお見捨てになってよろしいのでございますか」

「あの方とは、誰のことだ」

眉をひそめる崇伝に、

「大坂城においでの、小宰相ノ局さまでございます」

霞が言った。

「いきなり、何を言いだす」

崇伝はおどろいた。

「小宰相ノ局さまは、崇伝さまの思い人でございましょう」

「ばかを申すな」

「長年、あなたさまのおそばにお仕えしてきたのです。心なき忍びのわたくしでも、それしきのことはわかります」

「分際をわきまえよッ、霞」

思わず、声を高くした。

顔が熱くなっているのが、自分でもわかる。

誰にものぞかれたことのない心の奥底の襞《ひだ》に触れられたということが、崇伝の自制心を失わせていた。

「いかなお叱りを受けようと、黙っていることはできませぬ」

霞は、ひるむようすもなく言った。

「じきに、大坂城は灰燼《かいじん》に帰しましょう。あのお方も、お城とともに死ぬ覚悟でおいでです。崇伝さまは、ご自分の思い人が、たったひとりで最期の時を迎えるのを黙って見過ごされるおつもりなのですか」

「そなたの知ったことではない」

なじるような女忍者の瞳から顔をそむけ、崇伝は傲然と言いはなった。

「わしは冷たい男だ。たとえ、おのが女が生きながら炎に焼かれたとしても、それがその者の運命《さだめ》ならば、わしは顔色ひとつ変えず、女の死を見送るであろう。人はいつか、死すべき運命にある」

「人でなしッ」

と、霞のするどい声が飛んだ。

「何だと」

「崇伝さまは人の心を持たぬと言ったのです。今日までわたくしは、あなたさまのことを、おもては冷たくよそおっておられるが、まことは身のうちに熱い血のかよったお方だと思っておりました。なればこそ、どのようなご命令にもしたがい、ここまでついてまいりました。どうやら、すべてはわたくしの思いちがい。あなたさまを見そこなっていたようです」

霞は目を伏せ、

「霞はひとりのおなごとして、崇伝さまに心魅かれておりました」

女忍者の口から、思いがけぬ言葉が洩れた。

「大坂城のあのお方が、崇伝さまと由縁深き女人と知り、身もだえするような嫉妬に胸を焦がしたこともございます」

「そなた……」

「しかし、いまの崇伝さまは、霞のお慕い申し上げた崇伝さまではない。どうして、ご自分のお気持ちに正直になられぬのです。いまこうしているあいだにも、あのお方は、あなたさまの姿を追いもとめているかもしれぬのです」

（紀香……）

崇伝は心のなかでつぶやいた。

おのが腕のなかでふるえていた、女のうなじの細さ。

あえかな声。

月桃《げっとう》の花よりも白い、闇に光る肌。

遠い過去のことどもが、崇伝の脳裡を潮騒《しおさい》のように駆けめぐった。

崇伝はわが身の栄達と引きかえに、過去を捨て去った。人としての情を捨てたといってもいい。

代わりに手に入れたものは何か。

（わしは六弥太を死なせ、いままた紀香を失い、世の者が眉をひそめる大欲山悪長老の名を得たにすぎぬ……）

悔いたとて、取り返しがつくものではない。

いや、悔いをみとめることは、崇伝にはできなかった。後悔はすなわち、おのが生きてきた修羅《しゅら》の道を否定することでもある。それは、あまりにむなしい。

「いまさら、どうにもなるものでもあるまい。すでに城は燃えている」

崇伝は、深い陰を顔に刻んだ。

「まだ間に合いまする。小宰相ノ局さまがおられるのは、多聞櫓《たもんやぐら》の長局《ながつぼね》。火の手は、そこまではおよんでおりませぬ」

「……」

「崇伝さまッ！」

霞が、崇伝の法衣の袖をつかんだ。必死の形相《ぎようそう》である。

「そなた、他人《ひと》のことに、なぜそこまでこだわる」

「わかりませぬ」

霞はつぶやくように言い、

「わかりませぬが、崇伝さまがこのまま、心なき欲得の亡者《もうじや》になり果てるのを見とうはない」

「黙れッ。もう、よいッ！」

崇伝は霞の手を振り払い、斜面を下りだした。

一歩、足を踏み出すごとに、胸がさむざむと凍えてゆくような気がした。豊臣家を滅ぼすという長年の宿願を達成したいま、崇伝の行く手にひろがっているのは、色彩のない、不毛の荒野だけだった。

（わしがめざした夢の果ては、かほどむなしいものだったか……。いや、迷うな。迷ってはならぬ。わしは……）

無理にねじ曲げようとした心が悲鳴をあげ、突き抜けるようなするどい痛みが、崇伝のつま先から脳天をつらぬいた。

瞬間――。

崇伝は振り返り、大声で呼ばわっていた。

「霞ッ！　案内《あない》をせよ。わしは大坂城へゆくぞッ」

（おまえを死なせはせぬ、紀香……）

崇伝は胸のうちでつぶやき、茂みの下に落ちていた長槍を拾った。

膝の上で、長槍の柄をまっぷたつにへし折り、手槍のように短くする。大坂城内で行く手をはばむ者と戦うのに、あつかいやすくするためである。

即製の手槍をたずさえ、霞とともに茶臼山を下った。

ふもとの松の木の根もとに、あるじを失った鴾毛《つきげ》駮《ぶち》の馬が草を食《は》んでいるのが見えた。

崇伝は馬の手綱をとらえるや、鐙《あぶみ》を踏んで背中に飛び乗った。

霞が松明《たいまつ》を手にして、一足先に駆けだしている。崇伝を先導しようというのであろう。

崇伝は、馬の尻を平手でたたいた。

闇のなか、すべるように馬が走りだす。霞のかかげる松明の火を、崇伝は追った。

まわりの野は、累々たる屍《しかばね》の山である。首のない武者の死体が、田の畦《あぜ》に、林に、イバラの生い茂る野に、それこそ数えきれぬほど積み重なっている。

大坂夏の陣は、わが国の合戦史上、もっとも多数の戦死者が出たいくさといわれる。

大坂方、一万八千人。

徳川方、七、八千人。

両軍あわせた死者は二万数千人を数え、関ヶ原合戦のそれよりはるかに多い。

死者が多くなったのは、大坂方の将兵が決死の覚悟で戦ったためである。というより、この合戦の場を、おのおの死に場所にえらんだといったほうが正しい。

ともあれ、野は、血臭に満ちている。

崇伝は屍を跳び越え、燃えさかる大坂城をめざした。

惣構《そうがま》えを越えた。

二ノ丸、三ノ丸の埋め立てられた外堀のあとも、疾風のごとく過ぎた。

やがて、霞のかかげる松明の火が動きをとめた。本丸の内堀に達したのである。内堀のみは、往時の姿をとどめている。

堀の向こうは高石垣が築かれ、その上に、かつて太閤秀吉が大名を引見《いんけん》した千畳敷御殿がある。

威容をほこった御殿も、いまは火がかかり、轟々《ごうごう》と音を立てて激しく燃えさかっている。

（もはや、手遅れなのではあるまいか……）

不安が胸をかすめた。

「こちらでございますッ！」

霞が手招きした。

霞が向かったのは、城の南東にある搦手門《からめて》だった。

門の前には、赤地に八幡大菩薩《はちまんだいぼさつ》の旗指物《はたさしもの》をかかげた兵たちが群れている。

旗指物から見て、彦根藩井伊家の勢であろう。城内から逃げ出してくる落ち武者を狩るため、門をかためているにちがいない。

突然、立ちあらわれた崇伝と霞の姿を見つけ、井伊家の兵が長槍を手にして駆け寄ってきた。

兜の目庇《まびさし》の下の底光りする目が殺気立っている。

「坊主ッ！　ここより先は立ち入り無用じゃ」

戦場の混乱のなか、井伊家の兵は目の前にいる僧形の男が、大御所徳川家康の帷幄《いあく》の臣、金地院崇伝だなどとは思ってもいない。

（うろんなやつ……）

と、不審をおぼえているのが、態度からうかがえた。

無理もない。家康側近の崇伝が、いまごろ前線にあらわれるはずがない。しかも、馬上の崇伝は手槍を持ち、かたわらに黒装束の忍びの者をしたがえていた。

疑うな、というほうがどうかしている。

「城内に用がある。通せッ！」

崇伝は一喝した。

「ならぬ」

「いや、どうあっても通してもらおう」

「ならば、名を名乗れッ！」

「…………」

相手が味方とはいえ、さすがに名を名乗るのは、はばかられた。

大坂城に飛び込んだ理由を問われれば、のちのち、崇伝自身が微妙な立場に追い込まれることになる。

「怪しい坊主じゃ。さては、きさま大坂方の諜者かッ！」

井伊家の兵が崇伝に槍の穂先を向けたとき、霞の右手がすばやく動いた。ふところから取り出した丸い玉を、男の顔面めがけて投げつける。

玉は男の鼻づらにぶつかって割れ、パッと灰神楽《はいかぐら》が舞いあがった。

灰に唐辛子、トリカブト、ねずみの糞などをまぜてつくった伊賀秘伝の目潰し薬である。

直撃をあびた男だけでなく、まわりにいた兵たちも激しく咳《せき》込み、目を押さえた。

「何だ、どうしたッ！」

異変に気づき、門のほうから、さらに新手の兵がやってくる。

霞は二発、三発と、つづけざまに目潰しを食らわせた。搦手門の周辺は騒然となった。

「いまのうちです。さあ、早くッ！」

霞にうながされるまでもない。

崇伝は、群がる兵を手槍で薙ぎ払い、馬の腹をかかとで蹴った。

井伊家の兵を振りはらい、崇伝は城門を突破した。

左手に、千畳敷御殿が燃えている。

風にのって、屋根の上から火の粉が飛んできた。

徳川方の兵が放火してまわったのだろう。見わたすかぎり、建物という建物から火の手があがっている。

わずかに炎がまわっていないのは、天守のあたりと、その向こうの山里曲輪だけだった。

小刀を逆手《さかて》にかまえた霞が、後ろから追いついてきた。

すでに松明は投げ捨てている。

炎のせいであたりは真昼のごとく照らされ、霞の白磁のような顔も真っ赤に染まっている。

「小宰相ノ局は、天守下の多聞櫓の長局におられます」

「多聞櫓か」

「はい」

「城内には豊臣の残党が、身をひそめていよう。その者どもを、いちいち相手にしていてはきりがない。多聞櫓へ行く抜け道はないか、霞ッ！」

「ひとつ、ございます」

霞があたりに目をくばりつつ、うなずいた。

「故太閤がいざというときのために造らせたものだとかで、埋門《うずみもん》をくぐり、地下の道をゆくと、奥御殿に通じております。そこまで行けば、多聞櫓はすぐそばです」

「その抜け道は、いまも使えるか」

「おそらくは」

「埋門はどのあたりぞッ」

「こちらでございます」

霞が走りだした。

崇伝は炎におびえる馬をなだめつつ、それを追う。

木のはぜる音、屋根が倒れる音などにまじって、カシャカシャという草摺《くさずり》の音がした。足軽の一隊が、城内を駆けめぐり、残党狩りをしているのだ。大坂方の将の首のひとつでも取れば、莫大な恩賞にあずかることができる。

大身《おおみ》の槍の先に、首をふたつぶら下げた荒武者の姿が見えた。返り血を浴び、顔が赤鬼のように濡れている。

ときおり、雑兵《ぞうひょう》が崇伝を豊臣家の将と勘ちがいし、おめき声をあげながら突きかかってきたが、崇伝は手槍で苦もなくねじ伏せた。

石垣の横をすすんでいくと、やがて人影は見えなくなった。

闇のみが、あたりを支配している。

「ここが埋門です」

霞が石垣の下を指さした。

そこに、石垣の大石ひとつぶんの穴が口をあけている。穴の向こうには、地下道がまっすぐつづいていた。

馬から下りた崇伝は、埋門へ飛び込んだ。

なかは真っ暗闇である。手槍で足もとを探りながら、奥へ奥へとすすんだ。

地下の抜け道は、半町ほどで尽きた。

出たところは、

——奥御殿
である。

かつて、太閤秀吉の正室の北政所《きたのまんどころ》が住まいとし、その後は淀殿が日常の生活の場とした御殿だった。

栄華をほこった秀吉の妻妾たちの住まいも、いまは戦火に燃えあがっている。

あたりには、切腹して果てた侍の屍や、逃げ遅れて衣に火がついたと思われる女官の焼け焦げた死体が転がっている。

煙にまかれぬため、崇伝は法衣のたもとで鼻と口を押さえた。

「多聞櫓はいずこぞッ！」

霞を振り返り、声を発した。

「あれでござります」

霞が指さす闇の先に、白塀の多聞櫓がつらなっている。

全長、百間近い。

櫓のなかは、長局になっており、平素、数百人を超える大坂城の女官たちがそこで暮らしていた。

多聞櫓はまだ燃えてはいないものの、炎はすぐ間近までせまっていた。

崇伝は火の粉をかいくぐり、櫓へつづく階段を駆けのぼった。

上までのぼりきったところで、戸の陰から、いきなり白刃《はくじん》が襲いかかってきた。

とっさに、崇伝は身を引いて一撃をかわす。

大坂方の残党であろう。

目ばかりをギラギラと光らせた男が、手負いのケモノのように、雄叫びをあげながら斬り込んでくる。

「痴《し》れ者がッ！」

崇伝は、手槍で力まかせに刀の切っ先をはたき落とした。

そのまま逃げ去るかと思いきや、男はひるまず腰の脇差《わきざし》を抜き、ふたたびツツと崇伝に詰め寄ってくる。

相手など誰でもよい。他人を道づれに、死ぬ気でいるのだ。

（めんどうな……）

崇伝は舌打ちした。このような者にかかわりあっている暇はない。一刻も早く、紀香のもとへ駆けつけねばならない。

そのとき、

「ここは、わたくしにおまかせ下さいッ」

霞が短刀をかざし、前にすすみ出た。

「崇伝さまは先へ……」

「わかった」

崇伝はその場を霞にまかせ、闇の満ちた長廊下をまっしぐらに走りだした。

同じころ――。

長局の奥まった一室で、紀香は従容《しょうよう》として死の時を迎えようとしていた。

すでに、衣はかねてより用意の白絹の死装束にあらためている。

膝の上には、冬の陣で淀殿をかばって怪我をしたときに、豊臣秀頼からたまわった新《しん》藤五国光《とうごくにみつ》の短刀があった。

（静かな……）

紀香は格子窓のほうに顔を向け、こころもち首をかしげた。

格子窓の外は、火の海である。

烈《はげ》しく燃えさかる紅蓮の炎の色は、紀香の目にもおぼろげながら見て取ることができる。

木のはぜる音にまじって、乾いた銃声、武者たちの叫び声が遠く聞こえた。

しかし、外の喧噪《けんそう》とはうらはらに、長局のなかは、まるで深い海の底に取り残されたような静寂が支配している。

まわりの部屋にいた女官や下仕えの者たちは、とうのむかしに逃げ去り、長局には紀香ひとりが残されているだけだった。

（お袋さまや秀頼さまは、どうなされたことか）

紀香はふと、思った。

それらの人々に命をかけて尽くし、豊臣家のゆくすえに一喜一憂した日々が、はるか遠い過去の出来事のようである。

長局に籠もっている紀香は、知るべくもないことだが、淀殿、秀頼、そして大蔵卿ノ局、大野治長、速水《はやみ》守久《もりひさ》らの側近たちは、山里曲輪の、──糒蔵《ほしいぐら》に逃げ込んでいた。

千姫を徳川の陣に送り届けた大野治長や淀殿らは、

（もしかしたら、命ばかりは助けられるのではないか……）

と、一縷《いちる》の望みを抱いている。

だが、千姫の必死の助命嘆願は受け入れられず、最後の望みの綱はすでに断たれていることを彼らは知らない。

紀香は、この先も生きつづけようなどとは、微塵《みじん》も思っていなかった。

生きたとて、楽しいことはない。

紀香は、人生の大半を豊臣家のためにささげてきた。

（豊臣家が滅びるとき、わたくしの命も、また終わる……）

そのように思い決め、みずからに言い聞かせてきたのである。いまさら、生き方に悔いはなかった。

紀香は新藤五国光の短刀の鞘を、しずかにはらった。短刀の切っ先を、おのが喉笛に近づけた。

あとは、ほんのわずか刃を動かすだけで、死はやすやすとやってくる。

やがて、長局にも火がかかるであろう。

大坂城を嘗《な》めつくす業火《ごうか》のなかで、

（この身も灰になる……）

と思ったとき、紀香の脳裡にまざまざと、故郷宇久島のどこまでも蒼《あお》く広い海の眺めが浮かんだ。遠く、潮騒まで耳の底に響くような気がした。

潮騒の音にまじり、

「紀香ーッ、紀香ーッ！」

と、自分の名を呼ばわる声がした。

聞きおぼえのある男の声だった。

「紀香ーッ。どこだーッ！」

海鳴りにも似た叫び声とともに、廊下を踏み鳴らす足音がした。

廊下の並びにある部屋をひとつ、ひとつあけ、しだいにこちらへ近づいてくる気配がする。

(崇伝さま……)

まさか——と、紀香はわれとわが耳をうたがった。

崇伝が、このような場所にいるはずがない。

敵将家康の帷幄の臣たる崇伝は、いまごろ徳川軍の本陣にあり、燃えさかる城の炎を眺めているにちがいなかった。

声が聞こえるのは、自分のなかに浅ましい未練が残っているからである。気持ちをいさぎよく断ち切るためにも、

(急がねば……)

紀香は短刀を強く握りしめた。

紀香が口のなかで念仏を唱え、ひとおもいに喉を突こうとしたとき、

——ガラッ
と、板戸があき、人の足音が部屋に踏み込んできた。

次の瞬間、

「死んではならぬッ!」

ほとばしるような叫びとともに、生身の男のたくましい腕が、紀香の手から短刀を奪

い取った。

「死んではならぬ、紀香」

肩を抱かれ、耳もとでその人の声を聞いても、紀香はなお、おのれが現実《うつつ》のなかにいるとは信じられなかった。

「やはり、目が見えぬのか」

崇伝は女の瞳をのぞき込んだ。

美しい瞳である。とても、視力を失っているとは信じられない。

紀香が手をのばし、ほそい指先で崇伝の頰にふれた。

「まことに、あなたは崇伝さまか」

「そうだ」

紀香の手の動きが止まった。

「なにゆえ、このようなところにおられます。わたくしとあなたさまは、遠いむかしに縁が切れております」

「愚かしいか」

崇伝は女の手を握った。凍るように冷たい手である。

「愚かな男と、笑わば笑え。わしは、おのれが切り捨ててきたことどもの大事さにようやく気づいた」

「遅うございます」

紀香が手を引こうとした。

だが、崇伝はその手をつかんで離さない。

「ともに生きよう、紀香。わしはそなたのために、これまで築き上げてきたすべてを捨てる」

「たまゆらの夢にございます」

紀香は、崇伝の言葉を真実とは受け止めていないようである。

「秀頼さまやお袋さまに殉じ、ここで死ぬことが、わたくしの宿世《すくせ》。運命《さだめ》は変えられませぬ」

「いいや、宿世は人が変えるものだ」

崇伝はあたりを見まわしつつ言った。

きな臭いにおいが鼻をつく。多聞櫓にも、ついに火の手がまわりはじめたものとみえる。

「わしは、人の運命が前世から定まっているなど信じておらぬ。道は、おのれ自身で切りひらくもの。命あるかぎり、やり直すのに遅いなどということはない」

「……………」

「行くぞ。じきに、ここも火の海になる。ぐずぐずしている暇はない」

「わたくしはここに残ります」

断固として紀香が言った。

そのとき、櫓のどこかで梁《はり》がくずれ、ガラガラと屋根瓦が落ちる音がした。

(いかん……)

崇伝は眉間に皺をきざんだ。

もはや、猶予《ゆうよ》はなかった。紀香と押し問答をつづけていては、じきに逃げ場を失う。

「紀香、ゆるせ」

短く言いはなつや、崇伝は紀香の鳩尾《みぞおち》に当て身をくらわせた。

——うッ

とうめき、紀香は崇伝の腕のなかに崩れる。

気を失った女の体を、崇伝は両腕に抱きかかえた。

そこへ、霞が飛び込んできた。

「崇伝さま、ここはもはや危のうございます。早く外へお出にならぬと……」

「わかっている」

崇伝は紀香をかかえて廊下へ出た。

廊下には煙がまいている。煙の向こうに、赤い炎が見えた。

霞の先導で、廊下を駆けもどった。

ごうッ

ごうッ

と、すぐうしろに火の手がせまっている音がする。

その音に追い立てられるように、崇伝は長局から外へ出た。

振り返ると、大坂城の五層八重の壮麗な天守に火がかかり、あたりは真昼のような明るさになっていた。

この日を迎えんがため、謀略に費やしてきた歳月を思うと、崇伝の胸に感慨が湧いた。

（男として、ひとつの仕事は終わった。あとは、この女の目となって生きる……）

崇伝は意をあらたにした。

紀香のために男の野心を捨てても悔いはないと、肚の底からそう思った。

すがすがしさが、崇伝の総身を満たしていた。このような感覚は、生まれてはじめてといってよい。

さきほどの地下の通路をくぐり抜け、埋門から出た。

「搦手門へ引き返すのは、おやめになったほうがよろしいかと存じます」

霞が言った。

そのとおりだと、崇伝も思う。

搦手門は井伊家の勢がかためている。来たときは身軽だったからいいが、いまは腕に紀香をかかえている。どう考えても、強行突破はむずかしい。

「天満口《てんまぐち》へ行く」

崇伝は言いはなった。

徳川方は、城から落ちる者どもの逃げ口として、城の北の天満口をわざとあけてあった。

窮鼠《きゅうそ》猫を噛むの譬《たと》えどおり、追い詰められた者は何を仕出かすかわからない。家康がわざと逃げ口をつくったのは、城方の立て籠もりを防ぎ、味方の損害をできるだけ少なくするためであった。

むろん、崇伝はそのことを知っている。

天満口にたどり着いてみると、そこは大混乱になっている。

川にかかる天満橋は、城方の手によってすでに焼き払われ、橋をわたって向こう岸へわたることはできなくなっていた。

城から焼け出された雑兵《ぞうひょう》や女官たち、あるいは船場方面から逃げてきたらしい町人らが、川に舟を浮かべ、舟のない者は川へ飛び込んで対岸へ逃れようとしている。

雑兵のなかには、城内にあった高価な書画のたぐいを持ち出そうと、頭の上にかかえている者もいた。

上臈《じょうろう》女房をとらえ、戦利品さながらに連れ去ろうとする者、追い詰められて川に飛び込んだはいいが、泳ぎきれず、おぼれかけている女童《めのわらわ》もいる。

そこへ、備前島にいる徳川方の兵が鉄砲を撃ちかけ、川は阿鼻叫喚《あびきようかん》の地獄図と化している。

「川は、わたれぬな」

目の前に繰り広げられるありさまを眺め、崇伝は低くつぶやいた。

「どこかに舟はないか、霞」

崇伝は女忍者を振り返った。

「このようなときのためにと、川べりの葦原に隠しておいた小舟がございます。場所は、少々、遠うございますが」

「かまわぬ、連れてゆけ」

「はッ」

霞は、天満川の川岸をさかのぼり、城の惣構えの外をまわり込んで、葦におおわれた沼のほとりに出た。

葦原のなかに、小さな荒神堂《こうじんどう》がある。

霞が舟をつないでおいたのは、その荒神堂の裏手だった。舟には筵《むしろ》がかぶせられ、櫓《ろ》が一挺ついている。

崇伝は筵をはぐって舟に乗り込み、まだ気を失っている紀香の体を舟底にしずかに横たえた。

「あとは、ひたすら川をさかのぼっていけばよろしゅうございます」

岸に立ち尽くしたまま、霞が言った。

「どうした、そなたは舟に乗らぬのか」

崇伝は櫓をつかんで問い返した。

「はい」

哀しげな目をして霞がうなずいた。

「わたくしの役目は、終わりましてございます。ここから先は、どうか小宰相ノ局さまとふたりでお行き下さい」

岸辺にたたずむ霞が言った。

「この近辺はまだ危ない。せめて猪飼野《いかいの》あたりまで舟に乗ってゆけ」

「いえ、ここでお別れいたします。もはや、二度とお目にかかることはございますまい」

そこにいるのは忍びではなく、ひどくかぼそい肩をした生身の女であった。

「そなた、これからどこへ行く」

崇伝は聞いた。

「さあ……。天下に騒乱がなくなっては、忍びも生きにくい世になりましょう」

「忍びなど、やめることだ」

崇伝は櫓をゆっくりと漕いだ。

葦のあいだをわけて、舟が音もなくすべりだす。

「崇伝さまは、いかがなさいます」

霞のこだまのように澄んだ声が、岸辺から遠ざかる崇伝を追ってきた。

「小宰相ノ局さまのため、まつりごとの表舞台から身を引くことが、まことにおできになりますか」

「……」

「できぬとすれば、それは裏切りです」

秘めた恋をあきらめた霞自身への裏切りにほかならぬと、言外に滲《にじ》む女の思いを崇伝は受け止めた。

（先のことは、誰にもわからぬ……）

崇伝は黙って、櫓を漕ぎつづけた。

霞の姿が闇に溶け込み、やがて見えなくなる。

（ともあれ……）

いまは、火中から救い出した紀香とともに生きる。それのみが、自分の行くべき道であるような気がした。

ゆるやかな流れに逆らい、舟は平野川をさかのぼった。

夜明け前――。

崇伝は、平野川べりの猪飼野の里に舟を着けた。

里の農家をたたき起こして、紀香を運び込み、家の者に切り銀をあたえて休息できる部屋を用意させる。

その一方で、崇伝は急ぎ書状をしたため、家の息子にさらに永楽銭の詰まった袋をやり、

「この書状を、茶臼山のふもと一心寺にいる平賀清兵衛という男に届けよ」

と、命じた。

崇伝の重臣の平賀清兵衛が駆けつけてきたのは、あたりがしらじらと明けそめるころである。

平賀清兵衛は、家康の旗本に名をつらねる一色範勝の与力として、このたびの陣に加わっていた。

かつて、自分の傅役《もりやく》であった清兵衛に、崇伝は紀香の身をたくした。

女の身の上について、崇伝は多くを語らなかった。

が、清兵衛はあるじのようすから、何ごとか察したらしく、

「承知つかまつりました。どうか、この爺《じい》めにおまかせ下されませ」

古式の絵革《えがわ》を貼った紺糸縅《こんいとおどし》胴丸の胸板をたたいてみせた。

紀香は、まだ目ざめない。

落城の一日の緊張の糸が、にわかに切れたせいであろう。

「頼んだぞ」

崇伝は平賀清兵衛に言い置くと、みずからは清兵衛の馬を借り、朝もやの輝く野を、茶臼山の家康本陣へ向かった。

本陣へ着くと、目ざとく崇伝の姿を見つけた本多正純が駆け寄ってきた。

「おお、伝長老。御坊を探していたところだ。どこへ行っておられた」

まさか、崇伝が燃えさかる大坂城へ飛び込み、いましがた本陣へもどってきたところだとは、頭脳明敏な正純もさすがに気づくはずがない。

「一心寺にて、少しばかり休息を取っておりました」

何食わぬ顔で、崇伝はこたえた。

「それより、豊臣家の始末はいかが相成りました。秀頼、淀殿は……」

紀香を救い出したことと、豊臣家の最期を冷徹に見届けることとは話がべつである。完全な勝利を手にせぬかぎり、崇伝の仕事が終わったわけではない。

「まだじゃ。いまか、いまかと知らせを待っているが、吉報は届かぬ」

「ここまで、長い歳月《とき》を待ったのです。あと半日、いや一日待ったとて、何ほどのことがあリましょうや」

崇伝は、勝利の喜びに湧く本陣を眺めわたした。

——秀頼、淀殿自刃《じじん》

の一報が入ったのは、同日昼過ぎのことである。

山里曲輪の糒蔵に籠もっていた秀頼母子は、助命嘆願が受け入れられず、命運尽きたことをさとり、自害して果てた。

その後、大野治長らの側近衆が用意していた火薬に火を放ち、母子の亡きがらもろとも、糒蔵は木っ端微塵に吹き飛んだ。

ここに、太閤秀吉が一代で築き上げた豊臣家は、跡形もなく滅び去った。

徳川家康は、秀頼らの自裁《じさい》を確認したのち、その日のうちに京の二条城へ凱旋《がいせん》した。

崇伝も家康とともに京へ引きあげ、南禅寺金地院へもどった。

翌五月九日、崇伝は二条城の奥ノ間において家康と密談している。

——同九日。二条の御殿へ出仕。奥ノ間にて御対面なり。

崇伝の日記には、そうある。

勝利の余韻に酔いしれているかと思いきや、家康の目はすでに先を見すえていた。

「伝長老、さっそくだが、そなたに取り急ぎやってもらわねばならぬことがある」

「何でございましょうか」

崇伝は、戦後の後始末がつくおりを見て、できるだけ早く、家康に引退を申し入れるつもりでいた。

だが、家康のほうは、崇伝の力をまだまだ必要としているようである。これを機に、

「豊臣家の滅亡をもって、前時代の古き秩序は用をなさぬようになった。これを機に、徳川幕府の支配を盤石《ばんじゃく》たらしめる、新しき武家の秩序をつくる」

「武家の秩序……」

「そうじゃ」

家康はうなずき、

「世を平らかにおさめるには、何よりも、天下のおおもととなる規範こそが肝要。これさえしかと定めておけば、泰平の世は百年、二百年、いやそれ以上の長きにわたって保つことができよう」

「武家のありようを定める法度《はっと》をつくれと、さようおおせられるのでございますな」

「京にいるうちに、法度を触れ出すつもりじゃ。本多上野介（正純）、土井大炊頭《おおいのかみ》（利勝）とも相はかり、そのつもりで起草の準備をすすめるように」

「承知つかまつりましてございます」

崇伝は、ふかぶかと頭を下げた。

ちなみに――。

これより二月後に触れ出されることになるこの法令は、世に、

――武家諸法度

と呼ばれ、徳川幕藩体制の根幹をなすものとなった。

武家諸法度は十三ヶ条からなる。

一、科人《とがにん》を領国内に隠しおくことを禁ず。

一、居城の修築は、事前に公儀に届けおくべきこと。新築はこれを禁ず。

一、大名どうしが私的に婚姻することを禁ず。

一、隣国で結党を組みし者があるときは、これを届けること。

などの内容の条文である。

崇伝は、平賀清兵衛のもとにあずけた紀香の身を案じつつ、幕府の新たな法令づくりに励んだ。

大坂の陣の戦後処理は、すみやかに取りおこなわれた。

豊臣秀頼の遺児、国松《くにまつ》(八歳)が伏見に隠れているのを探し出し、市中引き廻しのうえ、六条河原で斬首。

また、同じく側室腹の女子(七歳)も捕らえられたが、こちらは女ゆえ死罪をまぬが

れ、鎌倉の東慶寺へ送られることになった。のちの、天秀尼《てんしゅうに》である。

家康は、洛東の阿弥陀ヶ峰に築かれた秀吉の墓、

——豊国廟《ほうこくびょう》
を取り壊すように命じている。

同時に、朝廷より故秀吉に下された〝豊国大明神〟の神号も剝奪、豊臣家の権威を徹底的に破壊すべくつとめた。

この時期、崇伝は武家諸法度と併行し、

「禁中並公家諸法度」

「諸宗諸本山法度」

という、ふたつの重要な法令の起草もすすめていた。

禁中並公家諸法度は、それまで朝廷独自の裁量にゆだねられていた天皇、公家の行動規範を、幕府の定めた法によって取り締まるというものである。

二年前に出した公家諸法度によって、幕府はすでに公家の統制をはじめていたが、今回はそれを〝禁中〟、すなわち天皇家にまでおよぼすという、一歩踏み込んだ法令となった。

また、諸宗諸本山法度は、諸宗の本山を中心にして、その下に多くの末寺をおくという制度である。

本山の上には、幕府の寺社奉行が君臨し、その命令が末寺にまですみやかに行きわたる組織をつくりあげようとの意図があった。

これにより、織田信長でさえ手を焼いた中世以来の権威、

「朝廷」

「寺社」

は、完全に幕府の統制下におかれることとなった。

家康は、太閤秀吉のカリスマ性に頼った豊臣政権の失敗に学び、個人のカリスマ性ではなく、

——法
によって統制される法治国家づくりをめざした。

これは、卓見というべきだろう。

現代の国家にも、憲法という国の根幹をなす法がある。これに従うことは〝善〟であり、そむくことは〝悪〟とされる。

定まった法があることにより、秩序がたもたれ、国は国として成り立ってゆく。

法度の下書きの推敲《すいこう》をかさねながら、崇伝は、

(ひとつの国の形をつくりあげた……)

という思いを、あらためて深くした。

七月七日――。
将軍徳川秀忠は、伏見城の大広間に諸大名を呼び集めた。
伊達政宗
前田利常
細川忠興
松平忠直
藤堂高虎
丹羽長重
脇坂安元
村上義明《よしあき》
仙石忠政
ら、裃《かみしも》姿の大名たちが平伏する前で、紫衣《しえ》を身にまとった崇伝は武家諸法度を読み上げた。
朗々たる声は、広間じゅうに響きわたり、咳《しわぶき》ひとつあげる者はいない。
武家諸法度の発布は、家康の大御所政治に代わり、将軍秀忠自身による新しい治世がはじまることを告げる儀式でもあった。

（時勢は変わる……）

条文を読み上げる崇伝のみならず、その場に居合わせた誰もがおぼえた実感であった。

十日後の十七日、二条城に移った秀忠は、禁中並公家諸法度を公家の代表である前関白二条昭実《あきざね》と連署してこれを制定した。

さらに同月二十四日、同じく二条城において諸宗諸本山法度を発布。

将軍の威令は、武家、公家、寺社のすみずみにまでおよんだ。

すべての仕置きをすませた大御所家康は、八月四日、京を発して駿府へ下った。家康につづき、将軍秀忠も手勢をひきいて江戸へ帰還する。

崇伝は、駿府へも江戸へも行かなかった。

じつは、伏見城と二条城で三つの法令を下したのを最後に、崇伝の姿は幕府の諸記録から忽然《こつぜん》と消えている。

この物語にしばしば引用する崇伝自身の日記、『本光国師日記』（慶長十五年から寛永十年の二十三年間におよぶ膨大なもので、その詳細かつ正確な記述は、江戸時代初期の外交、政治、宗教史を知るうえでの貴重な資料とされる）も、なぜか、この年、元和元年の夏、まったくの空白となっている。

いついかなるときも、きちょうめんに記録をつけることを欠かさなかった男が、突然、その習慣に反した。

理由《わけ》がある。

この空白の時期、崇伝は病《やまい》を口実にいっさいの公務から身を引き、いずこともなく行方をくらました。

行き先を知る者は、崇伝の重臣、平賀清兵衛ただひとりである。

崇伝は、大坂落城で身も心も疲れ果てた紀香を、どこか人目に立たぬ静かな場所へ連れていくよう、平賀清兵衛に命じた。

世は騒然としている。

家康、秀忠が京を去ったあとも、畿内では落人《おちうど》狩りがさかんにおこなわれ、豊臣家ゆかりの人々には心安らかならぬ日々がつづいていた。

「紀州牟《む》妻《ろ》ノ湯の近くに、それがしの縁者の者がおりまする。そこなれば、誰の目も気にすることなく、落ち着いてご静養なされるのではありますまいか」

と、申し出たのは平賀清兵衛であった。

大坂から船に乗った崇伝は、田辺の湊に着いた。

湊には、清兵衛が迎えに出ていた。

「お待ち申しておりました、若」

「うむ」

陽射しが勁《つよ》い。

頭にかぶった編笠のふちを押し上げると、海に照り返す真夏の陽光が突き刺すように目を射た。

「紀香はどうしている」

崇伝は聞いた。

大坂郊外の猪飼野で清兵衛の手にたくして以来、紀香には会っていない。

それゆえ、本人の意思にそむいてまで大坂城から救い出したことを、紀香自身がどう思っているのか、崇伝はまだたしかめていない。

(怨んでいるのではあるまいか……)

多少、不安に思わぬでもなかった。

「ご安心召されませ。こちらへ来てから、日々、落ち着きを取りもどしておられます」

平賀清兵衛が言った。

「そうか、落ち着いているか」

「しかし、若」

と、清兵衛は眉をくもらせ、

「あのお方は、ご自分の死期をさとっておられますな」

「死期をさとるとは、どういうことだ」

　崇伝は色をなした。

「あのお方の病のこと、若はご存じではございませなんだか」

　平賀清兵衛が意外そうな顔をした。

「目を痛めているのなら知っている。しかし、死にいたるほどの病とは」

「じつは」

　と前置きし、清兵衛は自分が紀香をあずかるようになって間もなく、彼女が心ノ臓の発作を起こしたことを告げた。

　さっそく、泉州堺の医者に診《み》せたところ、病状は予断をゆるさぬものであるという。

「たぶん、いままでにも二度、三度と、胸に強い痛みが走ったはずだと、医者は申しておりました。つぎに発作が起きれば、まず命はあるまいと……」

「ばかな」

　顔にあらわれた狼狽《ろうばい》を見られまいと、崇伝は編笠を深くした。

　心ノ臓の病については、そばにいた霞でさえ気づいていたようすはなかった。おそらく、紀香は人に心配をかけまいと、病のことを城中の誰にも語らず、自分ひとりで耐え抜いていたのではあるまいか。

　紀香は、そういう女であった。

「して、紀香はいまどこにいる」

崇伝は聞いた。

「それがしの遠縁の者が、この先の袋《ふくろ》なる小さな湊で網元をいたしておりまする。紀香どのは、その網元の屋敷の離れで臥《ふ》せっておられます」

「わかった。そなたは、このまま京へもどるがよい」

「若は……。いえ、伝長老はどうなされるのでございます」

平賀清兵衛が、おぼつかなげな目で崇伝を見た。

あるじに何を聞かずとも、子供のころから仕えてきた清兵衛は、紀香が崇伝にとっていかなる女人であるか承知している。承知したうえで、これから先の、崇伝の身の処し方を心配しているのだ。

「まさか、これきり、南禅寺へおもどりにならぬなどということはございますまいな」

「わからぬ」

崇伝は首を横に振った。

「わしはこれまで、おのれのすすむべき道を、はっきりと見定めて生きてきた。たまには、明日のこと、そのまた先のことを考えぬ暮らしもよいのではないか」

「しかし、幕府のお役目が……」

「言うな」

短く言い捨てると、崇伝は海べりの白く灼《や》けた道を、孤独な背中を見せて歩きだした。

田辺から南へ三里はなれたところに、

——袋
という湊がある。

集落の裏山から見下ろすと、外海のほうから細長い入江が、まるで袋のように入り込んでいるのがわかる。いっぷう変わった地名は、その地形に由来するものだろう。

磯をうがつように入り込んだ入江の奥は、美しい砂浜になっていて、漁師舟が五、六艘ばかりつないである。

袋の集落は、その砂浜に沿うようにつらなっていた。

家の数は十戸にも満たない。

行きかう人の影さえまれな、物憂い午睡《ごすい》のなかに眠っているかのような集落である。

『紀南郷導記』にも、

——袋ノ湊、家数六軒これ有り、此《こ》の湊の口、深さ七尋《ひろ》ほど、差し渡し一町ほどこれ有り。

と書かれている。

波を避けるためか、家々は石垣を高く築いた上に建てられ、板葺きの屋根は風に飛ばされぬよう石が置いてある。

崇伝は蟬しぐれにつつまれた峠道を下った。

平賀清兵衛の縁者だという網元の家は、集落でもっとも大きな構えの屋敷であった。門の前に、堂々たるエノキの樹が枝をのばしている。エノキは、この地方ではヨノミ、あるいはヨノキと呼ばれる。

家の玄関で声をかけると、奥からでっぷりと顎の肥えた、人のよさそうな妻女があらわれた。

「こちらで、京の紙屋、よもぎ屋善兵衛どのの家の者が病をやしなっていると聞いてきたが」

京の紙屋の家の者とは、平賀清兵衛が紀香をあずけるさいに語った、いつわりの身の上である。大坂の落人である紀香の身分をはばかり、そのように告げてある。

「その方なら、離れにおられます」

「見舞いをしたいのだが、案内してくれぬか」

「へえ」

妻女は心得顔にうなずき、崇伝を離れへみちびいた。

母屋の裏のナツツバキの木立につつまれて、草葺きの離れがあった。入江を見下ろすように縁側があり、閉ざされた障子に葉の影がうつっていた。

障子の向こうから、ほそく透きとおるような看経《かんきん》の声が聞こえる。

紀香の声である。

大坂城に果てた、旧主の秀頼や淀殿の菩提《ぼだい》をとむらっているのであろう。

その澄んだ響きに、しばし耳をかたむけたのち、

「わしだ、紀香。崇伝だ」

崇伝は縁側に腰をおろした。

読経の声がやんだ。

離れの縁側にすわった崇伝は、編笠の顎紐をゆっくりとはずし、草鞋《わらじ》をぬいだ。

妻女がかるく頭を下げ、母屋のほうへもどっていく。

その後ろ姿を見届けてから、

「邪魔をするぞ」

崇伝は障子をあけた。

次の瞬間——。

崇伝は、わが目をうたがった。

板の間にすわっていたのは、頭から白い頭巾をかぶり、墨染《すみぞめ》の法衣を身にまとったひとりの尼である。

「そなた、その姿は……」

崇伝は女をまじまじと見つめた。

「出家していたのか」

「はい」

尼姿の紀香が、しずかにうなずいた。

「清兵衛は、さようなこと、一言も申してはおらなんだ」

崇伝はなじるように言った。

「髪をおろしたのは、つい今朝方のことでございます。袋の集落に立ち寄られた旅の聖《ひじり》に、どうしてもと頼み入り、導師をつとめていただきました」

紀香の口調は、冷ややかなまでに淡々としている。

崇伝は返す言葉がなかった。

(この女は、わしを拒んでいるのだ……)

無理もない。

紀香を捨て、その主家の豊臣家を滅亡に追い込み、死の自由さえ奪い取ったのは、崇伝自身にほかならない。憎しみを抱くのが当然であろう。

(憎むなら憎め。怨むなら、怨むがよい)

女の憎悪を甘んじて受け止めるのも、また愛である。

「何か、不自由はないのか。このような片田舎では、身のまわりの世話も行きとどくまい」

「いえ」

と、紀香が小さく首を横に振った。

「この家《や》の方々は、みなよくして下さります。わたくしは、雨露をしのげる場所と波の音さえあれば、ほかに欲しいものは何もありませぬ」

「そうか……」

「どうぞ、このような世捨て人のことなど気になさらず、京へなりとも、駿府へなりともお帰り下さいませ」

それきり、紀香は沈黙した。

固い殻のなかに閉じこもった女の心をときほぐすには、時間《とき》がかかる。


その日から、崇伝は袋集落の裏山の草庵に居をさだめた。

草庵は、かつて時宗《じしゅう》の老僧が暮らしていたものというが、三年前に老僧が世を去ってからは、住む人もなく、打ち捨てられたままになっていた。

崇伝は庭に生えた雑草を抜き、傷んだ屋根を直し、塵《ちり》の積もった庵のなかをみずから掃き清めた。

汗を流して作務《さむ》を行じていると、まるで名もなき雲水《うんすい》であったむかしにもどったかのようである。

集落の者たちは、裏山に住みついた旅の僧侶が、よもや、——黒衣の宰相

と異称される南禅寺の長老であろうとは、誰ひとりとして知るよしもない。

崇伝は昼のうちは托鉢《たくはつ》をおこない、夕暮れ近く草庵にもどって飯の支度をした。禅僧は飯炊きも修行のうちのひとつであるから、崇伝もなれている。ととのえた夕餉《ゆうげ》を紀香のいる網元の屋敷の離れまで運び、ふたりで膳を囲んだ。

「なぜ、このようなことをなさいます」

人が変わったような崇伝のやさしさを、紀香はいぶかしんだ。

「大坂城からそなたを救い出したとき、わしはそなたの目の代わりになろうと心に決めた。それが、せめてもの罪ほろぼしだ」

「罪ほろぼし……」

紀香が美しい眉をひそめた。

「心にもなきことをおおせられますな」

「嘘いつわりではない。わしはそなたとともに、この湊で老い朽ちるまで暮らす」

「いまさら……。迷惑にございます」

「何とでも思うがいい。わしはこの地を離れぬ」

「……」

崇伝と紀香の、奇妙な暮らしがはじまった。

一つ屋根の下に住むわけではない。朝な夕なに崇伝が紀香の住まいへ通い、食事をともにしながら、しばらく話をして自分の草庵へ帰っていくのである。

崇伝が語るのは、何の変哲もない土地の話ばかりであった。

「次郎吉のところの童《わらべ》が、佐兵衛《さべえ》ノ鼻で一尺半を超える大きなチヌを釣ったそうだ」

「今日は夕陽がみごとであった。浜辺を歩いていると、てのひらまで、しぼったような紅の色に染まりそうだった」

「聞こえるであろう。今宵は風が強いぞ。このぶんでは、袋湊の入江も波立っているのではないか」

崇伝の話を、紀香は黙って聞いた。

しずかな時が流れていた。おだやかな日々は、ふたたび長くはつづかなかった。

崇伝の暮らす草庵に、使者が来た。

本多上野介正純の家臣で、名を余語《よご》新五郎という。

余語家は、三河国の高橋郷の出身で、いわゆる、

――三河高橋衆
に属している。

高橋衆は矢作川の舟稼ぎをはじめとする商取引にかかわり、遠国へも自在に行き来す

る〃ワタリ〃と呼ばれる商業民であった。

ために、彼らにはすぐれた情報収集の能力があり、そこに目をつけた本多正純が隠密として飼っていた。

崇伝の前にあらわれた新五郎は、紺の袖なし羽織に裁《た》っ着《つ》け袴《ばかま》をはき、背中に木刀の入った鹿革の袋を背負うという、廻国の武芸者のふうをよそおっていた。

「伝長老、お探し申し上げました」

余語新五郎が草庵の庭に片膝をついた。

草むした庭に、萩の花がこぼれはじめている。もう夏もすっかりと闌《た》け、吹く風に秋の気配が忍び寄っていた。

「わしがここにいることを、誰に聞いた」

崇伝は、庭先の男を冷たい目で見下ろした。

「われら高橋衆の諸国に広がる網の目は、伝長老もご存じのはずでございます」

「………」

崇伝の顔は苦い。

本多家は、早くから三河高橋衆と根来衆を配下に組み込み、諜報活動に使ってきた。大久保忠隣との政争においても、彼らは本多家の耳目となって暗躍した。崇伝はそれをよく知っている。

しかし、自分の身辺にまで、正純が子飼いの隠密をはなつというのは気持ちのいいものではない。

「上野介どのが、いまごろ、わしに何用か。病気療養のため、しばらく駿府への出仕の儀はご容赦願いたいと、大御所さまに申し上げてあるはずだが」

「そこを枉《ま》げて、一日も早く政務に復帰されたしと、上野介さまはさようおおせられておられます」

「何か、駿府にて不都合が出来《しゅったい》いたしたか」

崇伝は聞いた。

もしや、老齢の大御所家康の身に、変事が起きたかと思ったのである。

「いえ……」

「では、急ぎ出仕する必要はあるまい。わしはいましばらく、ここで海を眺めて過ごす」

「そうはいかぬのでございます。伝長老がおもどりにならねば、政務がすすみませぬ」

余語新五郎が言った。

崇伝が紀州で隠遁生活を送っているあいだ、幕閣で内部抗争が起きていた。

本多正信、正純親子を中心とする、

――大御所派

と、江戸の将軍秀忠に仕える土井利勝を中心とした、

——将軍派
とのあいだの、主導権争いである。

これまで、幕閣の主導権は〝大御所派〟が握ってきた。秀忠は将軍とはいうものの飾りにすぎず、駿府の大御所家康が、じっさいの政治を動かしてきたからである。

しかし、目の上のタンコブともいうべき豊臣家を滅ぼしたことにより、徳川家の内部に変化があらわれはじめた。

宿願を果たした家康は、引退を決意。

悠々自適の隠居暮らしを送るため、水清らかな伊豆の泉頭《いずみかしら》(柿田川湧水地)のあたりに屋敷の造営を命じた。

となれば——。

いままで、大御所家康の威光を背景に、辣腕《らつわん》をふるってきた〝大御所派〟は、にわかに力をうしなうことになる。

かわって台頭してくるのは、〝大御所派〟の前に頭を押さえつけられていた、土井利勝ら〝将軍派〟にほかならない。

いまはまだ、家康が健在だからよいが、老齢の家康にもしものことがあれば、

——政変

が起きるのは、火を見るよりもあきらかだった。

本多正信、正純親子は、挽回《ばんかい》をはかるため、彼らと同じ〝大御所派〟の崇伝を呼びもどそうと、行方を探させていたのである。

「なにとぞ、駿府へおもどり下されたし、伝長老」

余語新五郎が、地面に額をすりつけんばかりに頭を下げた。

「法令の起草、諸外国との交渉において、伝長老に代わる者はおりませぬ。江戸の将軍家とて、京五山および朝廷内に隠然たる力をお持ちの伝長老を、ゆめゆめ粗略にはあつかわれますまい」

「本多どのは、わしを仲立ちにし、江戸の土井利勝らとの和合をはかろうというのだな」

崇伝は、本多の使者を皮肉な目で見下ろした。

「わしがもどったとて、何ほどのこともできまい」

「さようなことはございませぬ。伝長老は、まだ四十七歳とお若い。このまま身を引かれるのは、あまりに惜しいと、わがあるじも申しておりまする」

「あてにしてもらっては困ると、上野介どのにお伝えしてくれ。わしの心は、すでにまつりごとから離れている」

「天海僧正が、あなたさまの地位に取って代わろうとしていると聞いても、平静でおられますするか」

余語新五郎が目をあげた。

「なに、天海が……」

崇伝の眉間に陰が走った。

天海は、いまさらいうまでもなく、徳川幕府において崇伝と力を二分する宗教界の実力者である。

実務能力にたけた崇伝とちがい、天海は密教系の加持祈禱《かじきとう》術や奥深い法話をもって家康の心をつかみ、独自の地位を築き上げていた。

その天海が、崇伝の留守中、さらなる力をのばしつつあるという。

いかに崇伝が紀香のために隠遁の覚悟をかためていたとて、政敵天海の動静を聞けば、内心、おだやかでいられるはずがない。

「ばかりではございませぬ。近ごろ、幕閣に妙な噂が流れております」

「妙な噂……」

「はい」

余語新五郎はうなずき、

「伝長老は、そもそも大坂攻めをはじめるきっかけとなった、方広寺の鐘銘《しようみよう》のことをおぼえておられましょうや」

おぼえているどころではない。

豊臣家の菩提寺、方広寺の鐘に刻まれた、

《国家安康》

《君臣豊楽》

の文字を、豊臣家が家康を呪詛《じゅそ》するあかしとして崇伝が糾弾し、開戦にまで持ち込んだ。

「この期におよんで、方広寺の鐘銘がどうしたというのだ」

崇伝は不快の色を顔ににじませた。

「これは、あくまで噂でございます」

と、余語新五郎は前置きし、

「鐘の銘文にひそませた呪い文字を見つけたのは、伝長老の手柄のように言っているが、じつはそうではない。銘文を書いた清韓上人は、文章をおおやけにする前に、下書きを内々に天海僧正に見せ、まちがいがないかどうか伺いを立てている。そのさい、天海僧正は、もとは〝国家安泰〟とあった文字を〝国家安康〟とあらためさせ、伝長老に豊臣家の落ち度をあげつらわせるよう、わざと仕向けたのだと」

「なんだと……」

崇伝は、扇をつかんだ手をふるわせた。

事実とすれば、ゆゆしき話である。

あのとき——。

崇伝は銘文のなかに〝国家安康〟の文字を見つけ、欣喜雀躍《きんきじやくやく》として、豊臣家の追いつめにかかった。

しかし、それがあらかじめ、天海によって仕組まれていたとするなら、崇伝はたんに、老僧のてのひらで踊らされていたにすぎなかったことになる。

「いかがなされます、伝長老。噂を打ち捨てておかれては、伝長老のご名誉にもかかわりましょう」

余語新五郎の言葉に、

「いま少し、考える」

崇伝は憮然として言った。

余語新五郎が立ち去ったあと、崇伝は波立つ気持ちをかかえながら、紀香のもとをたずねた。

ここしばらく、紀香は体の加減が良いらしい。

床に臥せりもせず、日々、波の音に耳をかたむけて暮らしている。

この日も、紀香は縁側にすわっていた。

崇伝のおとずれを知ると、何を思ったか、

「海へ連れていって下さいませぬか」

つねにないことを言いだした。

「もう夕暮れも近い。冷たい潮風は体に毒だ。明日にせよ」

「いえ、今日、行きたいのでございます」

魂の抜け殻となったような女が、めずらしく熱を帯びた口調で言った。

考えてみれば、ここへ来てから、紀香は離れに閉じ籠もったきりで、ろくに外の空気を吸っていない。気晴らしに潮風に当たりたくなったのであろうと、崇伝は思った。

目の見えぬ紀香を外へ連れ出すには、幼子のように手を引いていかねばならない。

崇伝が手を取ると、紀香の指は痛々しいまでに細くなっていた。

五十に近い僧侶と四十をむかえる尼。

はたから見れば、花も実もなさぬ枯木のような組み合わせであるかもしれない。

だが、崇伝の紀香に対する想いは、はじめて出会った二十三年前の若者の日そのままに、みずみずしさを失っていなかった。

崇伝は波の静かな入江の奥ではなく、

――佐兵衛ノ鼻
と、呼ばれる岬の突端へ紀香を連れていった。

ちょうど、あかあかと夕陽が空を染めていた。橙色、紅色に金がまじり、さながら仏の後光のように美しい。

「まるで、空が燃えるような」

崇伝の腕にもたれたまま、紀香が吐息まじりにつぶやいた。

「見えるのか」

崇伝はおどろき、女を見下ろした。

「いいえ」

と、紀香は首を横に振り、

「はっきりとは見えませぬ。ただ、肌に降りそそぐ陽射しの強さ、弱さ、風の匂いを感じていると、いま目の前にある景色が、まぶたのうらにありありと現じてくるような気がするのです」

「ほう……」

「それどころか、目が見えなくなってはじめて、心のうちに見えてきたものがございます」

と言うと、紀香は崇伝の腕を離れ、荒磯の横の砂浜に腰をおろした。

崇伝も、肩を並べてすわる。

夕暮れの風が頰をなぶった。初秋の海風は、どこか哀調を帯び、明るいが冷たく沈んだ儚《はかな》さを底にふくんでいる。

ふと横を見ると、紀香の頬を涙が濡らしていた。

「なぜ泣く」

崇伝は紀香に聞いた。

「……」

紀香は黙っている。その頬を、涙がしずかにつたい流れるにまかせた。

「わしを怨んでいるからか。憎い男に救われ、心ならずも命をながらえたことを、口惜しく思っているのか」

「いまさら、あなたさまを怨んでなどおりませぬ」

「ならば、なにゆえ……」

「あなたさまを憎もうといたしました。仇敵と思いなそうといたしました。でも、心から憎むことはできなかった。なぜか、おわかりになりますか」

「いや」

「人には決してお見せにならぬ、あなたさまのまことの姿を知っていたからです」

「まことの姿……」

「世間の者から大悪人とののしられようと、あなたさまは心の奥底に、美しい輝きを隠している。それをおもてにあらわさず、我が身を傷つけながら、あえて修羅の道を生きておられるのだと……」

ていた。

「わしを許すというのか」

女の横顔を、崇伝は見つめた。

いつしか涙は乾いている。瞳に、夕ばえの色を吸って金色にきらめく紀州の海が映っていた。

「最初から、許しております。それゆえ、どうか、もうわたくしのことはお気づかい下さいますな。あなたさまは、この静かな里で、一生過ごせる方ではない。わたくしのために、ご自分の野心をお捨てになるなどと、言って下さいますな」

「無理に捨てるわけではない。わしは真実、そなたと残りの生をともにしようと、心に決めてここへ来たのだ」

崇伝は言った。

「まことに、それで悔いはないのですか」

「………」

「宇久島ではじめて会ったとき、あなたさまはこう申されました。自分には夢がある。学問を身につけ、それを力にして世に出る。いまのままの自分で、一生を終わりたくはないと……」

「あのころは、世に出るために必死だった」

「あなたさまは太閤殿下の禁制を破って、明国へ密航をくわだてていた。こころざしをなかった」
抱き、ゆうゆうと大空を翔《か》けるような颯爽《さっそう》とした姿が、わたくしにはまぶしくてたまら

紀香が噛むようにつぶやいた。

「あなたさまは、誰の手も届かぬ天のかなたをめざし、大空を翔けつづけている姿こそ似つかわしい。ひとりの女のために、ご自分のこころざしを捨ててはなりませぬ」

「紀香……」

それきり、紀香は口をつぐんだ。

海のかなたに最後の残照が吸い込まれるまで、ふたりは寄せては返す波音に耳をかたむけた。

紀香を離れへ送り届けたあと、崇伝は草庵で座禅を組んだ。

胸に、迷いがあった。

自分は、すべてを捨てて女とともに余生を送ろうと思い定め、紀州の地へやってきた。豊臣家を滅ぼし、幕藩体制の基礎がかたまったことで、おのれの役割は終わったと思った。

しかし、自分の功績だと信じていた仕事が、じつは天海僧正が仕組んだものだという噂を知らされた。みずからの仕事に誇りを持つ者として、これほどの屈辱はない。

（自分がいないのをいいことに、天海は大御所さまや江戸の将軍家に取り入り、宗教界

を牛耳《ぎゅうじ》る気だ……)

いてもたってもいられぬ気分だった。

紀香は病人特有のカンのするどさで、男の揺れ動く心を見抜き、あのようなことを言いだしたのかもしれない。

しかし、

(紀香を残して去ることはできぬ……)

崇伝の心の闇は深い。

その日の夜半――。

庵の戸を、激しくたたく者があった。

寝じたくをはじめていた崇伝は、

(何ごとか……)

ただならぬ予感をおぼえ、すぐさま土間へ下りて、板戸をうちからあけた。

転げるように飛び込んできたのは、顔なじみの網元の妻女である。

「す、すぐにいらして下さいませ。あのお方のご容体が……」

「紀香か」

「はい」

女の顔が蒼ざめている。

そのようすから、事態は一刻をあらそうのが見て取れた。

崇伝は外へ飛び出た。

空に星が散っている。昼のうちはまだ残暑が厳しいとはいえ、夜ともなれば海から吹きあげる風が涼しい。

離れへ駆け込むと、紀香が苦しんでいた。

「しっかりせよ」

崇伝は、女の肩を抱いた。

紀香は崇伝を見て、必死に何か言おうとするが、苦痛のあまり声にならないらしい。

額にじっとりと脂汗《あぶらあせ》がにじみ、唇から血の気が失せていた。

(放っておけば、死ぬ……)

医術の心得はないが、崇伝にもそれくらいのことはわかる。

崇伝は、あとから部屋に入ってきた妻女を振り返り、

「このあたりに、医者はおらぬか」

物凄い形相で言った。

「牟妻ノ湯にひとりおりまするが」

「よし、その医者を呼んでくる」

「しかし、このような夜中では……」

「たたき起こし、首に縄をつけても連れてくるまでだ」

崇伝が立ち上がろうとすると、法衣の袖を弱々しく引く者があった。

紀香である。

最後の力を振りしぼり、苦しい息の下から、

――行かないでほしい……。

と、目で訴えているのがわかった。

(もう、わたくしはよいのです。どうか、このまま……)

紀香の痛々しい叫びが、崇伝の胸に津波が鳴り響くようにつたわってきた。

「そなたは、わしとともに生きるのだ」

崇伝は手のうえに、自分の手を重ねた。

なごりを惜しむように女の手を強く握りしめるや、決然と立ち上がる。

「厩《うまや》の馬を借りるぞ」

網元の妻女があわててうなずいたときには、崇伝の後ろ姿は戸口の向こうの闇に溶け込んでいた。

網元の厩から、馬を引き出した崇伝は、夜の道を駆けた。

馬とはいっても、野良仕事に使う駄馬である。平手で尻をたたいて早駆けをうながす

が、なかなか思うようにならない。

（くそッ！）

崇伝は、鐙《あぶみ》にのせていた足のかかとで、馬の腹を強く蹴った。

おどろいた馬が、ひと声高くいなないて、つんのめるように走りだす。

手綱をゆるめつつ、崇伝は馬を駆った。

ものの四半刻（三十分）もたたぬうちに、牟妻ノ湯へ着いた。

暗い波が打ち寄せる浜辺にそって、道の両側に藁葺きの湯宿が軒を並べている。崇伝は、一軒の湯宿に飛び込み、医者のありかをたずねた。

医者は、

――まぶの湯
という外湯の隣に、看板を出しているという。

さっそく、聞いた場所をたずね、すでに寝入っていた医者をたたき起こして、身じたくをととのえさせた。

「急病人だ、急いでくれ」

崇伝は、医者を引きずるように馬の背に乗せた。

みずからも馬に相乗りし、来た道をとって返す。

わずか二里の袋湊までの道のりが、百里にも、二百里にも、とてつもなく長く感じられる。

崇伝の双眸《そうぼう》に、トウガラシの花を散らしたような白い星が痛いほど沁み入った。

駆けに駆け、月が中天から西の空へかたむきだすころ、紀香のいる網元の離れへたどり着いた。

家のなかから、網元の妻女の低くすすり泣く声がする。

（まさか……）

不吉な予感を胸に抱いたまま、崇伝は板戸をあけ家のなかへ駆け込んだ。

「紀香ッ！」

崇伝は草履を脱ぎ捨てる間ももどかしく、病人の枕もとへ走り寄った。

紀香はすでに、苦悶してはいなかった。

閑《しず》かに瞼を閉じていた。

白い水仙の花のように、おだやかな死に顔であった。血の気の失せた口もとには、かすかな笑みがたたえられているような気さえした。

紀香……。

全身の力が抜けた。不思議と涙は湧かない。

ただ、胸をするどい痛みが走り抜けた。

崇伝はまたたきもせず、女の物言わぬ顔を見つめつづけた。

新しき世

紀香の亡骸《なきがら》を、崇伝は紀州の真っ青な海を見下ろす丘の上に埋めた。

墓の横に、ヤブツバキの木を植えた。

毎年、春になれば深紅の花が明かりを灯したように咲くであろう。せめてもの女への手向《たむ》けであった。

初七日をすませた崇伝は、袋湊をあとにした。

もはや、紀香はいない。崇伝を引き留めておくものは、すでにそこにはなかった。

いったん京へのぼり、南禅寺の金地院へもどったが、日をおかずしてすぐに駿府へ向けて旅立った。

崇伝が駿府城下に着いたのは、九月二十七日のことである。

――日の出以前、駿府に下着申し候。ただちに後藤庄三（後藤庄三郎）へ参り候て、朝飯を給わり候。それより上野殿（本多正純）へ参る。

と、崇伝の日記にはある。

「伝長老、よくぞもどってきた」

本多正純は満面に喜色を浮かべ、崇伝を迎えた。

大坂の陣が終わって四月あまり。家康とともに駿府へ下る正純を見送ったのが、わずか二月前のことである。

が、たとえつかの間でも、紀香との静謐《せいひつ》な時を過ごした崇伝には、なまぐさい政治の表舞台でのことどもが、何もかも遠い夢であったかのように感じられた。

「もはや、二度ともどってまいられぬのではないかと案じていた。体のお加減は、いかがか」

「紀州の海風がよかったのでござろう。すっかり本復いたした」

崇伝は、みずからの病を理由にまつりごとから遠ざかっていた。

精緻な情報網を持つ正純が、崇伝の女の存在に感づいていたにしろ、表面は何もなかったようにふるまうのが一流の政治家というものである。

「大御所さまも、貴僧のことをたいそう心配なされておられた」

「明日にでも、さっそくご挨拶に参上するつもりでおります」

「それがよろしかろう。大坂攻めが終わってから、大御所さまもいささかお寂しげなご様子。御坊が顔を見せれば、気分も華やぐのではないか」

「ときに」

と、崇伝は目の奥を光らせ、

「余語新五郎より聞いた話では、近ごろとみに、江戸の将軍さまの取り巻きどもの発言力が高まっておるとか」

「それよ」

本多正純は表情をくもらせた。

「大御所さまが引退のご意向を示されてからこのかた、土井利勝、酒井忠世《ただよ》らが何かにつけて、駿府を無視し、江戸だけで勝手にまつりごとをすすめんとしておる。大御所さま、いまだご壮健にあらせられるというに、増上慢《ぞうじようまん》もはなはだし」

本多正純は、憤懣《ふんまん》やるかたないといった顔をした。

「それが、世の流れというものでござろう」

しばらく政治とは離れたところに身をおいていた崇伝は、世の趨勢《すうせい》を冷静に受け止めることができた。

「かわろうとしているのです。われらとて、いままでと同じというわけにはまいりますまい」

「そのように悟りすましてよいのか、伝長老」

正純が苛立ったように袴《はかま》の膝をつかんだ。

「川越喜多院の南光坊天海は、つねの相談相手として大御所さまのお心をとらえているばかりでなく、江戸の土井、酒井らとも連携をはかり、幕府の宗教政策を一手に握らんとしているようだ。御坊とて、うかうかはしておられぬぞ」

「…………」

胸のあたりがひりひりするような日々が、

（また、帰ってきたか……）

崇伝は、戦いの場にいやおうなく引きもどされた自分を感じた。

本多邸で昼飯を馳走になったあと、崇伝はあらためて駿府城へ登城し、家康に拝謁《はいえつ》した。

家康はことのほか、機嫌がよかった。

――上様御機嫌よし

と、この日のようすを、崇伝は京の板倉勝重への手紙に書き送っている。

家康のかたわらには、天海がいた。

天海は八十歳という高齢である。にもかかわらず、壮健そのもので、以前よりも重い瞼の奥の眼光が冴えわたっているような気さえした。

崇伝は、自分と家康との対面の場に天海が同席するのを不快に感じた。

家康はまず、大坂の陣と、それにつづく諸法度の発布における崇伝のはたらきを厚くねぎらった。

「どうじゃ、伝長老。疲れはとれたか」

「おかげさまにて」

崇伝はふかぶかと頭《こうべ》を垂れた。

「そちは、まだ若い。幕府のため、これから先も末長く奉公してもらわねばならぬ。身を大切にせよ」

「はッ」

「若いそちと違い、わしはもはや俗世のことには飽いた。ちょうどいまも、天海僧正より、ありがたい法話を拝聴しておったところよ」

家康は、さながら師父をあおぐような目でかたわらの天海を見た。

(何か、ちがう……)

崇伝は、胸のうちを冷たい水が流れるような違和感をおぼえた。

いままで、崇伝と家康とのあいだには、ひとつの目標に向かってひた走る者どうしが持つ、目に見えぬ絆《きずな》があった。

それが、久方ぶりに会ったこの日は、すっかり消え失せている。

代わって、家康と天海のあいだに結ばれた、得体の知れぬ親密さは何か。

崇伝は、直感力にすぐれた男である。

(大御所さまは、もはや自分を必要としていないのではないか……)

その場の空気を、敏感に察知した。

豊臣家を滅ぼした家康は、引退を決意した。

これからの家康に必要なのは、幕政の役に立つ、崇伝のごとき有能な人材ではない。むしろ、存在感を増してくるのは、余生を心豊かに過ごすための相談相手、天海のような宗教的カリスマ性を身につけた人物なのである。

(そんな、ばかなことがあるか)

崇伝は家康のため、骨身を惜しまず仕事に励んできた日々を思った。

世が、時とともに新しく移り変わっていくのはいたしかたない。水は絶えず流れゆくものである。

だが、同じ目的のために走りつづけてきた家康が自分を離れ、別の境地に生きる地平を見いだしたと考えるのは、あまりに寂しい。

数々の策謀に手を染め、

「大欲山悪長老」

「僭上和尚《せんじようおしよう》」

と、世の汚名を一身に背負った自分の人生は、いったい何だったのか。

おのれが、新しい時代をつくりあげるための捨て石にすぎないことは、かねてよりわかっていたつもりだが、こうして、自分に精神的つながりをまったく求めていない家康の姿を見せつけられると、ひとしおむなしさが身に沁みた。

「そなたは江戸へゆけ、伝長老」

家康が言った。

「外交文書の作成において、そなたほど精通した者はおらぬ。江戸に、あらたな金地院を建てるがよい」

「わたくしは従前と変わらず、大御所さまのおそばにご奉公いたしとう存じまする」

「わがままを申すでない」

家康は扇で膝をたたき、

「そなたには、そなたの役目というものがある。わしのもとで、そなたに申しつけるべきことは、もはや何もない」

「は……」

冷厳ともいえる家康の言葉が、崇伝の胸にさむざむと下りてきた。

平伏する自分の首すじを見つめる天海の視線を、崇伝は痛いように感じた。

その翌々日、家康は駿府より軍勢をひきいて江戸へ向かった。

関東近辺で、大がかりな、

――鷹狩り
をおこなうためである。

このたびの鷹狩りは、たんなる遊興ではない。鷹狩りの名をかりた、一大軍事演習である。

豊臣家という眼前の敵を滅ぼしたことにより、将士たちのあいだに精神的たるみが広がらぬよう、組織の引き締めをはかるのが演習の目的であった。また同時に、伊達、上杉ら、東国の外様《とざま》大名への威嚇《いかく》の意味もふくまれていた。

鷹狩りは、三ヶ月もの長きにわたっておこなわれた。

崇伝は鷹狩りには同行せず、江戸に向かった。

江戸城下の青山図書助《ずしよのすけ》の空き屋敷を、江戸での仮住まいとしてあたえられ、僧侶、寺侍ら六十余人、馬五疋《ひき》を連れて入った。

屋敷は、隅田川の河口にあった。

上げ潮ともなれば、川に海水が入り込み、潮の匂いがあたり一帯に満ちた。

書院の間から庭ごしに、滔々《とうとう》と流れる隅田川と、その向こう岸の本所《ほんじよ》あたりの葦原が見えた。

すでに、冬になっている。

葦原は茶色く霜枯れ、川の流れは空の色をうつして鉛色に濁っている。葦原のかなた、はるか北東の方角に、霊峰筑波山がうす紫にかすんでいた。

茫漠とした眺めである。

崇伝は書院の縁側から、さむざむとした冬景色を見つめた。

紀香の死以来、崇伝は胸にぽっかりと穴があいたような寂寥感《せきりょうかん》のなかにいた。

埋めがたい胸の穴を、いつも冷たい木枯らしが吹き抜けている。

余人には言えぬ話だった。

少し前までは、すべてを忘れて仕事に没頭することができたが、いまはちがう。体に力が入らなかった。

心は、いまだに紀州の袋湊に置きざりにしてある――そんな気がした。

江戸屋敷には、さまざまな人物から書状が来た。

家康にしたがって、鷹狩りに加わっている本多正純。駿府にいる儒者の林羅山。京の板倉勝重。将軍秀忠側近の土井利勝、安藤重信、酒井忠世。あるいは、京の妙法院、知恩院の住持。

たえず、用向きの書状がやってくる。そのたびに、崇伝は硯で墨をすり、返書を書いた。

人が来れば、会わねばならない。会えば、客が帰ったあとに、ひどく疲労をおぼえた。

何もかもがむなしい。

おのれが何のために仕事をしているのか、それがわからなくなっている。心は、紀州に置き去りにしてきた。

だが、心がなくとも人は動かねばならぬ。動かねば、世の荒波のなかで沈んでしまう。

崇伝は新しい時代の波に乗り遅れぬため、江戸城へしばしば登城して、

土井利勝

酒井忠世

安藤重信

ら、将軍秀忠側近の者たちに会った。

彼らはいずれも、崇伝より三、四歳若く、四十代なかばの働きざかりである。

大御所家康の君側にはじめて侍《じ》したとき、四十歳になったばかりの崇伝は、側近衆のなかでもっとも若かった。

その若さと大胆さで、自分よりもはるかに年上の老獪《ろうかい》な政治家たちと対等に伍《ご》してきた。

将軍秀忠の側近の列に加わるには、今度はそうではなく、豊富な経験と知識でほかの者たちを圧していかねばならない。崇伝は、自分の立場をそう認識していた。

家康は、来年の春あたりに、伊豆の泉頭《いずみかしら》の隠居所に引きこもり、いっさいのまつりご

とから手を引こうとしている。

そうすることが、二代将軍秀忠の権威を高めることであり、ひいては徳川幕府の体制を強固なものにすると、家康はわかっていた。

家康が引退した時点で、大御所側近衆は解散となる。

二代将軍秀忠の側近として生き残るか、それとも家康とともに引退するか、大きな決断をせまられる。

紀州へ下ったとき、崇伝は政治の一線から身を引くことを、いったん決意していた。

しかし、いまの幕府で崇伝以上に外交に通じ、朝廷との太いつながりを持っている者はいない。

ゆえに、家康や本多正純は崇伝を慰留《いりゅう》し、秀忠政権下でも引きつづき、行政手腕を発揮させようとしていた。

ただし、宗教政策の面では、天海がいる。

これまで、大御所のもとでは崇伝と天海、両人が並び立ち、宗教界の頂点に立ってきたが、秀忠政権ではふたりの力関係がどうなるか、先が読めない。

(いまさら、天海の風下に立てるか……)

崇伝は思った。

崇伝のなかで、いま熱く燃えるものがあるとすれば、天海には負けたくない——という意地だった。

天海は、みずから住職をつとめる川越喜多院にいる。

噂では、家康は鷹狩りの途中、わざわざ川越城に立ち寄り、天海が招いた月山《がっさん》の行者から、即身成仏について話を聞いたという。

家康に対する天海の影響力が、日ましに強まっているのを崇伝は感じた。

将軍秀忠とその側近衆は、江戸に滞在する崇伝を厚く遇した。

外交、および朝廷政策において、崇伝以上にすぐれた手腕の持ち主がほかにいなかったためである。崇伝の豊かな知識と行政能力は、彼らにとっても魅力的だった。

それに対し、従来の大御所側近衆のなかで、立場がむずかしくなったのが本多正純である。

家康第一の側近として、辣腕《らつわん》をふるってきた正純は、いままで将軍秀忠の側近たちに厳しくあたってきた。

当然、秀忠の側近たちには、

——正純憎し

の思いがある。

正純の父本多正信は、家康の命により、目付《めつけ》役として秀忠側近の列に加わっていたが、昨年の秋、大坂冬の陣がはじまる直前に体を壊して休養をとっている。

父正信が壮健なら話は別だが、いまのところ、江戸の秀忠側近衆のなかに本多正純の味方はいない。

立場が微妙といえば、崇伝や正純とともに大御所政治をささえてきた金銀改役の、

――後藤庄三郎光次《みつつぐ》

も同じである。

後藤庄三郎は、家康の〝金庫番〟として、徳川家の財政を一手に牛耳《ぎゅうじ》ってきた。政治の裏金の流れも、すべて知っている。しかも、彼自身、財政にかかわってきただけあって、たたけば埃の出る身でもあった。

秀忠政権下で不正蓄財を追及されることを恐れた庄三郎は、まだ四十代の若さにもかかわらず、

「近ごろ、目が悪くなり、小判に極印《ごくいん》を押すことがかなわなくなりました。家督を息子の広世《ひろよ》にゆずり、隠居しとうございます」

と願い出て、屋敷に引き籠もった。

(仮病だな……)

長年、行動をともにしてきた崇伝には、後藤庄三郎の考えていることがわかった。

かつての大久保長安の例をみるまでもなく、財政に深くかかわりすぎた者は、悲惨な

末路をたどることが多い。

不正を追及されて恥をさらすよりは、みずから身を引き、家を絶やすまいとしたのである。

じつは——。

後藤庄三郎の息子の広世は、家康の子であった。庄三郎が、家康から愛妾の大橋ノ局をたまわったとき、局の腹にはすでに家康の種が宿っており、そして生まれたのが広世であった。

後藤家の跡取りが、じつは家康の子だというのは、なかば公然の事実である。

家康の血筋に家を継がせれば、たとえ将軍秀忠といえど、不正蓄財を追及することはできない。庄三郎の苦肉の策であった。

（みな、生き残りに必死だ……）

崇伝は、隅田川の冷たい灰色の流れを見つめた。

三月近くにわたる関東放鷹《ほうよう》を終えた徳川家康は、駿府への帰途についた。

途中、伊豆三島の泉頭の地に立ち寄っている。

前にもふれたが、

——泉頭

とは、いまの柿田川湧水地である。

一日に百万トンにもおよぶ富士山の清らかな伏流水が湧き出し、バイカモ、フサモ、ヤナギモなどの、清流にしか育たない藻類が繁茂している。

カワセミ、ヤマセミが水辺を飛びかい、晩秋には鮎が産卵のために大挙して押し寄せてくる。

家康は、豊かな自然にめぐまれた風光明媚な泉頭の地で、みずからの最晩年を過ごそうと考えた。

『駿府記』にも、

——泉頭、勝地たるの間、ご隠居成さるべきのむね、仰せ出さる。来春、ご隠居と云々。

と、ある。

家康は、終始上機嫌に泉頭の景勝地を見てまわり、

「隠居所は、泉の東岸がよいな。そこなれば、清涼たる泉の眺めの向こうに、朝な夕な富士の嶺をあおぎ見ることができる」

と、屋敷の縄張りを決め、来春早々より作事にとりかかるよう命じた。

しかし——。

その家康の命が、実行にうつされることはなかった。

翌、元和二年の一月二十一日。

家康は、駿府から南西へ五里離れた田中城（現、静岡県藤枝市）近くの湿地で、鷹狩

りをおこなった。

愛玩《あいがん》の鷹〝白銀《しろがね》〟がとらえた獲物は、カモ三羽、キジ一羽。

まず、上々の成果である。

夕暮れまで狩りを楽しんだ家康は、意気揚々と田中城へ帰還した。

城では、御用商人の茶屋四郎次郎が珍味佳肴《ちんみかこう》をととのえて待っていた。

「本日は、大御所さまに、京ではやりの天麩羅《てんぷら》を召し上がっていただこうと、料理人に命じて用意いたさせました」

「何じゃ、その天麩羅とは？」

「魚や野菜に衣をつけ、カヤの実の油で香ばしく揚げたものでございます。南蛮人の宣教師が、聖堂《テンプロ》のなかでつくりましたゆえ、この名がつけられましたとか」

「南蛮の料理か。とにかく、一日じゅう野を歩きまわって腹が減った。その天麩羅とやらを、これへ」

茶屋四郎次郎が用意したのは、駿河名物の興津《おきつ》の鯛を天麩羅にしたものである。

家康はことのほか天麩羅を気に入り、うまい、うまいと言って平らげた。

家康が倒れたのは、その夜のことである。

夜中、家康はにわかに激しい腹痛を訴えた。

――はなはだご危急（『片山家譜』）

のようすで、同行していた侍医の片山宗哲《そうてつ》が治療にあたった。

天麩羅などの油っぽい食事のあとで起こる腹痛は、胆嚢《たんのう》や膵臓《すいぞう》などの疾患によるものが多いといわれる。

また、

――御腹中に塊《かたまり》ありて、時々痛み給う。

と、宗哲の病状記録にあることから、家康は胆嚢癌か、膵臓癌、あるいは胃癌だったのではないかと推定される。

「大御所、倒る」

の知らせは、翌日の早朝、駿府にもたらされた。

変事の一報が届いたとき、崇伝は駿府金地院にいた。

「何ッ！　それはまことかッ」

城からの使者を、崇伝は火のような目で睨みすえた。

「はい。御典医の片山宗哲どのよりの知らせでは、大御所さまはいたくお苦しみになり、ご危急なるご容体とのよし」

「このこと、知っておるのは、誰と誰じゃ」

「本多上野介（正純）さま、安藤帯刀《たてわき》（直次）さま、先日より駿府城にご滞在になっていた伊勢津城主の藤堂和泉守《いずみのかみ》（高虎）さまほか、数人にございます」

「それよりほかは、知らせを断じて外に洩らさぬようにせよ」

崇伝は箝口令《かんこうれい》をしいた。

ことがことである。

——大御所ご不例《ふれい》
の報が世に流れれば、どのような不測の事態が起きぬものでもない。

「わしはただちに、田中城の大御所さまのもとへ向かう。本多どのに、さようお伝えしてくれ」

「ははッ」

使者が帰ると、崇伝は急いで支度をととのえた。

駕籠《かご》に乗って出立しようとしたとき、こわばった顔をした藤堂高虎が金地院門前にあらわれた。

「わしもともに行く、伝長老。一刻も早く、大御所さまをお見舞い申し上げたい」

崇伝は、藤堂高虎とともに駕籠を飛ばした。

駿府から田中城までは、東海道を五里（二十キロ）の道だが、途中、

——宇津《うつ》ノ谷《や》峠
の険路を越えていかねばならない。

気はあせるが、駕籠はなかなか進まなかった。

（このまま、大御所さまが亡くなられるようなことになれば、世はどうなる……）

駕籠に揺られる崇伝の胸に、冬の風にも似た不安が忍び寄った。


同日、巳ノ刻（午前十時）——。

崇伝と藤堂高虎は、田中城へ到着した。

家康が臥《ふ》せっているという城中の御殿の間へ駆けつけると、意外にも家康はけろりとした顔をし、寝床の上に身を起こしていた。

「どうした、両人とも。真っ昼間から、もののけにでも出くわしたような顔をしおって。わしはこのとおり、壮健じゃ」

「しかし、はなはだお苦しみのごようすと、使いが……」

崇伝は家康を見つめた。

「大事ない。鯛の天麩羅を食いすぎただけだ」

家康は笑い飛ばした。

「宗哲めがいかぬ。たいした病でもないのに騒ぎ立ておる。腹の痛みは、いつも服用している持薬の万病丹と銀液丹を飲んで癒えたわ」

「それは、よろしゅうございました」

家康は日ごろから美食をつつしみ、養生に気をつかっている。

また、みずから薬を調合するなど、健康法には一家言《いっかげん》持っていた。侍医の片山宗哲の診立《みた》てよりも、自己診断のほうに自信を持っているらしい。

「おのれの体のことは、おのれ自身がいちばんよくわかっておる。そのほうどもも、無用な騒ぎはせぬがよい」

「は……」

崇伝は頭を下げた。

病人の枕もとからいったん退出したあと、崇伝と藤堂高虎は台所のわきの小部屋で言葉を交わした。

「伝長老。大御所さまのごようす、何とご覧になる」

「医術は門外漢ゆえ、ようわかりませぬが、お顔の色がいつもとちがうような」

「伝長老もそう思われたか。わしも、このたびの御病《おんやまい》は、ただごとではないような気がする」

「とにかく、宗哲を問いただしてみましょう」

崇伝は、侍医の片山宗哲を部屋に呼んだ。

つつみ隠さず思ったことを申せ——と問いつめると、顎のはった意思の強そうな目をした医者は、淡々とした口調でふたりに真実を告げた。

「大御所さまは、そう長うはございませぬ。もって、あと半年……。いや、死期はそれより早まるかもしれませぬ」

「それほど、ご容体は悪いのか」

藤堂高虎が声を低くした。

「はい。恐れながら、腹の上から触診しただけで、それとわかるシコリがございます。もはや、手のほどこしようがございませぬ」

冷厳な医者の言葉は、崇伝の胸に重く響いた。

家康が病に倒れたとの知らせは、すぐさま江戸の将軍秀忠のもとへもたらされた。秀忠側近の安藤重信が、ただちに見舞いにつかわされ、さらにあとを追って土井利勝も派遣された。

二月一日には、将軍秀忠自身が昼夜兼行で馬を飛ばし、駿府城へ移った家康のもとへ駆けつけてきた。

このころ——。

家康の病状は一時的に小康状態にあった。

家康は、当初、自分の病を食あたりと断じた。が、はかばかしく回復しないため、

「これは、寸白《すばく》のせいであろう」

と、考えをあらためた。

寸白とは、サナダ虫のことである。家康は寸白を下すため、みずから調合した万病丹を日夜、服用した。

しかし、侍医の片山宗哲は、

「大御所さまの御病のもとは、寸白ではございませぬ。虫下しの薬は、かえってお体の力を奪いましょう」

と、自己診断による勝手な薬の服用をいさめた。

将軍秀忠も、宗哲の意見をもっともなりと支持したため、家康はすっかり臍《へそ》を曲げてしまい、

「そなたの顔など見とうもない」

と、宗哲を信州高島へ配流《はいる》した。

冷静沈着で知られた家康だが、最晩年にいたり、さすがに老耄《ろうもう》のきざしを見せはじめたといっていい。いや、というより、自身の病状を家康はうすうす悟っており、その深刻さを忘れるために、これは寸白だと、みずからに言い聞かせようとしたのかもしれない。

とにかく――。

家康の病状は急速に悪化した。

崇伝はつねに病床に侍し、日々、おとろえていく家康を見守りつづけた。

崇伝のほか、病床には女官の阿茶《あちゃ》ノ局、本多正純、藤堂高虎ら、家康の側近衆が詰めている。しかし、その顔ぶれのなかに、天海僧正の姿はなかった。

「南光坊はなぜ来ぬ」

家康は機嫌が悪かった。

聞くところによれば、天海は川越喜多院に閉じ籠もり、見舞いに来る気配をまったくみせないという。

（早くも、大御所さまに見切りをつけたか……）

天海の行動に、崇伝は不審を覚えた。

ようやく、天海が駿府へ姿をあらわしたのは、城内の桜の花が満開になった三月四日のことだった。

「お見舞いが遅くなりました。おゆるし下さりませ」

病床の家康と、そのかたわらに侍《はべ》る崇伝ら側近衆を前にして、天海が表情のうすい顔で言った。

「なにゆえ遅参した。川越の喜多院で、今日まで何をいたしておった」

家康はめずらしく声を荒らげた。

「おそれながら、喜多院に籠もっておったわけではありませぬ」

「ならば、どこにいた。わしが病に倒れしこと、よもや知らなかったとは言わせぬぞ」

「むろん、存じておりました。なればこそ、下野国《しもつけのくに》の日光におもむいておったのでござります」

「日光じゃと？」

「御意《ぎょい》」

天海はうなずいた。

――日光

とは奈良時代の末、勝道《しょうどう》上人によってひらかれた山岳霊場である。男体山と中禅寺湖を中心に、神社仏閣が点在し、古来、霊験《れいげん》あらたかな聖地として信仰されてきた。

いまより三年前の慶長十八年、天海は聖地日光の管轄を家康よりまかされている。

「日光は、霊気ことのほか強き地。大御所さまのご本復を願いたてまつらんものと、雪深き男体山中の窟《いわや》に籠もり、加持祈禱《かじきとう》いたしておりました」

「ほう、加持祈禱をな」

自分の病気平癒を祈念していたとあっては、遅参に文句はつけられない。

それどころか、家康は天海のおこないに、いたく感激した。

「天海僧正は八十を超える老齢にもかかわらず、身を削る思いで厳寒の男体山に籠もったのじゃ。常人のなし得ることではない。そうは思わぬか、伝長老」

「は……」

崇伝は黙って頭を下げざるを得ない。

が、内心では、

（口のうまい古狐め。まことに、雪山に籠もっていたのかどうか……）

と、苦々しい思いを噛みしめている。

その崇伝の目の前で、天海は丹色《にいろ》の法衣のふところから、おもむろに岩の塊を取り出した。

「お喜び下されよ、大御所さま。男体山で祈念をこらしておりしところ、夜中、岩間より忽然《こつぜん》と、これなる薬師如来像が湧出いたしました」

天海が畳の上においた岩は、なるほど、言われてみれば仏像の形に見えなくもない。宝冠をいただいた顔があり、岩に浮き出たすじが、薬師如来が着ている衣のひだのようでもある。

だがそれは、ただの鍾乳石《しようにゆうせき》である。

洞窟の天井から石灰をふくんだ水がしたたり落ち、長い年月をかけて出来上がった石の塊でしかない。それが、たまたま、仏像の形のごとく見えただけのものではないか。

（ばかばかしい……）

崇伝は思った。

禅門の崇伝は、物ごとを何でも理屈で考える。そのような崇伝の目から見て、怪しげ

な密教の法力を誇示する天海は、

——外道《げどう》
以外の何者でもなかった。

が、病のために気が弱くなっている家康は、そうはとらなかったらしい。天海が言うところの薬師如来像を、小姓に命じて蓮形の台座にすえさせ、自分の病床の枕もとに祀らせた。

（人の心は理屈どおりには動かぬ……）

崇伝はそれを思い知らされた。

だが、崇伝にも意地がある。

（大御所さまのそばにつねにつき従い、汗を流して働いてきたのはこのわしだ。いまさら、天海ごときに大きな顔をされてなるものか）

崇伝は、四六時中、家康の病床に詰め、見舞いに来る諸大名、江戸からの使者たちに、おのが存在感をしめすべくつとめた。

家康の病状は、一進一退を繰り返した。

しだいに食がほそくなり、おとろえが目立ってくる。

だが、人の心の奥底を見透かすような大きな金壺眼《かなつぼまなこ》だけは、昔と変わらず炯々《けいけい》と光り、戦国乱世を生き抜いてきた者のみが持つ、しぶとい気力をたたえていた。

「近ごろ、わしはしばしば夢を見る」

天井を見つめ、家康はつぶやいた。

「どのような夢でございます？」

崇伝は聞いた。

「わしが滅ぼした豊臣秀頼と淀殿の夢、亡き太閤の夢、関ヶ原で死んだ石田三成の夢を見ることもある」

「……」

「思えば、長く生きすぎたものよ。長生きしたぶん、多くの者の恨みを買い、業《ごう》が深くなったような気がする」

「大御所さまは、その手で泰平の世をもたらされたのです。敗者の恨みなど、何ほどのことがありましょうや」

「そなたは自信があるか。おのれの来た道に、まちがいはなかったと」

「後悔はありませぬ」

崇伝はきっぱりと言った。

悪名と引き換えに、国をつくってきたという自信がある。

「わしも、ない」

家康の口もとが、かすかにほころんだ。

三月も末ころになり、家康はついに死期をさとったのであろう。

本多正純

金地院崇伝

南光坊天海

の三名を病床に呼び寄せ、遺言をのこした。

遺言は、みずからの死後の埋葬にかかわることである。

戦国の武将は、死してなお、一門の繁栄の象徴として生きつづけなければならないという思想があった。

越後の竜、上杉謙信の亡骸は、自身の遺志により、甲冑《かっちゅう》を着たまま大きな甕《かめ》に入れられ、居城の春日山城に埋葬された。上杉家の守護神とならんがためである。

のち、謙信の遺体は、上杉の国替えにしたがって出羽米沢城に移され、本丸の土塁の東南隅に埋められて城の守りとされた。

家康もまた、

(死してのち、徳川家の守りとならねばならぬ)

と考えた。

崇伝、天海、本多正純を前にして、家康は自分の埋葬方法をつぎのように指定した。

「わが亡骸は、駿府郊外の久能山《くのうざん》に埋めよ。葬儀は江戸の増上寺《ぞうじょうじ》にてとりおこない、位牌は三河の大樹寺《だいじゅじ》に置くこと。また、一周忌が過ぎてから、下野の日光山に小さき御堂を建てて勧請《かんじょう》し、関八州の守りとするように」

家康の遺言を聞いた三人は、

――皆々、涙を流し申し候（『本光国師日記』）

と、ある。

元和二年、四月十七日――。

徳川家康は大往生をとげた。享年、七十五。

亡骸は遺言にしたがい、その日のうちに、駿府城から二里はなれた久能山に移された。

柩《ひつぎ》に付き添って久能山へのぼったのは、本多正純、崇伝、天海のほか、将軍秀忠の名代《みょうだい》の土井利勝、安藤直次、中山信吉《のぶよし》、板倉重昌《しげまさ》、秋元泰朝ら、ごく内輪のかぎられた者たちだけである。

十九日、家康の遺体は久能山に西を向いて埋葬された。

西向きに埋められたのは、死してなお、西国の外様大名を監視しようという家康の遺志である。

祭儀はすべて、

――唯一神道《ゆいいっしんとう》

によって、とりおこなわれた。

唯一神道は、別名、吉田神道とも呼ばれる。

京の神楽岡《かぐらがおか》の吉田神社につたわる祭式である。

吉田神社の代々の神主は、祭儀をいとなむ一方、朝廷に仕える公家でもあった。

鎌倉時代の末に、

——徒然草《つれづれぐさ》
なる随筆集をあらわした兼好法師こと、吉田兼好も、この吉田一門の出である。

その吉田家がつかさどる神道が、

「唯一」

と称されるようになったのには、わけがある。

世は室町時代。

将軍足利義政の治世、吉田一門にひとりの風雲児があらわれた。名を〝吉田兼倶《かねとも》〟という。

野心家であった兼倶は、義政の妻の日野富子《とみこ》に近づき、

「天皇家には、伊勢神宮という氏神《うじがみ》がございますが、足利将軍家には決まった氏神がござらぬ。幕府繁栄のためにも、吉田神社を将軍家の氏神にしてはいかがでござりましょうか」

と、言葉たくみにすすめた。

ばかりでなく、吉田兼倶は天照皇大神《あまてらすすめおおかみ》や八幡神をはじめとする諸国の神々を、

──太元尊神《たいげんそんしん》

なる唯一神に集約し、

「吉田神社の太元尊神をあがめれば、諸国の神社すべてに詣でたのと同じ霊験がある」

と、世に喧伝《けんでん》した。

日本では古来、八百万《やおよろず》の神々と言われるとおり、多数の神をあがめ、唯一神という思想はなかった。おそらく、兼倶は海の向こうのイスラム教やキリスト教が唯一神であることをどこかで知り、それを吉田神道に取り入れたのであろう。

ともあれ──。

当時の日本としては斬新な発想を持つ吉田神道は、京の人々の人気を集めた。

足利幕府も、朝廷の伊勢神宮に対抗するために、武家の神が欲しいと思っていたところである。妻の富子を通して話を聞いた将軍義政は、吉田神社を足利家の氏神にすることを決めた。

この唯一神道は、足利幕府が滅んだのちも、武家の神道としてつづき、豊臣秀吉が死んださいも、吉田神社が葬儀をつかさどった。

徳川家康の葬儀は、こうした過去の慣例を踏まえ、吉田神社の唯一神道でおこなわれ

ることになったのである。

葬儀のため、京より下ってきたのは、吉田一門の実力者、神竜院梵舜《しんりゅういんぼんしゅん》であった。梵舜はかねてより、家康の側近である崇伝にしきりに金品などを贈り、よしみを通じていた。

「こたびは、いろいろとお骨折りをたまわり、わが吉田一門も面目をほどこすことができました。伝長老には、お礼の申し上げようもございりませぬ」

神竜院梵舜が、慶長小判の包みを崇伝に差し出した。

首の太い、六十過ぎの男である。

ひどい脂性《あぶらしょう》で、剃りあげた額や鼻のわきがてかてかと光っていた。

梵舜は吉田神社の別当寺、神竜院の住職をつとめている。僧侶ではあるが、一方で、六年前に死んだ兄兼見《かねみ》の跡をつぎ、吉田神社の神官の役目も果たしていた。

「わしが何かしたわけではない」

崇伝は、小判の包みを冷たい目で一瞥した。

「吉田神社は、足利将軍家以来、武門の棟梁の祭儀をつかさどっている。大御所さまの葬儀が唯一神道でおこなわれるのは、当然であろう」

「江戸の将軍さまのご側近衆が、みな伝長老のごとく、ものの道理がわかっておられるとよろしいのだが……。幕閣のなかには、わが唯一神道をこころよく思わず、ほかの祭式で葬儀をとりおこなうべきと主張された方もおられたとか」

「ばかな」

崇伝は苦い笑いを頬に刻んだ。

「武門の棟梁の祭儀に、唯一神道以外のものがあろうはずがない。仏教、神道によらず、幕府の宗教政策は、すべてこの崇伝が心得ておる」

「頼もしきお言葉にございます。これで、徳川幕府がつづくかぎり、わが吉田神道も将軍家の御用をつとめさせていただけるというもの」

「わしの目の黒いうちはともかく、先のことまでは知らぬ」

崇伝はそっけない言葉で、俗臭ふんぷんたる神竜院梵舜との会話を打ち切った。

ところが——。

事態は思わぬ方向に動いた。

久能山で家康の葬儀がおこなわれた翌日、将軍秀忠は看病の労をねぎらうため、崇伝、天海、本多正純をはじめとする大御所側近衆を御前に集めた。

もっとも席次の高い左方の座上に、最年長の天海がすわり、次席の右方の座上に崇伝がすわった。

まず、崇伝が秀忠の前に進み出、葬儀が万事、家康の遺言どおり、とどこおりなくすすめられた旨を報告した。

その席で、突然、天海がとてつもないことを言いだした。

「伝長老は、葬儀が大御所さまのご遺言どおりおこなわれたと言うが、ありようはそうではない。葬儀の祭式は、大御所さまのご遺志にそむいている」

底響きのする天海の声が、広間にどよめきをもたらした。

「何を申される」

崇伝は、天海を睨んだ。

「御坊と本多上野どの、それに拙僧の三人で、たしかに大御所さまのご遺言をうけたまわった。そのおり、大御所さまはかくのごとく申された。わが亡きがらは、駿府郊外の久能山に埋めよ。葬儀は江戸の増上寺にてとりおこなうこと。それに相違ござらぬな」

「たしかに」

天海がうなずいた。

崇伝はさらに、気色《けしき》ばんだ顔で言葉をつづけ、

「もっとも、こちらにおわす上様（秀忠）が、葬儀は久能山にていとなみ、中陰《ちゆういん》（四十九日）の法要を増上寺でおこなうと、お改めになられた。われらはおおせにしたがい、ことをすすめたまで。いったいどこが、大御所さまのおぼしめしにそむいているというのだ」

「葬儀を唯一神道でとりおこなえとは、大御所さまはひとこともおおせられなんだ」

「なに……」

「大御所さまがお望みにならざる祭式で葬儀をとりおこないしことは、すなわちご遺言にそむいたに異ならず」

「言いがかりだ」

崇伝は将軍秀忠の御前であることも忘れ、声を高くした。

「武家の祭式は、足利将軍家のむかしより、吉田神社の唯一神道でおこなうと定まっている。それゆえ、大御所さまも、死期が近づくにつれ、京より神竜院梵舜をお呼び寄せになったのだ」

「大御所さまのご遺志は、唯一神道にはあらず」

「何を根拠に、そのようなことを」

崇伝は思わず、膝を乗り出した。

天海はかるく咳《せき》払いをし、法衣のたもとをはらってから、さらにおどろくべきことを告げた。

「大御所さまはご生前、この天海より、山王一実神道《さんのういちじつしんとう》の伝法灌頂《でんぽうかんじょう》を受けておられる。ゆえに、山王一実神道をもって葬儀をとりおこなうべしと、愚僧、大御所さまじきじきにうけたまわっておる。ゆめゆめ、ご遺志にそむくべからず」

「山王一実神道だと？」

崇伝は眉をひそめた。

古今東西の宗教に通じた崇伝だが、そのような神道は聞いたことがない。

「血迷ったか、南光坊。そのようなありもしない神道を言い立て、さも大御所さまのご遺言であるがごとく仕立てるとは、虚言もはなはだし。ご遺志をねじまげているのは、御坊のほうであろう」

「さにあらず」

天海はいささかも動ずる気配を見せない。

将軍秀忠を前にして、崇伝と天海の議論はつづいた。

「そも、山王一実神道とは何ぞ?」

崇伝は詰め寄った。

「これは伝長老の言葉とも思われぬ」

天海が、皺深い瞼の奥のほそい目を皮肉に光らせた。

「わが天台密教の総本山、比叡山延暦寺の守護神は、ふもとの坂本にある日吉山王権現《ひえさんのうごんげん》。古来、同社に伝えられしが、由緒正しき山王一実神道なり」

「まやかしだ。そのような神道、ありはせぬ」

「おのが浅学を、上様の御前でひけらかすこともあるまいて」

中啓《ちゅうけい》を口もとに当て、天海がうっすらと笑う。

「伝長老は禅門のご仁。他宗の者が、奥深き天台密教の秘事を知るはずもなし」

「よしんば、天台宗の奥義《おうぎ》にそのような神道があったとして、大御所さまが御坊にそれで祭儀をとりおこなえと命じたあかしはない」

崇伝は言い返した。

双方、主張が真っ向から対立している。

まったくの水かけ論である。

すべては、家康が死のまぎわに、葬儀を山王一実神道でおこなえと指示したかどうかにかかっているが、その場にいたのが天海ひとりという以上、白黒をつけるすべはない。

「上様」

と、天海が将軍秀忠に向き直った。

「伝長老の申すとおり、吉田神社の唯一神道で祀られたるときは、大御所さまの御神号は明神《みょうじん》となりましょう」

「うむ」

両者の言い争いを聞いていた秀忠が、苦りきった顔でうなずいた。

「さりながら、豊国《ほうこく》大明神となった太閤の子孫は、大坂攻めによって滅びたという悪《あ》しき先例あり。明神の神号は、あまりに不吉。わが山王一実神道にのっとり、〝権現《ごんげん》〟の名号を奉ったほうが、徳川家子々孫々の繁栄をもたらすものと存じます」

「たしかに、南光坊の申し状にも理はある」

秀忠は、天海の言いぶんに心を動かしはじめたようである。

そのとき、本多正純が顔を真っ赤にして、膝を前に乗り出した。

「おそれながら、上様に申し上げます」

「何じゃ」

「さきほどより、聞いておりますれば、天海僧正は妄言《もうげん》をもって上様をまどわし、大御所さまのご遺志を曲げんとするのたくらみあり。騙されてはなりませぬ、上様。理はすべて、伝長老にあり。天海僧正に、なにとぞ、遠島を申しつけられんことを」

正純は語気激しく、天海を糾弾した。

葬儀のあとの言い争いに嫌気がさしたのか、将軍秀忠が席を立ち、議論はそこで沙汰やみとなった。

一同、宿所へ引きあげたあと、本多正純が崇伝のいる駿府金地院をたずねてきた。

「絶対に引いてはならぬぞ、伝長老。天海僧正は山王一実神道などというまやかしを唱え、大御所さまの祭礼の主導権を握るつもりじゃ」

正純が、庭の山吹《やまぶき》の花にちらりと目をやった。

「しかし、わからぬ」

崇伝はかすかに首を横に振り、

「南光坊はなにゆえ、いまごろになって、あのようなことを言いだしたのか」

「決まっている。上様の御前で貴僧の面目を丸潰れにし、おのれの存在を誇示せんがためよ」

正純が言った。

「これまで、亡き大御所さまは貴僧と天海僧正を、幕府の宗教政策をとりおこなう者として、ほぼ対等に遇してきた」

「うむ……」

「しかし、大御所さまがお亡くなりになったとたん、天海めは、宗教界に君臨せんとの野心をあらわにしてきたのだ。さしあたり、天海にとって目ざわりなのは、力を二分する貴僧ということになろう」

「南光坊の背後では、あるいは江戸の土井利勝あたりが糸を引いているか」

崇伝は、正純の目をするどく一瞥した。

本多正純が無言でうなずく。

たがいに、若くして家康に仕え、側近中の側近として幾多の密謀にかかわってきたふたりである。目を見合わせるだけで、相手の肚《はら》のうちが読める。

「負けられぬな」

崇伝は双眸《そうぼう》を冷たく光らせた。

「南光坊が、あのような強引な態度に出る以上、こちらも何か、相手の面目を失わせる落ち度を見つけ出さねばならぬ」

「そのとおりだ、伝長老。それが、ひいては江戸の土井らの足もとを掬《すく》うことにつながってくるやもしれぬ」

崇伝と正純の利害は一致している。

どちらも、今後、幕閣のなかで生き残っていくためには、縦横無尽に密謀をめぐらし、いかなる手段でも講じていかねばならない。

権勢は、つかみ取るときはむろんむずかしいが、長く維持していくのは、より以上に困難なものである。

崇伝も、正純も、それを失うか手中にしつづけるか、いままさに、もっとも大事な岐路に立たされている。

「じつは、ここに、ひとつ不思議なる話があるのだが」

正純が声をひそめて言った。

「不思議なる話？」

「天海僧正の前身について、容易ならざる風聞がある」

南光坊天海の履歴は謎につつまれている。

出身は会津高田で、土地の豪族芦名《あしな》氏の一族だといわれている。

十一歳のときに、故郷高田の竜興寺《りゅうこうじ》で出家。その後、上方へ出て比叡山延暦寺、三井《みい》寺《でら》などで修行を積み、ふたたび東国へもどって下野国の足利学校で学問をおさめた。

もっとも、これらは巷間《こうかん》言いつたえられているものにすぎず、若き日の天海の経歴を裏付ける証拠はいっさいない。

しかも、足利学校で学んだのち、天正十九年にはじめて家康と対面するまでの約二十年間、天海の消息はまったく世に知られていない。

ために、この老いた怪僧の出自《しゅつじ》については、当時からとかくの噂があり、さまざまな流説《るせつ》がまことしやかにささやかれていた。

「天海僧正は、かの明智光秀なり――との風聞を、わが耳に入れた者がある」

本多正純が、喉の奥から声をしぼり出すように言った。

「明智光秀……。あの主《しゅ》殺しの」

崇伝の瞳がすっとほそめられた。

「さよう。天正のむかし、京の本能寺にて主君織田信長を弑《しい》し、のち山崎の合戦で太閤に敗れて、小栗栖《おぐるす》で果てたといわれる光秀じゃ」

「ばかな」

と、崇伝は笑った。

「さような風説を信じるなど、上野どのもどうかしている。事実とすれば、大御所さまが、それにお気づきにならぬはずがない」

「いや。大御所さまは、天海僧正が光秀と同一人とご承知なされたうえで、おそばにお近づけになったふしがある」

「なんと……」

天海が家康とはじめて対面したといわれる天正十九年当時、崇伝はまだ南禅寺にいた。記録によれば、そのとき家康は、

——まるで旧知に会うかのごとく親しく口をきき、懇談は二刻（四時間）にもおよんだ。

という。

初対面の相手に、家康はなぜ、かほどの親しみを見せたか。それは、両者が昔からの知り合いだったからではないかと、本多正純は言う。

「かつて、明智の城があった近江坂本の民は、光秀が小栗栖で死んだのではなく、ひそかに生きながらえて出家し、天海僧正となってもどってきたと信じておるそうじゃ」

「ただの噂だ」

崇伝は、あくまで慎重な構えを崩さない。

（しかし……）

本多正純の言うとおり、たしかに調べてみる価値はあった。

天海が、主殺しの大罪人、明智光秀であるとすれば、政敵に攻撃をしかける格好の武器となろう。

家康の葬儀を終えた将軍秀忠は、江戸へもどった。崇伝、本多正純らも、それに従って江戸へ向かった。

家康の死去にともない、大御所側近衆は解体。引きつづき、秀忠の側近として留まることができたのは、

本多正純

金地院崇伝

南光坊天海

の三人であった。

従来からの秀忠側近である土井利勝、酒井忠世、安藤重信らを加え、新たなる幕閣が形成された。それまで、幕閣の重鎮であった本多正信は、病を理由に政治の場から身を引いた。

江戸城へ登城して仕事をこなすかたわら、崇伝は南光坊天海の前身につき、人に命じ

てひそかに調べさせた。

天台宗系の寺院をのぞいて、全国の寺社は崇伝の統轄下にある。さまざまな情報が、たちまち手もとに集まってきた。

「天海僧正の生まれと育ちには、やはり解《げ》せぬところが多うございますなあ」

会津高田の竜興寺の住持からの書状を読み上げ、ため息を洩らしたのは、崇伝の弟子の元竹である。

「竜興寺に残る文書には、天海なる僧侶が同寺で出家したという記録がないとか。もっとも、なにぶんにも遠い昔のことで、打ち続く戦乱に巻き込まれ、寺の文書類も散逸したものが多いそうにございます」

「足利学校からは、何と言ってきた？」

崇伝は、天海が若年のころ学んだという下野の足利学校に、天海の籍の存否を問わしめる使者をつかわしてあった。

「いまを去ること五十年あまり前、たしかに天海なる僧侶が四年のあいだ籍をおき、兵学を学んでいたとの返答がございました」

「ほう、南光坊が兵学をな」

興味深い話ではある。

足利学校は、漢学、儒学、医学、天文学などの学問所だったが、同時に多くの軍師を世に送り出した兵学の道場でもあった。

織田信長に仕え、たちまち織田家の老臣のひとりにまで出世した明智光秀は、武将としてはまれにみる知識人で、兵学にも通じていたといわれる。足利学校で学問をきわめた天海が、何らかの事情で還俗《げんぞく》し、織田家に仕官した可能性はおおいにある。

（いや、待て……。たんなる偶然だ。それしきの理由で、天海を光秀と決めつけることはできぬ）

しかし、天海と明智光秀を結びつける奇《く》しき縁《えにし》の糸は、ほかにもまだあった。

いまから三年前、天海は家康から日光山を寺領としてあたえられている。

そのとき、山を歩きまわった天海は、山内でもことに見晴らしのよい場所を気に入り、

――明智平《だいら》
と、みずから命名した。

霊地日光に〝明智〟の名を持ち込んだ天海の真意は不明である。だが、その名に、天海が何らかのこだわりを持っていたのはまちがいあるまい。

また、大坂冬の陣のあと、比叡山飯室谷《いいむろだに》の慈忍和尚廟《じにんかしょうびょう》の前に、一基の石灯籠が建てられた。石灯籠には、「奉寄進　願主光秀」の文字が刻まれているという。

これは何を意味しているのか。

石灯籠を寄進した〝光秀〟なる者は、比叡山第一の実力者、天海自身のことなのではあるまいか──。

江戸の崇伝のもとには、ほかにも興味深い知らせがもたらされた。

泉州貝塚にある妙心寺末寺の大日庵（のち、岸和田にうつり、本徳寺となる）に、明智光秀が逃れてきて隠棲したとの話がつたわっているという。

大日庵につたわる光秀の画像には、妙心寺の蘭秀和尚《らんしゆうおしよう》の賛があり、

──機前易地巨禅叢

と、書かれている。

一般の者には読みにくいが、禅僧である崇伝には、その意味するところがわかる。

すなわち、

「（光秀は）世間から姿をくらまし、大寺のなかにいる」

と、蘭秀和尚は書いている。

山崎の合戦で敗れた明智光秀は、泉州貝塚の大日庵に逃れて出家し、のちに大寺のぬしとなった──と、読み取ることができる。

事実をたしかめるため、崇伝は即刻、妙心寺に使いを送った。蘭秀和尚は、妙心寺九十世の住持で、いまも長老として健在である。

しかし、和尚の返事は期待はずれのものだった。

「明智どのが、この世に生きているはずがない。自分が書いた賛は、明智どのの御霊《みたま》が、わが妙心寺にあるという意味にほかならず。ご存じのとおり、わが寺には、本能寺の変の直後に明智どのが寄進なされた金子《きんす》で建てた明智風呂なるものがある。われらは、これを仏門に帰依《きえ》せし明智どのの御霊と思いなし、長く供養するものなり」

たしかに、筋は通っている。

だが、いったん疑惑を抱きだした崇伝には、闌秀和尚の筋の通りすぎた説明が、事実を隠そうとする言いわけのように思えてならない。

そもそも、同じ禅門でありながら、崇伝の属する五山派と妙心寺は仲が悪い。たとえ、闌秀和尚が何かを知っていたにしても、それをありのまま教えるとはかぎらぬのである。

疑いだせばきりがなかった。

最初は、かるい気持ちで調べをはじめたつもりであったが、崇伝はしだいに、天海の背後に広がる闇の部分に引きずり込まれていった。

（世の者のなかには、往時の明智光秀を知る者がまだいるはずだ。年月がたち、姿形が変わっているにせよ、旧知の者が見れば、南光坊が光秀かどうか確かめることもできよう……）

崇伝は、藤堂高虎の江戸屋敷をたずねた。

藤堂家の上屋敷は、上野の地にある。高虎は、大坂夏の陣では徳川家の先鋒として奮戦し、譜代なみのあつかいを受けている。

当年、六十一歳。

家康の死後、めっきり白髪がふえたが、風貌に重みが加わり、伊勢津城二十七万余石の大名にふさわしい沈毅《ちんき》重厚なおもむきが身にそなわっていた。

崇伝がたずねたとき、高虎は写経《しやきよう》をおこなっていた。

「これは、伝長老」

崇伝が部屋に入っていくと、高虎は筆を動かす手をとめた。

「ご写経とは、殊勝なお心がけ。どなたか、お身内の供養をなされておられましたか」

「いや」

藤堂高虎は、口もとにかすかな微笑をくゆらせた。

「言葉で言い尽くせぬ御恩を受けた、大御所さまのご供養のつもりで写経をはじめた。同時に、大坂城で果てた豊臣の将兵どもの菩提《ぼだい》も弔《とむら》わんと思うてな」

「……」

「わしは、この目でさまざまな世のありさまを見てきた。死んでしまえば、敵も味方もない。ただ心静かに、冥土へ旅立った者たちの後生《ごしよう》を祈りたい」

「その世の諸相を眺めてまいられた藤堂どのに、ぜひともおたずねしたき儀がございます」

崇伝は膝をすすめた。

「藤堂どのは、故太閤殿下の弟の大和大納言秀長さまに仕え、山崎の合戦に加わられたことがございましたな」

「おう、あの逆臣明智光秀と雌雄を決したいくさか」

藤堂高虎は遠い目をした。

「つかぬことをおうかがいするが、藤堂どのは、生前の明智光秀を見知っておられたでありましょうや」

崇伝が聞くと、

「わしが、明智をか」

藤堂高虎はやや面食らった顔をした。

「はい」

「埒《らち》もない」

高虎は笑い、

「わしはあのころ、まだほんの若輩者であった。織田家の重臣であった明智光秀と面識などあるものか」

「姿を見かけたことはございましょう」

「安土の城下で一、二度、遠目に、馬に揺られてゆく姿を見たことがある」

「光秀の顔立ちなどは、おぼえておられまするか」

「おぼろげには、な。しかし、それがどうしたというのだ。いまさら、そのようなことを聞いて何とする」

逆に問い返され、崇伝は一瞬、口をつぐんだ。

が、すぐに射ぬくような双眸で相手を見すえると、

「近ごろ、ちまたに南光坊天海は明智光秀なりとの風説あり。南光坊と光秀、双方を知る藤堂どのなれば、ことの真偽がおわかりになられましょう」

「なに……。天海僧正が光秀とな？」

藤堂高虎は、酢でも飲んだような顔になり、次の瞬間、

「はッはは」

喉をそらせて声高に笑いだした。

「笑いごとではござりませぬ」

「すまぬ。あまりに破天荒《はてんこう》な話を、貴僧がまじめな顔で申すゆえ、ついおかしくなった」

「されば、藤堂どのは、南光坊が明智光秀にあらずと、たしかに断言できるのでございますな」

「言われてみれば、たしかに天海僧正のおもざしに、明智と似たところはある。もし、明智が生き永らえていたとすれば、ちょうど、いまの天海僧正くらいの年であろう。し

かし、いかになんでも考えすぎというものだ」

藤堂高虎にあたっても、ついに確証は得られなかった。

しかし、崇伝はあきらめなかった。

（そうだ。ふたりの筆跡を照らし合わせてみればよいではないか）

崇伝は明智家と関係の深かった近江の西教寺から、光秀自筆とつたわる書状を取り寄せた。

手もとにある天海の書状とくらべてみると、たしかに筆跡はよく似ている。同一人の書いたものといってもおかしくはない。

（やはり、天海は光秀なのか……）

崇伝は揺れる短檠《たんけい》の明かりを見つめた。

五月下旬——。

崇伝は将軍秀忠より呼び出しを受けた。

江戸城本丸御殿の対面所に、赤松が枝をのばす庭から風が吹き込んでいる。

今日は海のほうから風が吹いているのか、かすかに潮の匂いがした。

「伝長老と、ちと込み入った話がある。みなは下がっておれ」

秀忠は人払いを命じた。

今年三十八歳の秀忠は、父の家康にあまり似ていない。どことらえどころのない個性のうすい顔をしており、茫洋《ぼうよう》とした目がいつも柔和な光をたたえている。先代の家康や、藤堂高虎、本多正信らにあった、戦国乱世の武将の持つ、牡鹿《おじか》のごとき強烈な体臭は、この徳川幕府二代将軍からはほとんど感じられない。

それは、とりもなおさず、世が戦乱の時代から政治の季節へ移ったことを意味している。

ふたりきりになると、秀忠はおもむろに口をひらいた。

「そなた、近ごろ、南光坊の身辺にあれこれ探りを入れておるそうじゃな」

「は……」

崇伝は目を伏せた。

藤堂高虎が耳に入れたか、あるいは妙心寺の闡秀和尚が注進におよんだか、いずれにしろ、秀忠は崇伝の動きを知っていた。

江戸の将軍の下には、諸大名のあいだに緻密《ちみつ》な情報網を張りめぐらす、大目付の柳生但馬守宗矩《むねのり》という男もいる。

いままでは〝黒衣の宰相〟として、誰に気がねすることなく権勢をふるってきた崇伝といえど、今後は幕藩体制の枠のなかで行動を制約されるといっていい。

だが、

（何も隠しだてすることではない。いや、むしろ、天海の正体をおおやけにする、よい機会ではないか……）

崇伝は顔を上げ、秀忠の目を見た。

「恐れながら、上様に申し上げます。おおせのとおり、南光坊天海の出自につき調べましたるところ、ゆゆしき疑義あり」

「疑義とは、南光坊が逆臣明智光秀ではないかとの噂のことか」

と、将軍秀忠はこれも、事前に情報をつかんでいた。

ならばいっそ、話は早い。

「いまだ定かなる証拠をつかんでいるわけではございませぬが、さような風聞のある者に、大御所さまのご祭儀をおまかせになるのは、はなはだよろしからず。ここはやはり、吉田神社の唯一神道にて、大御所さまをお祀り申し上げ、南光坊が進言は、おしりぞけになるべきでは……」

「申すな」

秀忠は、表情を険しくした。

「本日、そのほうを呼んだのはほかでもない。大御所を祀る祭儀は、南光坊の山王一実神道にてとりおこなう。ゆえに、今後いっさい、祭儀についての口出しはまかりならぬ」

将軍秀忠が断ずるように言った。

「口出しはまかりならぬと……」

「そうじゃ」

「得心がまいりませぬ」

崇伝は黒衣の肩をそびやかした。

「南光坊は、主殺しの逆臣であるやもしれぬ男。そのような疑わしき者の意見を、なにゆえお取り上げになられます」

「南光坊の前身が何者であろうが、そのことと幕府の新しき体制づくりには、いささかのかかわりもなし」

「上様……」

「南光坊は、大御所を神としてまつるだけでなく、徳川将軍家を末代まで栄えさせるための秘策を献じた」

「秘策とは、何でございます」

「呪術をもって、幕府の礎《いしずえ》を盤石《ばんじゃく》たらしめる。これすなわち、南光坊の秘策じゃ」

南光坊天海が、将軍秀忠にさずけた呪術構想とは、比叡山延暦寺や鞍馬寺などの霊場の呪力によって守られた京の都にならい、呪的に守護された武家の都を江戸の地に築き上げるというものである。

その呪術構想の中心となるのが、江戸の真北にあたる日光山である。

北の方位には、

――北辰《ほくしん》（北極星）

が輝いている。北辰はつねに不動であることから、星のなかの〝王〟と呼ばれる。

天海は、家康の霊廟を日光の地に築くことで、神となった家康を北辰に見立て、その呪力で江戸を守護しようとした。

さらに、京の鬼門（北東）の守りにあたる比叡山延暦寺をまね、江戸城の鬼門の上野忍岡《しのぶがおか》の地に国家鎮護の寺を築くことを進言した。

のちに天海自身が開山となった、

――東叡山寛永寺《とうえいざんかんえいじ》

がこれである。

ばかりでなく、天海は天皇家の皇子を江戸へ招き、家康の神霊を祀らせることをもくろんだ。のち、これも輪王寺宮《りんのうじのみや》法親王として実現している。

「南光坊の前身は知らず。さりながら、幕府百年、いや千年の大計をまかせられるのは、かの者をおいてほかにおらぬ。新しき世を築くためじゃ。過去の因縁《いんねん》にこだわっていては、ついには大局を見失う」

冷たく響く将軍の声を聞きながら、崇伝は生まれてはじめてといっていい敗北感をおぼえていた。

修羅の道

霏々《ひひ》として雪が降っている。

薄墨色の空から舞い落ちる雪は、南禅寺金地院の庭を白く埋め尽くし、鶴亀を模した銘石や松の木を冷たく凍えさせた。

崇伝は書院の障子をあけ放ち、降りしきる雪を見つめている。

家康の葬礼をめぐる天海との戦いは、崇伝の敗北に終わった。

天海の思惑どおり、朝廷は故家康に、

——東照大権現
の神号を勅許《ちよっきょ》した。

家康の神格化は、すべて天海の手によってすすみ、一周忌には、天海のお膝元である日光山へ家康の柩《ひつぎ》が移されることになっている。

「負けたな……」

京へもどってから、崇伝は何度同じ言葉をつぶやいたことだろう。

その年の晩秋——。

失意の崇伝は、供奉《ぐぶ》の者五十人とともに、京の南禅寺へもどった。

ちょうど、紅葉が散りしく季節であった。

京へもどって半月もすると、落葉した紅葉の上に雪が降った。京ではめずらしい大雪である。

降る雪を見つめながら、崇伝は政敵天海のことを考えた。

(南光坊は大御所さまがお亡くなりになる前に、江戸の将軍や側近の土井利勝らに周到な根まわしをおこなっていたにちがいない。さもなければ、大御所さまの遺命を無視した南光坊の独断専行が、たやすく通るはずがない……)

天海が駿府への病気見舞いに遅れたのも、家康死後の体制を秀忠側近衆と語らうためだったのだと、いまになればはっきりとわかる。わかったところで、あとの祭りである。

(南光坊が、かほどにしたたかだったとは……)

崇伝は唇を嚙んだ。

天海は神格化された家康を祀る祭主として不動の地位を手に入れ、朝廷より大僧正に任じられた。

一方、自分はこの一件で将軍秀忠の不興をかった。

――黒衣の宰相

と呼ばれ、家康の側近中の側近として政治を動かしてきた崇伝であったが、代替わりの最初につまずいた。

世間では、

「もう、伝長老は終わりだ」

「これからは、南光坊の世よ」

などという噂が、しきりに飛びかった。

そうなってくると不思議なもので、いままで崇伝にすり寄ってきていた、大名、旗本たちが、潮がひくように遠ざかっていく。

じっさい、大名たちの多くは、金地院崇伝はもはや過去の男になったと見ていた。

豊前小倉藩藩主の細川忠利《ただとし》は、その書状(『細川家譜』)に、

――金地院、御前いよいよ遠く成り申し候。笑止千万に存じ候(崇伝は将軍家の御前から、いよいよ遠ざけられはじめている。笑止千万だ)。

と、書いている。

さらに、忠利は別の手紙にも、崇伝のことをこうしるした。

――伝長老、御前替えの事はこれ無し。南光坊との公事《くじ》は負けられ候。苦々しき候事

（崇伝は将軍の側近に残ってしまった。ただし、天海との争いには負けている。これを機に、いっそ幕閣からはずされてしまえばよかったものを。じつに苦々しいことだ）。

これらの手紙を見ても、家康時代の崇伝の専横ぶりが、諸大名にいかに憎まれていたかがわかる。

親しく付き合っていた藤堂高虎でさえ、めったなことでは崇伝のもとに書状をよこさなくなった。

わずかに江戸と京のあいだで書状のやり取りをしているのは、本多正純くらいのものである。

その正純も、かつてのおもかげはなく、幕閣での影響力を減退させている。正純の父本多佐渡守正信は、家康におくれること二ヶ月、七十九歳で世を去った。

京南禅寺の金地院には、たずねる人もまれで、崇伝は世の流れに取り残されたような時を過ごした。

（いっそこのまま、南禅寺の長老として一生を終えようか……）

江戸へもどるのは物憂かった。

家康の側近中、一、二をあらそう実力者でありつづけた自分が、秀忠政権下で天海にその座をゆずり、誇りを捨てて天海の指図に従うことはむずかしい。

だからこそ、政治の世界から身を引くことを、現実のものとして考えはじめている。

崇伝が挫折を味わったのは、これがはじめてではない。

学問を身につけるため、明国へわたろうと密航をくわだてて失敗し、南山城の破れ寺《や》へ飛ばされたことがあった。むろん、それなりの辛酸はなめたが、何といってもあのころは若かった。

（いつか見ておれ……）

と、逆に反骨心をふるいたたせ、おおいなる野望を達成するためのバネにした。

しかし——。

今回の挫折は、以前とはくらべものにならないほど重い。この逆境をはねのけ、ふたたび世に立ち向かっていく炎が、おのれのなかに燃え残っているかどうか。

その答えをもとめるかのように、崇伝は白い雪を見つめつづけた。

「しばらく寺を留守にするぞ、元竹」

大雪の日から三日後の早朝、崇伝は元竹に告げた。

「もし江戸から使いが来たときは、病で臥《ふ》せっているとでも言いつくろっておけ」

「どちらへおいでになられます」

元竹が案ずるような目をした。

「まだ、町の辻々には雪が残っております。遠くへおいでならば、輿《こし》を用意させ、わたくしがお供つかまつりましょう」

「輿も供もいらぬ。名もなき雲水《うんすい》であったころのように、独りで町を歩きたいのだ」

「しかし……」

「わしとて、禅門の者。たまには初心に返り、家々をめぐって喜捨を乞うのもよい。おのれを卑下する心も増上慢《ぞうじょうまん》をも捨て去って、托鉢《たくはつ》専一とならん」

「まさか、お出かけになったきり、二度と寺へおもどりにならぬなどということはございますまいな」

長年、身近に仕えてきた元竹は、近ごろの崇伝のようすを、ただごとではないとわかっている。なればこそ、言われるまま、素直に崇伝を送り出す気になれないのだ。

「何という顔をする」

崇伝は笑い、

「たかが、気晴らしに外へ出るだけのことだ。行脚《あんぎゃ》にあきれば、また寺へもどってくる」

いかに元竹がいさめても、崇伝は聞く耳を持たなかった。

一介の雲水のごとく、紺木綿の衣に白い脚絆《きゃはん》、首から頭陀袋《ずだぶくろ》を下げた崇伝は、その日のうちに南禅寺金地院をあとにした。

なるほど、元竹の言っていたとおり、家々の北側の日陰にはまだ雪が消え残っている。

残りの雪で子供たちがつぶてをつくり、喚声をあげて投げ合っていた。

どこへ行こうというあてはない。ただ、むしょうに外の冷たい風に吹かれたかった。

南禅寺を出た崇伝は、鴨川べりを北へ向かって歩いた。鴨川は上流で、賀茂川と高野《たかの》川にわかれる。

高野川にそってつづく道が大原《おおはら》道である。

道をすすんでゆくほどに、雪は深くなった。晴れていた空も、いつしか冷たい鉛色に曇り、山から吹きおろす風にまじって、パラパラとしぐれてくる。

その風を頬に受けるように、崇伝は半日近く歩きつづけた。

ふと気づくと、そこは八瀬《やせ》の里である。

洛北八瀬の里は、

——かま風呂

で知られている。

かま風呂というのは、かまどの形をした蒸し風呂のことである。

土をかためてつくった大がまのなかで松葉を焚《た》き、そこに塩水をふくませたムシロを敷くと、薬効のある湯気があがる。入浴者は、わずか三畳ほどしかない床に寝そべって、じっくりと体を蒸しあげるのである。

八瀬のかま風呂は、その昔、壬申《じんしん》の乱で矢を受けた大海人皇子《おおあまのみこ》（天武天皇）が、ここで傷を癒《いや》したという古い由緒を持つ。

都の貴顕のなかにも、かま風呂を愛好する者は多く、人里はなれた山中でありながら、八瀬の里には独特の雅びな雰囲気がただよっている。

雪道を歩いてきたせいで、崇伝の体は芯まで凍えきっていた。

（噂に聞く、八瀬のかま風呂とやらに入っていくか……）

禅門において、風呂はたんなる日常の行為ではない。

入浴は、

——開浴《かいよく》
と称され、禅修行の一環とされた。

風呂に入り、体の汚れを洗い流しながら、同時に心の汚穢《おえ》も洗い流す。禅における入浴には、そうした意味合いがあった。

崇伝は、

——丹波屋
と、看板をかかげた八瀬川畔の宿屋へ入った。

川べりに十二軒ある宿屋には、それぞれ別棟にかま風呂があり、宿泊者が利用できるようになっている。

脚絆についた雪をはらい、頼もうと声をかけると、奥から出てきた宿のあるじがめずらしげな顔で崇伝を出迎えた。

「これはまあ、深い雪のなかをよくぞおいで下された。今夜のお泊まりは、御坊さまともうひとり、旅の雲水さまだけじゃ」

「雲水……」

「十日ほど前から、逗留しておられましての。風采のあがらぬ変わり者じゃが、気のよいお方で」

あるじは崇伝を部屋へ案内した。

少し休んだあと、さっそく名物のかま風呂へ向かう。

外のあずまやで湯帷子《ゆかたびら》に着がえ、板戸をあけて風呂へ入った。

なかは湯気が立ち込めている。

奥のほうにロウソクが一本ともされており、先客の痩せた体が湯気のなかに浮かび上がって見える。

宿のあるじが話していた雲水であろう。

崇伝は断りを言い、先客と並んで床に寝そべった。

湯気に蒸され、しだいに体じゅうの毛穴がひらいて、ふつふつと汗が湧いてきた。

首すじから、胸から流れた汗が、湯帷子に沁み込んでいく。松葉と塩の薬効のせいか、たちまち、体の芯までぬくぬくとあたたまってきた。

雪道を歩いて凍えきった手足の先に血の気がかよい、じんと痺れるように心地よい。

「ほとほと、極楽のごとしでありますのう」

隣に寝そべった僧形の男が声をかけてきた。

湯気につつまれて定かに顔立ちは見えぬが、声は若くはない。おそらく、崇伝と同年配だろう。

「御坊は、やはり禅門のお方か」

人なつこい男であるらしい。できれば他人とのまじわりを避けたい崇伝に、しきりに声をかけてくる。

「なぜ、禅門とわかる？」

崇伝はやむなく返事をした。

「なあに、匂いのようなものじゃ。真宗の坊主には真宗の匂いが、法華宗の者には法華宗の匂いがある。このような雪の山里で、禅門の雲水どのにお会いするとは奇遇でござりますな」

「……」

「風呂で汗を流したら、ともに般若湯《はんにゃとう》でも酌《く》み交わしませぬか。ちょうど話し相手が欲しかったところです」

崇伝は話し相手など欲しくはない。酒など飲んでいる気分ではなかった。

「結構」

「まあ、そう言わずに。御坊、ご本寺はいずれじゃ」

言いながら、男が湯気のなかからずいと顔を突き出した。

不精髭をはやした、ネズミのように貧相な顔だった。そのしょぼついた目に、たしかに見おぼえがある。

「おまえは沢庵……」

「なんとこれは、崇伝どのではないか」

男は小さな目をいっぱいに見ひらいた。

沢庵宗彭《そうほう》――。

この男との邂逅《かいこう》は、久しぶりである。

ただし、噂だけはさまざま耳に届いていた。

三十七歳という若さで大徳寺の住持になったものの、わずか三日で職を辞し、泉州堺の南宗寺へ引きこもった。沢庵の名利をもとめぬ生き方は、世の人々の称賛を浴びた。

清貧を売りにする沢庵を、崇伝はかねてより苦々しく思っていた。

「御坊とは、いつも奇妙なところでお会いいたしますな。たしか、前に会ったのは、紀伊牟婁ノ湯でござった」

沢庵が微笑した。

「なぜ、おまえがここにいる」

不快の色を隠そうともせず、崇伝は湯気のむこうの沢庵を睨みすえた。

「じつは、寺を焼け出されました」

「寺を……」

「先年の大坂の役のとき、愚僧が住持をつとめる堺の南宗寺も火がかかりましてな。以来、住むところもなく、こうして流れる雲のごとく、各地をさまよっておるというしだい」

寺を焼け出されたというわりには、沢庵の表情はのんびりしている。

崇伝は知らぬことだが、堺の南宗寺が焼けたという知らせが流れたとたん、沢庵をしたう諸大名から、

——わが城下に一寺を建てますので、ぜひとも沢庵禅師においでいただきたい。

との誘いが、つぎつぎと舞い込んできた。

ことに、筑前福岡の黒田長政は、太宰府《だざいふ》から博多へ移築した名刹、崇福寺《そうふくじ》の住持として沢庵を熱心に招いた。

しかし、沢庵は大名たちの申し出をことごとく断った。招きを固辞すれば固辞するほど沢庵の評判は高まり、いまや天下の名僧との聞こえが高かった。

「そういう崇伝どのこそ、いかがなされた」

沢庵が聞いた。

崇伝は返答しなかった。

ほかの者ならいざ知らず、この男に対してだけは、おのが苦境を語りたくない。

崇伝が黙っていると、

「とうとう、御坊もお気づきになられたのではないか」

眠そうにあくびを嚙み殺して、沢庵が言った。

「気づくとは、何をだ」

「修羅《しゅら》の道には、真の悟りはないということをでございますよ」

沢庵は小鼻のわきをかき、

「以前、紀伊牟妻ノ湯で御坊とふたり、禅僧のあるべき姿について語り合うたことがござったな」

「……」

「あのとき、崇伝どのは清貧たらんとする私の生き方を、かたはら痛いと申された。おのが心の欲に素直に生きるのが、人としてまことの姿だと申された。しかし、私はさにあらずと思った。我欲の果てには、結局、むなしさしか残らぬ。崇伝どのも、時を経てようやくそこに思いがいたり、こうして俗世を逃れて山里へ参られたのではござらぬか」

「ばかを言うな」

崇伝は顔をこわばらせた。

「わしは修羅の道に飽いて、ここへ来たわけではない。また、人の欲こそが世を動かすという考えも、以前といささかも変わっておらぬ」

「さようでございますかな」

沢庵がゆったりと笑った。

その表情が、いまの自分の苦境を嘲笑しているように思え、崇伝はいつになくむきになった。

「おのが手を汚すことを嫌い、俗世に背を向けてきたそなたとちがい、わしは真っ向から俗世に立ち向かってきた。ゆえに徳川の世は安泰となり、民はいくさや飢えで苦しむこともなくなった。おのれの欲を満たし、同時に衆生《しゆじよう》を救う。これぞまことの仏者というものではないか」

「崇伝どのは、まことに満たされておられますかな」

沢庵の静かなまなざしが、崇伝をひたととらえた。

——満たされている
と、即答したかった。

しかし、こたえられない。

心のなかを風が吹き抜けていた。その風は、吹きすさぶ地吹雪《じふぶき》よりも冷たい風であった。

「修羅の道に、安寧《あんねい》はない。休まず走りつづけておらぬと、いつか地に倒れ伏してしまう。御坊がお選びになったのは、さような花も実も成らぬ不毛の道だと拝察いたします」

「安寧などいらぬ」

崇伝は反撥するように言った。

「わしは死ぬまで修羅の道を走りつづけ、おのれをつらぬき通す。もっともらしい善人づらをするそなたに、わしの何がわかる」

「あくまで、ご自分のまちがいをおみとめにならぬのでございますな」

「わしはまちがってはいない」

崇伝は昂然《こうぜん》と顎をそらせ、

「そもそも、人というものは善と悪のないまぜによって成り立っている。この世の中も、善と悪がまじり合いながら進んでいくものだ。すなわち、何かをなそうと思えば、かならず手は汚れる。汚れねば、何もなせぬ。それを修羅の道と呼ぶなら呼べ」

言い放つと、崇伝は立ち上がった。

「どうなされた、崇伝どの」

「京へ帰る」

「帰るといって、御坊はまだ、八瀬へおいでになったばかりでありましょう」

「そなたの善人づらを見ているうちに、むしょうに俗の臭いのする場所へ帰りたくなった。わしは土に還るまで、悪人で結構」

崇伝の身のうちに、消えかけていた炎がよみがえっていた。

自分は、これを待っていたのではなかったか。

崇伝が去ったあと、沢庵はかま風呂から出た。体がほてっている。

「損な生き方をするお方よ」

首筋をかきながら、沢庵はつぶやいた。

「なにもおのが身を汚さずとも、名利は手に入る。世間の汚濁から遠ざかるほど、人はありがたがって名利を与えたがるものを……」


崇伝は雪道を、京へ向かって引き返した。

雪の上に、冴えた月明かりが降りそそぎ、道をゆく崇伝の影だけが蒼《あお》く映じている。

寒さは感じなかった。

風のない、おだやかな宵である。夜の雪野原はどこまでも明るく、色のない水墨画の世界であった。

（わしは死ぬまで、おのれの生き方をつらぬき通す……）

沢庵と話しているうちに、崇伝は迷いの出口を見いだした。

人の生は、ただ一度きりしかない。

やり直しがきかぬものならば、たとえ満身に傷を負おうと、信じた道を突きすすむしかないではないか。

それで、悔いはない。

雪道を歩きつづけ、東山の南禅寺に帰り着いたときには、深更《しんこう》になっていた。

閉ざされていた金地院の門を打ち鳴らし、門番をたたき起こして、くぐり戸をあけさせた。

「いったい、いかがなされました」

元竹が、眠気も吹き飛んだ顔で崇伝を出迎えた。

「しばらくおもどりにならぬとおおせになられたのでは……」

「気が変わった。わしは江戸へもどるぞ、元竹」

朝、寺を出ていったときとは、まるで別人のごとく生気に満ちた声で崇伝は言った。

「しかし、いま江戸へおもどりになられても……」

元竹が表情をくもらせる。

「いや」

と、崇伝は首を横に振り、

「たとえどのような思いをしてでも、わしはふたたび幕閣の中心へ返り咲いてみせる。道は、おのれ自身で切り拓《ひら》かねばならぬ」

崇伝は、編笠をはずし、蓑《みの》をかなぐり捨てた。

着衣をあらためる間ももどかしく、部屋へもどると、さっそく端渓《たんけい》の硯に唐墨をすった。

筆をとり、書状をしたためる。

江戸の土井利勝への書状である。

――一筆、啓上せしめ候

という挨拶にはじまり、利勝に将軍秀忠へのとりなしを頼んだ。

家康在世中は、土井利勝をはるか足もとに見下していた崇伝であったが、いまはひたすらおのれを卑下し、貴殿ひとりが頼りであるとまで書いた。

ただし、心の奥底から誇りを捨てたわけではない。利勝に頭を下げるのは、復活を果たすための便宜でしかない。

一度敗れた者が復活するには、何が必要か。それは、自由自在な心の働きであろうと崇伝は思う。

人間は、過去の名誉を忘れがたい。いま置かれている不利な状況を、素直にみとめることができない。再起をさまたげるのは、そうした現実からの逃避である。

自分はかつて人の上に立つ地位にあった。その自分が、いまさら人に頭を下げられるものか——。そのような心構えでは、二度と復活はできないであろう。いっさいの名誉心を捨て去り、初心に立ち返り、一から出直すこと。敗者が復活できるかどうかは、そこにかかっているのではないか。

崇伝は同じ内容の書状を、土井利勝と並ぶ年寄衆（老中）の酒井忠世、安藤重信にも書いた。

崇伝の捨て身の策は、功を奏した。

南禅寺金地院に、江戸の土井利勝から次のような内容の返事が来た。

——上様（秀忠）の御機嫌は悪くない。伝長老は、外交、朝廷対策の手腕にすぐれ、余人に代えることができぬゆえ、来年早々にも江戸へまかり来られたし。

ほかの年寄衆からも、同様の書状がつぎつぎ届く。

家康の神号問題をめぐる争いから、いったんは崇伝を排斥してみたものの、最後にはやはり、いままで積み重ねてきた崇伝の実績と能力が、彼らの欲するところとなった。

将軍秀忠が娘の和子入内《じゅだい》をすすめているおりから、朝廷との折衝《せっしょう》は何かとむずかしく、崇伝のごとき熟練者の力が幕閣では必要とされていた。

おのれがおのれであるための闘いが、ふたたびはじまろうとしていた。

翌年、春——。

崇伝は江戸へ下った。

江戸では、相変わらず南光坊天海の勢威がさかんである。

天海の指図により、三月になって駿河久能山より下野日光へ家康の柩が移された。家康の遺骸は、新装なった日光の霊廟に埋葬される。

四月十二日、将軍秀忠は家康の一周忌を日光山でおこなうため、大名、旗本を引き連れて江戸を発駕《はつが》した。

崇伝も秀忠のゆるしを受け、日光に下った。

将軍の行列にさきがけ、一足先に日光山へ到着した崇伝のもとへ、意外な人物から薪《たきぎ》二十把が届けられた。

「薪の贈り主は、天海大僧正でございます。いったい、いかがいたしましょう」

崇伝の仇敵ともいうべき天海の思いがけぬ厚意に、元竹が面食らった顔をした。

宿所の庭に積み上げられた薪の山を見ても、崇伝は顔色ひとつ変えない。

「おおかた、わしのような役立たずは、風邪でもひかぬように囲炉裏にあたって引っ込んでいろというのであろう」

「突き返しますか」

「いや、かまわぬ。受け取っておけ」

すでに、崇伝は気持ちを切りかえている。

家康の神号や祭儀など、あの世のことは天海にまかせておけばいい。密教系の呪術者である天海は、家康の死を利用して、おのが権威を高めた。それは、天海にとっては絶対にゆずれぬ生命線であっても、禅門の崇伝には致命傷とはなり得ない。

（わしが力をふるうのは、現世のことだ……）

天海とはもはや正面からぶつからず、たがいの領域による棲み分けをはかるのが真の智恵者と崇伝には思えた。

日光に築かれた霊廟において、家康一周忌の祭礼が大々的におこなわれた。

雅楽が荘重に奏され、金襴《きんらん》の直垂《ひたたれ》をつけた舞人百人が舞楽殿で舞を披露した。また、笛太鼓にあわせ、猿曳きが美麗に着飾らせた猿を舞わせてみせる。

京より下ってきた朝廷の奉幣使《ほうへいし》が霊廟に幣《ぬさ》をささげ、山王権現と摩多羅神《またらじん》の神輿《みこし》がかつぎ出された。

家康は、

――東照大権現《とうしょうだいごんげん》

の名で祀られ、日光東照宮は徳川将軍家の聖地となった。

祭礼のあと、いったん江戸へもどった崇伝は、休む間もなく京へのぼった。

秀忠の命により、和子入内の根まわしをおこない、同時に、日本へやってくる朝鮮通信使の応接にあたるためである。

秀吉の朝鮮出兵で、朝鮮との往来はしばらく途絶えていたが、家康の幕府創設を機に、ふたたび国交がひらかれるようになっていた。このたびの使節の来日は、大坂平定の祝賀のためであった。

（これが、自分の仕事だ）

と、崇伝は思った。

故実のわずらわしい朝廷との交渉や、それぞれの国情がちがう諸外国との外交術にかけては、年寄衆の土井利勝らですら、崇伝の経験と能力に一歩も二歩もゆずらざるを得ない。まさしく、独壇場である。

崇伝の双眸は、往時の輝きを取りもどした。江戸と京のあいだを往復しながら、崇伝は幕政に力をふるった。

翌、元和四年――。

幕府の費用で、江戸城三ノ丸内に崇伝の屋敷が建てられた。もと大久保長安の屋敷があった場所で、家康在世中に土地だけあたえられていたものの、家康死後の混乱で屋敷の建築は延び延びになっていた。

が、その後、崇伝と関係を修復した土井利勝のあっせんにより、屋敷は無事に完成の運びにいたったのである。

屋敷の新築祝いに、崇伝は土井利勝をはじめ、酒井忠勝、伊丹康勝ら幕府の実力者を招き、披露の宴《うたげ》をもよおした。

大名を顎で使い、何者も恐れなかったむかしとは、何もかもがちがう。

いまはみずからが幕閣の実力者に気をつかい、彼らの機嫌を損じぬよう神経をくばらねば、生き抜くことはできない。

しかし、それもみずからが選んだ道である。

かつての大御所時代、本多正純と手を結んだように、崇伝は秀忠の側近第一の土井利勝との関係を深め、力の維持をはかった。

その翌年、崇伝は幕府の奏請《そうせい》により、五山十刹の住持の任免権を一手に握る、

——僧録司《そうろくす》

に任ぜられた。禅僧として、最高の出世である。

さらに、徳川家の菩提寺である芝増上寺を見下ろす丘の上（現、東京タワーのあるところ）に、江戸金地院が建立された。金地院の縁側からは、はるかに江戸湾を望むことができた。

土井利勝との親密度が増すにつれ、崇伝と、かつての仲間本多正純との仲は疎遠になっていった。

それも仕方のないことである。

ばならない。

政治の荒波のなかで戦っていくためには、時流に応じ、みずからを変貌させていかね

たとえ人から非情といわれようと、いまの崇伝は、正純との古いしがらみよりも、土井利勝との実《じつ》のある結びつきを重視した。

三年後の元和八年、本多正純は失脚した。

改易《かいえき》の上意が告げられたのは、正純が最上義俊の山形城受け取りのため、出羽国へおもむく途中であった。

十一ヶ条の罪状により、宇都宮十五万五千石は没収。隠居を命じられた正純には、賄《まかな》い料五万五千石が与えられることになった。

罪状はいずれも、取るに足りぬ瑕瑾《かきん》であった。

正純は、われに落ち度なしと幕府の命令を拒否、出羽の横手へ配流された。賄い料をこばんだのは、長く幕政の第一線で辣腕《らつわん》をふるってきた男の意地であったろう。

本多正純改易の一年後――。

徳川秀忠は、将軍職を世継ぎの家光にゆずる意向をかためた。

秀忠四十五歳。

いまだ、老耄《ろうもう》したり、心身のおとろえを感じる年ではない。

秀忠が身を引く理由は、ひとつには自分の目の黒いうちに息子を将軍位に就《つ》け、早いうちに実践で帝王学をたたき込んでおこうというもくろみがある。

そしていまひとつ、秀忠は、かつて家康が駿府にいて江戸の幕府政治をあやつったように、今度は自分が大御所として実権を握り、自由な立場から政治に睨みをきかせることを考えていた。

元和九年、夏——。

秀忠と家光は、あいついで京へのぼった。

朝廷より、家光の将軍宣下《せんげ》を受けるためである。

二条城へ朝廷の勅使を迎えて、宣下の儀式がおこなわれた。ここに、三代将軍家光が誕生した。

徳川家の慶事は、さらにつづいた。

三年前、紆余曲折《うよきょくせつ》のすえ、後水尾天皇のもとへ入内していた秀忠の息女和子に懐妊のきざしがあらわれたのだ。

大御所秀忠は膝を打ち、

「でかしたぞッ！」

と、喜びをあらわにした。

後水尾天皇には、和子を迎える以前にも寵愛する女人が幾人かいた。

ことに、公家の四辻公遠《よつつじきみとお》の娘の、

――およつ御寮人
とのあいだには、賀茂宮という皇子が生まれ（元和八年早世）、また別の女人の腹にも姫宮が生まれていた。それだけに、わが娘和子の懐妊を聞いた秀忠の喜びはひとしおのものがあった。

将軍宣下をすませた家光は一足先に江戸へ帰ったが、秀忠はひとり京に残り、和子への祝いに紫宸殿《ししんでん》の前で猿楽を演能させ、大内《おおうち》御料として一万石を献上した。

「生まれてくる子は、皇子であろうか。それとも、姫宮であろうか」

二条城にもどった秀忠は、顔を笑み崩した。

御座所に侍《はべ》っているのは土井利勝、それに一行に同道して京へのぼっている崇伝である。

「お生まれになるのが皇子であれば、まちがいなく皇位をお継ぎになられましょう。もし姫宮でも、女帝という手がございます」

土井利勝の言葉に、

「徳川家の血筋が天皇になるか」

秀忠がまた笑った。

「それはそうと、伝長老。輿《こし》から外を眺めていて気づいたが、近ごろ、京の町にはずいぶんと紫衣《しえ》をまとった僧侶の姿が多くなったようじゃな」

秀忠が、墨染《すみぞめ》の法衣に身をつつんだ崇伝のほうに目を向けた。

「お気づきでございましたか」

崇伝は苦い表情で言った。

――紫衣

すなわち、高貴をあらわす紫色の袈裟《けさ》を身にまとうことは、もともと朝廷の綸旨《りんじ》によってのみゆるされる、僧侶として最高の名誉であった。

南禅寺、天竜寺、あるいは大徳寺、妙心寺などの大寺の住持が、紫衣着用をゆるされていた。

しかし、慶長十八年および元和元年に徳川家康が法度《はっと》をさだめ、それまで朝廷の専権事項であった紫衣の勅許を、幕府の許可なしにおこなうことを禁じた。朝廷と宗教界の結びつきを分断し、幕府が朝廷に代わって寺院を影響下におさめようとの政策である。

したがって、秀忠が知らぬうちに、紫衣を着た僧侶が京の町に増えているというのは、異常事態といっていい。

「ご慶事のときに、このようなことを申し上げるのはいかがかと存じますが、帝《みかど》は法度をないがしろになされ、紫衣の綸旨を幕府のゆるしなく乱発しておられます」

崇伝は膝をすすめ、

「拙僧の調べでは、大徳寺、妙心寺、金戒寺、光明寺、知恩院など、わかっているだけでも七、八十人の住持に対し、幕府の許可を得ざる紫衣の勅許があたえられております。これは、帝が幕府の定めを軽んじておわす何よりのあかし。紫衣勅許の乱発をこのまま見逃せば、幕府のご威光をそこなうことにもつながりましょう」

「もっともだ」

と、秀忠がうなずき、

「帝は、そもそも和子入内にさいし、幕府が愛妾の出家を強いたことを恨みに思っておられる。紫衣の乱発は、自分は幕府の傀儡《かいらい》にあらずという帝の抵抗のご意思のあらわれやもしれぬ」

「さりながら、このさい帝には、飾り物の人形になっていただかねばなりませぬ。人形の勝手は、断じてゆるすべきではございますまい」

崇伝は低い声で言った。

「伝長老」

「は……」

「亡き東照大権現さまが、なにゆえそなたを重用していたか、いまになってようやくわかったような気がする。そなたは恐ろしき男ぞ」

秀忠が扇で汗ばんだ首すじをあおいだ。

崇伝が、

――紫衣

にこだわったのには、わけがある。

崇伝は僧録司として、五山十刹の住持の任免権を一手に握る立場にある。南禅寺をはじめとする五山十刹の寺々は、ことごとく崇伝の支配下にあり、宗教界で一大勢力をなしている。

従来、五山では、第一位の天竜寺と別格の南禅寺の住持だけに紫衣がゆるされ、そのことが五山全体の格を高めていた。

しかし、昨今の紫衣勅許の乱発により、紫衣そのものの値打ちがうすれてきている。いままで高嶺の花だったブランド品が、突然、薄利多売に転じて市場に出まわり、ありがたみが失せてくるようなものだ。

のみならず、崇伝にとってゆるせぬのは、紫衣の勅許が、禅門のなかで五山派と対立する、

――大徳寺・妙心寺派

にかたよっていることだった。

同じ臨済禅の宗派ではあるが、南禅寺をはじめとする《五山派》と、《大徳寺・妙心寺派》は仲が悪い。崇伝が毛嫌いする沢庵は、その《大徳寺・妙心寺派》の長老のひとりだった。

《大徳寺・妙心寺派》は、以前から朝廷との結びつきが深い。その関係から、近ごろの紫衣乱発の恩恵に、もっとも多く浴していた。

このまま、紫衣勅許の乱発を見逃していれば、五山の権威は地に堕《お》ち、ひいては宗教界全体に対する崇伝自身の影響力もおとろえることになる。

(宗教界を統括しているのは、朝廷ではなく幕府、いやこの崇伝であることを世に知らしめねばならぬ……)

崇伝は、朝廷の権威と真っ向から対決することを決意した。

十一月——。

後水尾天皇の後宮に入っていた徳川秀忠の娘、和子が女子を出産した。

——興子《おきこ》内親王

である。

天皇には、すでに梅宮《うめのみや》という姫宮があり、和子の産んだ女子は第二皇女ということになる。

早世した賀茂宮以外、天皇に世継ぎとなるべき男子はまだなかった。

年が明けて、年号が寛永とあらたまり、和子は中宮《ちゅうぐう》に冊立《さくりつ》された。中宮は、天皇の正夫人といってよい。

このときも、天皇自身の意思より、幕府の意向のほうが優先された。後水尾天皇の不満は溜まるばかりである。

後水尾天皇の憂鬱《ゆううつ》とはうらはらに、大御所秀忠は娘和子の立后《りっこう》をことのほか喜んだ。慶事を祝うべく、秀忠は京へのぼった。

天皇と中宮和子、それに生まれたばかりの姫宮を二条城へ招き、

舞見物
蹴鞠《けまり》
歌会

と行事をもよおし、四日四晩、盛大な酒宴をひらいて歓待した。

使用された箸、椀、皿、酒器などは金銀製で、宴が終わったあと、すべて天皇と中宮に献上された。また、皇族、公家衆への贈り物もおびただしく、白銀だけで二十万両が献じられている。

朝廷は返礼として、秀忠を太政大臣に、将軍家光を左大臣にそれぞれ任じ、尾張、紀伊、水戸の徳川御三家ほか、諸国大名に対しても大規模な叙任をおこなった。

秀忠とともに京へのぼっていた崇伝も、国師号をたまわり、

――本光国師

と、号されるようになる。

公武の融和をはかりながら、一方で秀忠は締めつけも忘れなかった。

京滞在中、秀忠は大徳寺と妙心寺の長老を呼びつけ、

「大権現（家康）さまのころ、紫衣の願いは幕府を通じてなすべしと申しわたしてある。しかるに、そのほうどもは幕府へ届けず、じかに朝廷へ願い出ておる。今後一切、さようなことはゆるさぬ」

と、厳命した。

秀忠の口達《くだつ》を受け、大徳寺、妙心寺では、不満の声が沸き起こった。

「紫衣の勅許は、帝がなされることだ。幕府が口を差しはさむほうがおかしい」

「寺のうちのことまで、なにゆえ幕府に指図されねばならぬ」

大徳寺、妙心寺は朝廷との結びつきがことのほか深い。

幕府の圧力に、後水尾天皇が忍従の日々を強いられていることもあり、両寺の反撥は一気に高まった。

両寺とも、大御所秀忠の強硬発言の裏に、五山派の金地院崇伝の影があることを百も承知している。それゆえ、彼らとしても、秀忠の命をおいそれと受け入れるわけにはい

かなかった。

翌年になり、混迷した事態をさらに紛糾させる事件が起きた。

故郷の但馬出石へ帰っていた大徳寺長老の沢庵が上洛し、正隠という僧侶を大徳寺住持に出世させ、勝手に紫衣の勅許をとってしまったのである。

「なにッ、沢庵が……」

江戸金地院で知らせを聞いた崇伝は、まなじりを吊り上げた。

大御所秀忠の命令にもかかわらず、沢庵は幕府に無断で正隠を朝廷に推挙、紫衣を得た。

これは、幕府の宗教政策に対する、公然たる反逆といっていい。

「あやつ、わざとやりおったな」

沢庵の考えそうなことはわかっていた。

幕府の通達に屈するのではなく、むしろ叛旗をひるがえすことにより、ことを天下の大問題にしてしまおうというのだろう。

千年以上つづく朝廷の伝統を重んずるのが正しいのか、それとも、たかだか二十数年前にできたばかりの徳川幕府の威に従うほうが正しいのか——。

(あやつ、世間の声を巻き込み、大徳寺の都合のいいように事を運ぼうとしているのだ)

崇伝は、いまさらながら、沢庵のしぶとさと狡智に驚いた。清貧をふりかざす、ただの理想主義者かと思っていたが、どうしてなかなか、喧嘩の仕方を心得ている。

民というものは、いつの時代でも、ときの為政者に何らかの不満を感じている。その一方で、伝統や名門、由緒などにきわめて弱い。民衆の同情は、朝廷を重んじ、幕府に盾突く沢庵の側に集まるであろう。

しかし、

（朝廷が世の民のために、いったいどれほどのことをした。乱れた世をおさめ、天下を平穏にみちびいたのは、尾張の農民の子であった豊臣秀吉であり、三河の弱小大名だった徳川家康ではないか……）

崇伝は思った。

みずから手を汚すことをせぬ者に、大きな仕事は成し得ない。そのように信じ、自分は今日まで幕府のために働いてきた。

（つねに、泥水をかぶらぬところに身をおいてきた沢庵のような男に負けるわけにはいかぬ）

崇伝には、おのれの生き方に対する自信がある。

大御所秀忠も、沢庵のふるまいを耳にして激怒した。

なにしろ、自分自身がわざわざ大徳寺、妙心寺の長老を呼んで言いわたした通達が、無視されたのである。

「恥をかかされた」

と、怒りに唇をふるわせた。

――温厚
といわれる秀忠が、これほど激しい怒りの表情をあらわにするのを崇伝は見たことがない。

大御所秀忠は、口頭の通達だけでは禁令が徹底できぬとして、文書で布令を出すことにした。

文書の作成を命じられたのは、崇伝である。

――京都法中の制
と、呼ばれるこの布令は、徳川家康が発した法度が守られていないため、法度の公布以後に入院《じゅいん》出世した者の紫衣を剥奪するというものである。

そのうえで、幕府があらためて吟味をおこない、正当とみとめられた者だけの入院出世をゆるすとした。

大御所秀忠は、京都所司代の板倉重宗（父勝重のあとをついで元和六年から所司代をつとめる）を急遽《きゆうきよ》、江戸へ呼び寄せ、みずから布令を手わたした。幕府の威光を京のすみずみにまで知らしめようという、秀忠の並々ならぬ意欲のあらわれだった。

板倉重宗はさっそく京へもどり、紫衣をたまわった諸寺院に対し、布令の文書を送りつけた。

寺側は、おおいに驚いた。

ことに、戸惑いを隠せなかったのは、布令の対象になる出世者を十五人も出している大徳寺であった。

大徳寺では、布令をめぐって議論が沸騰した。

「一度あたえられた紫衣を剝奪するなど、無体もはなはだし。断固、幕府に抗議すべし」

「いや、何といっても、相手は幕府。素直に吟味に応じたほうがよいのではないか」

意見は、真っ二つに割れた。

強硬論を唱えるのは、大徳寺のなかでも、

――北派

と呼ばれる一派である。

大徳寺は、《南派》《北派》《一休派》《関東派》の四派にわかれていたが、なかでも力を持っていたのは北派と南派であった。

幕府何するものぞと意気さかんな《北派》に対し、《南派》のほうは京都所司代に詫び状を提出。早々と、恭順の意をしめした。
徹底抗戦をとなえる《北派》の中心となっているのは、
沢庵
玉室《ぎょくしつ》
江月《こうげつ》
という、かつて大徳寺の住持をつとめたことのある三人の長老である。
彼らは京都所司代に対し、沢庵の筆による抗弁書を送った。
このなかで、沢庵は、
「紫衣勅許は一山の評定をへて、長老連判で禁中へ言上するもので、みだりにおこなっているわけではない。また、かつて元和に下された布令に、参禅修行三十年、千七百則の公案をおこなった者しか住持にしてはならぬとあるが、それは非現実的である。定めどおりにすれば、いかに優秀でも五十歳以下の者は住持になれない。人の命にはかぎりがあるから、仏法の相続もしがたくなる」
と、幕府を非難した。
世は、徳川幕府による中央集権体制がかたまりつつある。日々、強まっていく統制に、民は息苦しさを覚えはじめていた。
そのなかで沢庵は、幕府に抵抗してみせた。

それが庶民の共感を呼び、沢庵は、

——英雄
として、世間の人気を一身に集めることになる。

ともかく——。

京都所司代に差し出した沢庵の抗弁書は、江戸へ送られ、大御所秀忠の目にするところとなった。

江戸城西ノ丸の秀忠のもとへ、崇伝は呼ばれた。

「これを見よ」

秀忠は不機嫌な表情をしている。

秀忠の手から抗弁書を受け取り、その場で目をとおした崇伝も、たちまち顔をこわばらせた。

抗弁書は仮名まじりの文章で書かれていた。

この手の公式文書は、漢文をもってしたためるのが当時の慣習だったが、沢庵はそれを、あえて仮名まじりの文章で書き送ってきた。

（あやつめ、幕府を小ばかにしているのだ……）

仮名まじりの文面から、幕府の威光を否定する沢庵の姿勢をはっきりと読み取ることができた。

「ゆゆしき内容でございますな」

崇伝は沢庵の抗弁書から、ゆっくりと目をあげ、

「幕府の布令に対し、異を唱えるとは、まことにもって言語道断。沢庵をはじめとする大徳寺の三名の長老は、徳川幕府に対し、弓ひいたも同然でございましょう」

「ゆるすわけにはいかぬな」

「御意《ぎょい》」

崇伝は顎をひいてうなずき、

「ことは、大徳寺だけの問題ではございませぬ。ここで彼らの勝手をゆるせば、幕府の威信は地に堕ちましょう」

「さっそく年寄衆と、善後策を講ぜよ」

「ははッ」

崇伝は、抗弁書を出した沢庵らへの対応につき、土井利勝、井上正就《まさなり》、永井尚政《なおまさ》の三人の年寄衆と談合をおこなった。

抗弁書を見れば、沢庵らが公儀を誹謗《ひぼう》しているのはあきらかである。

よって、真意をただすために、沢庵、玉室、江月の三名の者を江戸へ召喚し、あらためて吟味をおこなうことに話し合いは決した。

寛永六年、二月——。

大徳寺強硬派の三名は、京を発し、江戸へ向かった。

一行が江戸に到着したのは、閏《うるう》二月六日のことである。

沢庵らは、大徳寺の末寺である神田の広徳寺へとりあえず身を落ち着けた。

三日後——。

幕府より詮議の使者が、広徳寺へ差し向けられた。

使者となったのは、幕府の宗教政策および朝廷対策にかかわる、
崇伝
天海
藤堂高虎
の三人である。

伊勢津城主の藤堂高虎は、もともと外様《とざま》ではあったが、家康時代からの忠勤と手腕がみとめられ、このころは年寄衆にひとしいあつかいを受けていた。

本堂の上座に三人の使者がすわり、下座に沢庵、玉室、江月の大徳寺長老衆が並んだ。

崇伝は、正面にすわる沢庵を見た。

沢庵は垢じみた衣を着、うすく不精髭をのばしている。いつもと変わらぬようすだが、胸だけは昂然とそらせ、挑むような目で崇伝を見返していた。

このたびの一件は、朝廷を背景とする大徳寺と幕府の争いだが、

（ことは、沢庵と自分の戦いでもある……）

清貧を標榜し、俗世の欲を否定する沢庵と、それとはまったく逆の生き方をしてきた崇伝自身、両者の雌雄を決する戦いであるような気がした。

思えば、沢庵とはじめて岡屋の法論で真っ向から意見を闘わせて以来、じつに三十余年の歳月が流れている。

あれから、たがいに立場が変わり、いまは五山を代表する長老と、大徳寺を代表する長老としてあいまみえている。

（こやつには負けられぬ）

崇伝は頬を引きしめた。

「紫衣の件につき、詮議いたす」

よく通る崇伝の声が、冷えびえとした本堂に響いた。

すかさず、

「お待ちいただきたい」

沢庵が言った。

「このたびのこと、責めはすべて愚僧ひとりにあり。抗弁の書は、愚僧が存念のほどを固め、一存でしたためたものであり、余の者たちに罪はなし。お咎《とが》めになるなら、なに

とぞ、愚僧ひとりをお咎めいただくように」

　ふかぶかと坊主頭を垂れる沢庵を、崇伝はするどい目で見すえ、

（こやつ、この期《ご》におよんでも、まだ綺麗ごとをぬかすか……）

　肚《はら》の底から、敵意がますます燃えあがるのをおぼえた。

　崇伝は、あざけるように沢庵を見下ろした。

「これは異なことを申す。京都所司代に差し出した抗弁書には、三人の名がしかと書かれているではないか。いまさら言い逃れはできぬ」

「いや、あれは愚僧が勝手に書いたもの。ほかの者は、一切あずかり知らぬ。愚僧はどのようなお咎めも受ける所存。打ち首なり、遠島なり、存分のご処分を……」

　必死の形相を浮かべ、沢庵が熱弁をふるった。

（とんだ猿芝居だ……）

　崇伝は胸のうちで苦笑した。

　沢庵のふるまいは、仲間をかばう美挙として世間につたえられるであろう。しかし、この場でそれを言い立てるくらいなら、もっと以前に何らかの手は打てたはずである。自分ひとりが犠牲者のふりをし、幕府の正当な裁きをねじ曲げようとする偽善者そのもの――と崇伝の目には、そう映った。

「誰に責があるかはさておき、大徳寺が東照大権現（家康）さまの法度にそむいたのは、

まぎれもなき事実」

崇伝は、話を本筋にもどした。

「入院出世、紫衣の願いは幕府に届け出るべしとの定めを、なにゆえに破った」

「いにしえより、入院出世、紫衣勅許の儀は、禁中がつかさどるものと心得ている」

沢庵が崇伝の詰問を受けとめた。

「幕府の法度は、無視してもよいと申すか」

「われらは昔からのならいに従ったまで」

「ならば、問う」

崇伝は言葉をつづけ、

「先年、大御所秀忠さま御上洛のみぎり、大徳寺の長老らを二条城に呼び、入院出世、紫衣勅許の儀は必ず幕府に届けるべしと口達なされた。よもやそのこと、忘れたわけではあるまいな」

「愚僧は、そのとき但馬出石の草庵にいた。その後、上洛し、正隠を大徳寺住持に出世させ、紫衣勅許を禁中に願い出たのは、すべて愚僧のなしたこと。さきほどから申し上げているとおり、罪は愚僧一人《いちにん》にたまわらんことを願いたてまつる」

殊勝げな顔で、沢庵が言った。

罪はあくまで自分ひとりが負い、大徳寺一山そのものの罪はまぬがれんというのであろう。

（したたかな……）

崇伝が、さらに追及の矛先を沢庵に向けようとしたとき、天海がそれをさえぎった。

「沢庵どのの言いぶんは、よくわかった。もはや、これ以上、立ち入った吟味の必要はない」

天海の言葉に藤堂高虎も賛同し、詮議はそれまでとなった。

江戸城西ノ丸に登城した崇伝は、大御所秀忠に、沢庵らの言いぶんを復命した。

「かの者ども、あきらかに公儀の法度にそむいております。しかも、みずから罪をみとめており、厳罰に処すのが妥当かと思われます」

崇伝は意見をのべた。

厳罰に処さねば、幕府の威信がいちじるしく損なわれる——との響きを、崇伝が言外に匂わせた。

秀忠も、今回の一件に関しては、自分自身の誇りを傷つけた大徳寺側に強い怒りをおぼえている。

ただし、崇伝とともに吟味におもむいた天海と藤堂高虎のふたりが、

「いさぎよく罪をみとめた沢庵の心根は、まことにもって殊勝でござります。大徳寺と

しても、今後は公儀の法度に従うと誓っておりますゆえ、寛大なご処置をもって罪をおゆるしになってはいかがでしょうか」

と、弁護したため、秀忠としても即座に判断を下すことはできなかった。

秀忠は、使者となった三人に、彼らのうちでよくよく議論を尽くすよう命じた。

崇伝は、天海、藤堂高虎と、別室で膝をつきあわせて話し合いをおこなった。

崇伝があくまで厳罰を主張するのに対し、天海はそう厳しくすることもあるまいと、沢庵らの擁護にまわった。

（どうせ、ことは禅門内部の争いだ。ならばいっそ、目ざわりなこのわしの足を引っ張ってやろうとでも思っているのだろう……）

それよりほかに、天海が沢庵に味方する理由がない。

近ごろ、ふたたび勢いを取りもどしてきた崇伝に、天海は警戒心を抱いているにちがいない。

両者ゆずらず、その場で結論は出なかった。

江戸城から下城し、芝の金地院へ引きあげてから、崇伝は意外な人物の訪問を受けた。

大徳寺三長老のひとり、江月である。

江月は人目をはばかるように頭巾《ずきん》で顔を隠し、方丈《ほうじょう》へ案内されて頭巾を取ったあとも、ひどく落ち着きのない目をしていた。

「頼む。お助け下され、伝長老」

江月は額を床にすりつけんばかりに頭を下げた。

同じ禅門である身として、以前から知らぬ仲ではない。しかし、仮にも大徳寺長老たる身が、なりふりかまわずゆるしを乞いに来るとは思わなかった。

江月は、不埒《ふらち》な抗弁書を送ったのは沢庵ひとりの罪であるとし、自分はもとより幕府の威に従う気であったと言った。

沢庵が仲間をかばったのをいいことに、自分だけは罪をまぬがれようというのだ。

（仲間割れか……）

人は、わが身が大事でない者などいない。

他人を踏み倒しても、浅ましく生きようとするのが、人間の本質であると崇伝は思う。

崇伝は、江月の赦免に尽力する約束をした。

べつだん、情にほだされたわけではない。大徳寺側の内部分裂を、政治的に利用しようと思っただけのことである。

江月の話によれば、沢庵と玉室はかねてより懇意《こんい》の柳生但馬守宗矩を仲立ちとし、南光坊天海のもとへとりなしを頼みに何度も出向いていたという。

（そういうことか……）

天海が、熱心に沢庵らを支援しているわけがわかった。

敵は沢庵ひとりではない。

大名のなかには、沢庵に帰依《きえ》する者が多く、今回の事件でも幕閣内に擁護論が広まっていた。

世の同情は、こぞって沢庵に集まっている。

しかし、

（物ごとの、真実の姿を見あやまってはならぬ……）

崇伝は信念を持っていた。

自分が今日まで、幕府の体制づくりのために、営々と築き上げてきた秩序——それは、泰平の国家づくりに必要欠くべからざるものであり、揺るがせにしてはならぬものであった。

ここに来るまでに、多くの血が流され、時代のはざまで斃《たお》れていった者たちがいた。

泰平の世をもたらさんがための犠牲者といえば、大坂城の豊臣秀頼、淀殿母子、真田幸村らをはじめとする数知れぬ牢人たち。そして、大坂城砲撃の巻き添えとなって傷ついた紀香や、切支丹禁制のために海外で非業《ひごう》の最期を遂げた六弥太も、犠牲者といえるかもしれない。

彼らの死を、崇伝はやむを得ぬことと思った。

何かを引きかえにしなければ、大事はなし得ない。

いくさのために明日の命も知れぬ世。

住む家を、いつ焼け出されるかも知れぬ世。

矢弾が飛び交い、人の命が虫けらのようにあつかわれる世。

そのような内乱の世に、ふたたび逆もどりさせぬため、自分はいっさいの情を押し殺し、天下の秩序を築いてきたのではないか——。

悪人と呼ぶなら呼べ。

泥をかぶるのも、またよし。

自分は、幕府の法が絶対のものであることを、天下万民に身をもってしめさねばならない。

法が絶対であらねば、世は乱れへと向かう。

たとえ、人から理解されずとも、世間の非難を浴びようとも、

（この秩序ある世をそこなってはならぬ……）

使命感に似た思いが、凜と伸ばした崇伝の背すじをつらぬいた。

紫衣事件の判決が下ったのは、寛永六年七月二十五日のことである。

沢庵は出羽上山《かみのやま》藩（山形県上山市）へ、玉室は陸奥棚倉《たなぐら》藩（福島県棚倉町）へ、それぞれおあずけの身となった。

崇伝は、彼らを幕府の法にそむいた大罪人として、遠流《おんる》に処すことを一貫して主張したが、天海らの嘆願により、藩あずかりということで決着がついた。

遠流になれば、絶海の孤島での不自由な暮らしを余儀なくされる。しかし、藩あずかりとなれば、それなりの生活も保障される。

じっさい、沢庵があずけられた上山藩の藩主土岐《とき》頼行《よりゆき》は、まだ若いこともあって、沢庵をじつの祖父のごとくうやまい、丁重にあつかった。

上山城下には、

——春雨《はるさめ》庵

なる庵が建てられ、沢庵はそこで朝な夕なに谷をへだてた蔵王の峰を眺めながら、配所暮らしを送ることになった。

大徳寺の三人の長老のうち、江月ひとりは罪をまぬがれた。崇伝の力が、判決の陰にはたらいたことはいうまでもない。

世間からは、囂々《ごうごう》たる非難の声があがった。

江月が卑怯者呼ばわりされたのはむろんのこと、沢庵、玉室を厳罰にみちびいた崇伝は、悪名にまみれた。

世の人は、崇伝のことを、

——大欲山気根院僭上悪国師

と、痛罵した。

身のほどをわきまえぬ欲のかたまり、天下一の悪坊主といった意味である。

紫衣事件により、京の後水尾天皇はますます厭世《えんせい》の思いを深めた。

徳川家の娘を迎えるために、愛妾との別離を強要され、そして今また、紫衣勅許の権利まで幕府によって奪い取られた。

積もり積もった長年の不満に耐えきれなくなった後水尾天皇は、突然、譲位を表明した。

幕府は慰留したが、天皇の意思はかたかった。

後水尾天皇のあとを受けて即位したのは、中宮和子の産んだ興子《おきこ》内親王（明正《めいしょう》天皇）である。

おん年、わずかに七歳。

奈良時代の称徳天皇以来の女帝の誕生であった。

即位の礼のあと、崇伝は年寄衆の土井利勝、酒井忠世、京都所司代の板倉重宗とともに、摂政一条兼遐《かねとお》のもとをおとずれ、幕閣を代表して口上を読み上げた。

「新帝（明正天皇）は、まだ幼くおわす。しかも、女帝である。今後は、五摂家が力を合わせ、おこたりなくお仕えすべし」

崇伝の前に、公卿はひれ伏した。

幕府は、朝廷を支配した。

悪評はいよいよ世に高いが、崇伝は力を取りもどした。

そのころ幕府は、イスパニア、ポルトガル、オランダとつぎつぎに断交。鎖国へ向かって突きすすんでいた(のち、オランダのみは復活。鎖国時代の、西欧諸国での唯一の通商相手となった)。

イギリスもすでに平戸商館を閉鎖し、日本との交易から撤退している。

取引の相手は、いまやアジアの諸国のみとなった。

(世も変わったものだ……)

家康の代から、長く幕府の外交にかかわってきた崇伝は、隔世の感をおぼえた。

開国主義をとった家康は、さまざまな国との交易の可能性をさぐり、崇伝も家康の目となり耳となって、異国との交渉に重要な役割を果たした。

しかし——。

崇伝が起草した切支丹禁教令に端を発し、西欧諸国との交易は衰退の一途をたどった。

今日の鎖国へ向かいつつある流れは、崇伝自身がつくったともいえる。

思えば皮肉な結果ではあった。

若き日、海の向こうの異国に大きな望みをかけ、太閤秀吉の禁をおかして密航をくわだてた自分が、みずからの手で海外への門戸を閉ざそうとしている。

幕府は自由貿易により、外様の西国大名が巨利を得るのを恐れた。

彼らに倒幕の軍資金をたくわえさせぬため、本格的に貿易の統制をはじめた。海外からの商船の寄港地を、
平戸
長崎
の二港に限定し、幕府の管理下においた。

すべては、幕藩体制を盤石《ばんじゃく》になさんがためである。

崇伝は、これまでの生涯を振り返った。

かつて、大坂の役の余燼《よじん》さめやらぬなかで、崇伝は「武家諸法度」「禁中並公家諸法度」「諸宗諸本山法度」などを矢継ぎばやに起草した。それは、徳川幕府の支配を強化する目的で出されたものである。

大坂攻め、朝廷対策に崇伝は暗躍し、さらに法度によって、大名、公卿、寺社の首を締めつけた。

たしかに、崇伝はおのが野心の達成のために徳川幕閣に入った。が、国政にたずさわるうちに、いつしか自分なりの国家観を持つようになっていた。

崇伝が無意識のうちに形づくっていった理想の国家とは、平和的法治国家であった。

国家の統一がなされると、その大きな力は行き場を失い、外へ向くことが多々ある。天下統一をおえた豊臣秀吉は、唐入りをおこない、朝鮮の民を苦しめたばかりか、国内まで疲弊させた。

いくさなき法治国家——。

それは、武家の名門に生まれながら、戦乱ゆえに幼くして親と離れ、南禅寺で育った崇伝の痛切な願いではなかったか。

「これで、よかったのだ……」

崇伝は自身に言い聞かせるようにつぶやいた。

寛永九年、正月——。

前年中から病の床に臥していた大御所徳川秀忠が世を去った。

秀忠の死により、いままで権限をうばわれていた三代将軍家光が、名実ともに権力の座につくようになった。

幕政は、秀忠時代からの土井利勝、酒井忠世の両元老を筆頭に、家光付きであった酒井忠勝、稲葉正勝、内藤忠重らの年寄を加え、新体制がととのえられた。

代替わりにともない、大赦《たいしゃ》がおこなわれた。

出羽上山藩におあずけとなっていた沢庵もゆるされ、江戸へもどってきた。

のちに――。

沢庵は、崇伝のことを、

――天魔外道

と呼んでいる。僧侶でありながら、政治にかかわり、俗に生きた崇伝を仏の道にはずれた者として痛罵したのである。

しかし、その沢庵も、政治と無縁ではなかった。やがて、沢庵は将軍家光に重用されるようになり、品川東海寺を与えられ、幕府の政治顧問になった。島原の乱のさいには、蜂起した切支丹と西国大名が結びつく危険性を家光に忠告するなど政治的な動きを見せている。

また、柳生宗矩をはじめとする諸大名と親しく交際し、世の人に、

――大名好き

とまで揶揄《やゆ》されるようになった。

沢庵が大赦になった頃から、崇伝は病がちになった。

病気療養のため、崇伝は伊豆の熱海へ湯治《とうじ》におとずれた。

『本光国師日記』には、

――小用詰り候間、熱海へ湯治したく候

と、ある。

小用が詰まるのは、前立腺肥大症によるものと思われる。

熱海は江戸から近いため、徳川家康をはじめとして、諸大名の湯治がしばしばおこなわれた。

熱海の本陣は「今井半太夫」と「渡辺彦左衛門」。このいずれかに、崇伝は宿泊したはずである——。

木の間ごしに見える海が蒼い。

サザンカの咲く宿の庭から、崇伝は晩秋の陽射しに金粉を撒き散らしたようにきらめく海を眺めおろした。

「国師さま、お体が冷えまする。そろそろ、お部屋へおもどりになられませ」

湯治に付き添ってきた元竹が、崇伝の墨染の衣の背中へ声をかけた。

「海鳴りが聞こえるのだ」

「は……」

「むせぶような、あの海鳴りの音が聞こえる」

「今日は風もなく、海はおだやかに凪《な》いでおります。海鳴りなど聞こえませせぬが」

「いや、たしかに聞こえる」

崇伝の双眸は、遠く海のかなたを見つめていた。

またたきもせぬ瞳に映じているのは、波静かな相模の海ではなく、はるか遠い肥前松浦の呼子の海であった。

若き日——。

崇伝は明国への密航をくわだて、呼子の浜から旅立とうとした。かたわらに、六弥太の姿があった。呼子ノ藤左衛門もいた。

そのとき聞いた海鳴りの音が、崇伝の耳の底で、低く、高く、むせび哭《な》いていた。

（いまひとたび、生があったなら……）

海の向こうの異国へ、また別の野心をもとめ、旅立っていたかもしれない。しかし、それは、果たしえぬ夢であった。

年が明けた寛永十年、一月二十日——。

崇伝は江戸金地院において、遷化《せんげ》した。

享年、六十五。

亡骸《なきがら》は茶毘《だび》にふされ、遺骨は金襴緞子《どんす》におおわれた輿で京へはこばれて、南禅寺金地院に埋葬された。

〝黒衣の宰相〟金地院崇伝が、その悪名と引きかえに築き上げた徳川三百年の泰平の国家づくりは、近年、

——パクス・トクガワーナ（徳川の平和）と称され、海外の研究者のあいだで評価が高まっている。

あとがき

この小説の構想を思い立ったのは、京都南禅寺の金地院をたずねたときだった。南禅寺の広い境内《けいだい》の片すみに、金地院はある。方丈《ほうじょう》は伏見城の遺構を移築したもので、襖絵は狩野探幽《かのうたんゆう》。枯山水の庭は小堀遠州の作である。

私がおとずれた冬の朝、あたりに人の姿はなく、庭は静けさにつつまれていた。透きとおった陽射しが心地よく、方丈の縁側に腰をおろして長いあいだ庭を眺めていた。

右手を振りあおぐと、木立のなかに開山堂があった。小径をたどり、開山堂の中をのぞき込んだ私の目に飛び込んできたのが、本作の主人公、

——黒衣の宰相

こと、金地院崇伝の木像であった。

うす暗がりのなかに端座する木像を見て、私はその男の若さにおどろいた。徳川家康

の側近に、金地院崇伝なる政僧がおり、年寄衆《としよりしゅう》（のちの老中）に匹敵するほどの権力を握っていたことは知っていた。ただ漠然と、同じころ活躍した天海と似たような、妖怪じみた老僧とばかり思い込んでいた。が、私の目の前にあらわれた崇伝は、溌剌《はつらつ》とした若さあふれる美僧であった。

旅から帰って調べてみると、たしかに彼の出世は早い。三十七歳で南禅寺住持になった崇伝は、四十歳にして徳川家康の側近につらなっている。どういう男なのだろうと、興味が湧いた。それが、この〝悪人〟といわれてきた男を書きだすきっかけであった。

筆をすすめていくにつれて、私は崇伝という異能の男に強く魅きつけられた。

それは、彼がきわめて現代的な感性の持ち主であったことと無縁ではあるまい。徳川初期に、現代人がただひとり、まぎれ込んでいるような気さえした。

連載中、さまざまなことがあった。紀州白浜へ取材に行った帰途、新幹線のなかで熱を出して倒れた。苦しみながらも、この物語を書きつづけた。ちょうど、主人公の崇伝が病に伏しているあたりの場面を書いているころだった。そのころから、崇伝の魂《こころ》が私に乗り移った。

崇伝の残した『本光国師日記』は、膨大なものである。漢文で書かれた日記からは、崇伝のなまなましい息遣いが感じられる。本文中に多く引用したのは、その息遣いを少しでも読者の方々につたえたかったからである。

崇伝がおこなった諸外国との交渉にかんしては、別に『異国日記』というものがあり、一部が活字化されている。しかし、写本のままの部分が多く、読み誤りをただすため、平塚市博物館元館長の土井浩氏にご助力をいただいた。お礼申し上げたい。

執筆中、多くの励ましのお便りをいただいた。十年来、小説を書きつづけてきたが、このような望外の反響をいただいたのは初めての経験である。読者の方々のあたたかい励ましが、この小説を書きつづける力となったのは間違いないであろう。

火坂雅志

解説　男の渇きは癒されたのか

島内景二

以心崇伝、またの名は、金地院崇伝（一五六九〜一六三三）。人呼んで、「黒衣の宰相」。墨染めの衣を身に纏った禅僧でありながら、徳川家康の智恵袋として幕府の中枢に食い込み、国政に参画した。世が乱れることを悪と考えた彼は、乱世の芽を摘むために戦った。そして、「武家諸法度」「禁中並公家諸法度」「寺院法度」などの基本法典を起草して、徳川三百年の平和の礎を築き上げた。

強靭な意志と、磨き澄まされた叡智。だが、この有能な人物は、正直言って平和に慣れた現代人には人気がない。というか、最悪である。豊臣家滅亡をねらう家康の意を汲んで、「国家安康、君臣豊楽」という方広寺の鐘の銘文に、とんでもない言いがかりをつけた策謀家。そのように、日本史の時間では教わる。「家康の二文字を分断して、首を取ろうという呪いである」「豊臣を上に立つ君として楽しもうという意味だ」というコジツケをひねり出したことは、崇伝の悪名を決定的なものとした。これが、大坂冬の陣の開戦の口実となった。

和睦の条件として外堀を埋められた大坂城は、引き続く大坂夏の陣でもろくも炎上した。腹黒い法律専門家が、他人の文章の揚げ足を取ったり法解釈をねじ曲げたりして、民衆が応援する弱者を滅ぼすための悪知恵を絞り出す。「そこまでして偉くなりたいか」と、心ある人を嘆かせる権力亡者。これらが、現代人の崇伝に対するイメージだろう。

このイメージは、実像なのか。火坂雅志は、この常識を疑う。正史になりかけた「崇伝＝悪僧」説を覆すために書かれた小説『黒衣の宰相』は、はからずも大長編となった。けれども、読んでいて長さを感じさせない。なぜなら、自分が乱世に生きる意味を求めてやまない崇伝の心が、読者の心に切々と迫ってくるからだ。その点で、吉川英治の名作『宮本武蔵』と読後感が似ている。この歴史小説の古典中の古典と、火坂雅志は物おじすることなく対決している。その志や、よし。火坂も、「歴史小説を書くこと」の意味を爽やかに模索していたのだ。

崇伝の年譜的事実として知られる限られた事実を、点線で結んで彼の一代記を書こうという気は、火坂にはまったくなかった。むしろ、彼は年譜の空白部分を限りなく膨張させ、自らの想像力で奔放自在に補ってゆこうとする。

二十四歳の青年僧・崇伝は、友である六弥太と一緒に、九州松浦半島の呼子から五島列島の最北端の宇久島に渡る。ここからさらに、倭寇の船で明国に密航しようというのだ。この壮大な青年の夢は、ものの見事に失敗した。武蔵が、又八と二人で関ヶ原に出かけて、みじめな落ち武者になったように。

主人公の青春の蹉跌《さてつ》から、若い読者の心を揺さぶる大長編は語り始められる。けれども、崇伝という青年は挫折にも負けない。おのれの学問の力だけを頼りに天下国家を動かそうとする野望を、いっそう強くした。こういう大望ないし「男＝漢《おとこ》」の心の渇きこそ、「バガボンド」（＝夢追い人）のバガボンドたるゆえんである。武蔵は、孤剣によって天下無双たらんとする野望を熱く燃やしたが、崇伝は「智恵くらべ」で天下一たらんとする。武蔵が幼い吉岡源次郎少年を斬殺してまで追い求めた「修羅の道」を、過酷な政治の世界を生きる崇伝もまた歩かねばならない。それが、バガボンドの使命であり、運命であるからだ。世間の人々の悪口や、めまぐるしい毀誉褒貶《きよほうへん》など、意に介するところではない。

火坂によって補われた「崇伝の外伝」は、強烈な海の香りがする。そして、灼けるような恋の匂いが漂う。青年武蔵に、お通と朱実がいたように、崇伝の青春に華麗な花を添えるのが、紀香と霞。紀香は、宇久島で結ばれた初恋の女性。崇伝は紀香を強く慕うが、女性との愛の暮らしに安住できない自分の定めに苦しむ。二人だけの小さな愛のために、無数の人に平和を与えるという巨きな夢を捨てきれないのだ。武蔵が、剣か恋かで苦悩するのも、お通と家庭を持たないのも、崇伝と同じ理由からだ。愛に満たされた平穏な道を捨ててまで、崇伝は過酷な政治闘争の世界へと飛び込んだ。これが「修羅の道」である。おのれの人生の美しい可能性を果断に捨て去り、修羅の道を疾走する崇伝を助けるのが、霞という女忍者である。

崇伝の歩んだ道は、限りなく厳しかった。それなのに、なぜ、歯を食いしばって、彼はこの道を行くしかないのか。崇伝は、五歳にして、父から見捨てられて、寺にあずけられた。父の一色秀勝は、室町幕府を支えた武士の名門の出身である。けれども、彼らが足利幕府を護れなかったことから、戦国の世は乱れに乱れ、人の心は荒廃した。信長も、秀吉も、天下人として権力を掌握した途端に、「平和な国家を築き上げる」という目的を見失い、迷走した。崇伝は、徳川家康と出会い、初めて平安の世を地上に打ち立てる夢を実現させる手応えをつかんだ。それは、禅を深く学んだ崇伝が、禅の奥義である「融通無碍《ゆうずうむげ》」の境地に達していたからでもある。彼は、刻一刻と姿を変えてゆく政情に、臨機応変に対処する能力を持っていた。

末永く続く平和を作るためには、自分の悪名は喜んで引き受ける。それだけでなく、平和をはばむものを完璧に除去すべく、最後の悲惨な大合戦すらも呼び込もうとする。それが、大坂冬の陣の「鐘銘事件」の真実だった。たとえ、かつて愛した紀香が、今は秀頼と淀君の信頼の厚い豊臣家の女官「小宰相ノ局」であっても、大坂城に大砲を撃ち込まねばならない。心を許した竹馬の友の六弥太が、商人として成功しても切支丹に帰依していると知るや、きっぱりと交わりを断って海外へ追放せねばならない。恋も友情も犠牲にする、はてしない修羅の道。

崇伝の大望が一つずつ実現されてゆくのに比例して、世の中では崇伝の悪名が増大する。この小説に書かれているだけでも、崇伝の「あだ名」は多い。「天魔外道」や「僭上和尚」というのは、よくある悪口だが、「寺大名」となると批判する人の嫉妬心が見え隠れする。傑作は、「大欲山悪長老」と「大欲山気根院僭上悪国師」。

これだけの「悪」や「魔」を、崇伝がたった一人で引き受けたのは、彼が悪をもって悪を断ち、魔をもって魔を封じる決意をしているからだ。天下人たる家康への批判を一身に肩代わりする意図も、あったかもしれない。だから、これらの悪名の氾濫は、崇伝の誇りであり、彼の勲章だろう。

その勲章の最大のものが、「黒衣の宰相」というニック・ネーム。後水尾天皇から下賜された「円照本光国師」という号よりも、輝かしい。奈良時代の昔から、仏教と政治は深く関わった。黒衣は僧侶、白衣は俗人のこと。「宰相」は、政治に参画する高官。わが国で「黒衣の宰相」と呼ばれた初期の例は、源平争乱を引き起こした怪僧・信西入道だろうか。室町時代には、醍醐寺座主の満済をはじめ、何人もの「黒衣の宰相」がいた。

そして、徳川家康の懐刀として、崇伝と天海という二人の巨大な「黒衣の宰相」が並び立った。天海は霊の世界を、崇伝は政治の世界をそれぞれ管轄し、棲み分けたというのが、火坂の歴史解釈である。

家康を神格化するための方法論争で、天台宗の天海に敗れた崇伝。けれども、この敗北を抱きしめることで、崇伝は「政に専心して、平和を実現する」という自分の人生本来の目的を明確化できた。ライバルとの戦いは、勝利であれ、敗北であれ、「本当の自分」を意識するきっかけとなる。例えば、同じ禅宗の内部でのライバルである沢庵は、崇伝と相容れない人生観の持ち主だった。崇伝は、節目節目で沢庵とすれ違う。民衆の崇拝を集める沢庵の「きれいごとの処世訓」への怒りが、崇伝の泥をかぶる信念を固めさせたと言ってもよい。これまでは、洒脱な傑僧としての沢庵ばかりが描かれてきたので、火坂の沢庵像は新鮮に映る。崇伝と沢庵との両雄対決は、この小説の読み所の一つである。

ライバルだけではない。愛する紀香や親友の六弥太との対話は、人生の岐路で悩む崇伝に勇気を与えてくれた。彼らとの言葉の応酬を通じて、崇伝は成長する。このように、作中人物同士で対話させながら、作者自身もまた「見ぬ世の友」である崇伝と火花散る魂の会話を繰り広げていたのだろう。すなわち、この長編小説の執筆を通して、「歴史小説作家」としての自分自身の初心と悲願を、火坂雅志は自覚したのではなかったか。作者の歴史観を深め、人間認識を成熟させ、文明観を新しくするシステムとしての「歴史小説」。こういう小説と出会う読者もまた、幸運である。なぜなら、読書行為を通して、自分の生きる目的をつかむヒントが授けられるからである。

家康に仕える異能軍団に着目したのも、この小説の新機軸だろう。鷹匠あがりの本多正信。禅僧の過去を持つ板倉勝重。ワタリと呼ばれる商業民だった鳥居元忠。能楽師出身で金山開発の名人・大久保長安。金工の家に生まれ、小判を発明し、徳川幕府の経済を支えた後藤庄三郎。商人の茶屋四郎次郎と亀屋栄任。大工頭の中井正清。儒者の林羅山。正体は明智光秀とも言われる謎の怪僧・南光坊天海。そして、われらが金地院崇伝。

彼ら異能集団を自由自在に操って「大御所政治」を取り仕切った家康という天下人は、まさに大異能の人。そういう彼らを個性的に描き分ける火坂が、自分のことを「筆者」と名のる場面がある（「駆け引き」の章）。歴史小説の「筆者」とは、どことなく司馬遼太郎の語り口を連想させる。異端や異才の群像を、けれんみなく堂々と描き尽くしてこそ、司馬遼太郎と並ぶ「文明史家」が誕生する。『黒衣の宰相』は、火坂雅志という歴史小説家の成熟への道のりの始まりを告げている。

それにしても、海。紀香と最初に出会った宇久島の海鳴りの音が、青春の夢のかけがえのなさや胸のうずきのシンボルとして、作品の中でずっと響きつづけている。風の音にも聞きまがう海鳴りの音は、崇伝の心の哭《な》き声でもある。

その海鳴りの中で結ばれ、紀州の海辺で崇伝との短い愛の日々を送った紀香は、まさに「海の女」、いや「水の女」であろう。融通無碍の自在の境地に生きた崇伝もまた、刻一刻と姿を変える「水」の心に近づいている。

崇伝が再興した金地院は、現在でも京都南禅寺の敷地内に残っている。小堀遠州作と伝えられる枯山水の「鶴亀の庭園」が有名である。本書の読者が、この名庭の前に立つならば、静かな海鳴りの音が、遠くから、しかしはっきりと聴こえてくるだろう。崇伝と紀香の口から洩れた哭き声のような潮騒の音が。

（しまうち　けいじ／文芸評論家・国文学者）

＊文春文庫版に掲載されたものを再録しました。

解説

末國善己

火坂雅志は、『天地人』の直江兼続、『臥竜の天』の伊達政宗、『軍師の門』の黒田官兵衛、竹中半兵衛、『真田三代』の真田幸隆、昌幸、幸村など、天下統一はできなかったが領国で善政を敷いた戦国武将に着目することで、歴史小説に革新をもたらした。

織田信長の師を主人公にした『沢彦』で目的のためなら手段を選ばない信長を批判した著者は、天下統一に向けて進む武将に興味がないと思っていたが、晩年には、家臣の視点で徳川家康を捉えた短編集『常在戦場　家康家臣列伝』、家康は地方分権を目指したとする大作『天下　家康伝』を刊行し、天下を統一した家康に関心を寄せていた。

考えてみると著者は、家康の経済政策のブレインだった後藤庄三郎を主人公にした『黄金の華』、旗本・小笠原家の嫡男として育てられた権之丞と実父・家康の確執を軸にした『家康と権之丞』、外様ながら家康の信頼を得た藤堂高虎の生涯を追った『虎の城』

などでも家康を取り上げており、『天下　家康伝』を書いたのは当然の流れだったのかもしれない。家康の下で江戸幕府初期の外交、宗教政策を担当し、武家諸法度、禁中並公家諸法度などを起草した以心崇伝を描いた本書『黒衣の宰相』も、著者の家康ものの一作である。本書には、後藤庄三郎、藤堂高虎も重要な役で登場するので、『黄金の華』『虎の城』と併せて読むと著者の歴史観がより深く理解できるだろう。

崇伝は、室町幕府の軍事指揮と、京の治安維持や徴税などを交代で行う四職（赤松、一色、京極、山名）の一色家の出身で、室町幕府十五代将軍・足利義昭に仕えていた父は、義昭が信長によって京を追われると、同じく京から逃亡した。その時、五歳だった崇伝は、家臣に南禅寺に預けられた。幼くして、力を持たない者の哀しみを知った崇伝は、知恵を力にして世に出るため勉学に励み、二十四歳の時、学問を究めるため豊臣秀吉の禁令を破って明に渡ろうとする。

戦国時代の僧は知識人で、公文書の作成に必要な漢文の素養があり、『孫子』『六韜』といった中国の兵法書も読みこなせることから、武将に重用される者も少なくなかった。今川義元の側近として今川家を発展させた太原雪斎、毛利家の外交を担当した安国寺恵瓊も僧なので、知恵による出世を目指す崇伝は決して特異な存在ではない。

文禄の役（いわゆる朝鮮出兵）の最中、崇伝は、南禅寺の雑色ながら親友で商人になる夢を持つ六弥太と倭寇の下松浦党の船に乗り込んだ。船団を組むため宇久島で待機している間に、崇伝は、秀吉の女狩りの網にかかった島主の娘・紀香と肉体関係を持ってしまう。明に向け出航した崇伝の船は豊臣軍の軍船に攻撃され沈没、崇伝は救助されたが、六弥太は行方不明になる。

紀香と六弥太は、思わぬ形で崇伝の人生に影響を与えていくが、三人が織り成す運命の変転は、共に関ヶ原の戦いに出た親友の本位田又八、想いを寄せるおつうと離合集散を繰り返しながら剣の修行に励む宮本武蔵を描いた吉川英治『宮本武蔵』を彷彿させる。吉川は、主人公の武蔵を剣の修行を通して精神を高める求道者とし、ライバルの佐々木小次郎を出世のために剣を学ぶ功利主義者としたが、著者は反対に、主人公の崇伝を功利主義者に、宿敵の沢庵を世俗の争いに背を向ける禅の求道者としている。

現代にも、武蔵や沢庵のように欲望を捨て一つの道を極めようとしている人はいるが、大多数は根気も才能も必要な求道者にはなれない。それだけに、世に出たいと焦ったり、条件がよい職場を探したり、派閥抗争で生き残るため策を巡らせたりと、宮仕えをしている現代人と変わらない崇伝の葛藤が、身近に感じられるのではないだろうか。

キャラクター設定が吉川英治の『宮本武蔵』を思わせるだけに、崇伝は何度も命懸けの勝負に挑んでいる。武家出身の崇伝は棒術を身に付けており、派手な立ち回りを見せることもあるが、勝負のほとんどは、合戦でも、剣戟でもなく弁論である。崇伝は、大徳寺の僧で「舌を八枚持って生まれた」と称されるほど弁舌がたくみな前半の妙空から、同じ家康のブレインだけに政権内の地位をめぐる確執があるクライマックスの南光坊天海まで、強敵たちと議論を戦わせていく。相手の論の矛盾を批判し、自分の論の有利さを強調する崇伝の凄まじい頭脳戦、心理戦は、合戦に勝るとも劣らない迫力がある。

歴史時代小説の中には、白井喬二『富士に立つ影』のように、チャンバラではなく、築城術をめぐる技術論争で物語を進める文化的な闘争を描いた作品があり、本書もこの系譜に属している。著者は、『花月秘拳行』の拳法、〈柳生烈堂〉シリーズの剣戟、そして『天地人』などの合戦と多彩なアクションで読者を魅了してきたが、その手腕は一見、地味にも思える弁論をスリリングな闘争劇に変えたところにも活かされている。

海に投げ出された崇伝は、豊臣軍の船に救われたが、密航をくわだてた罪により、文禄・慶長の役の前線基地として築かれた名護屋城の牢に入れられた。しかし秀吉の外交顧問を務める南禅寺長老の玄圃霊三のとりなしで許され、京へ返された。名護屋城で戦争の無謀さに触れた崇伝は、乱世を終わらせ天下に平安をもたらす必要性を痛感する。平和国家を造るという信念を持ちながら、それを実現させるためなら平然と汚い手段を実行する崇伝の複雑な性格が、物語に奥行きを与えているのは間違いあるまい。

密航に失敗した崇伝は、出世の道が閉ざされたと感じていた。それを裏付けるかのように、崇伝は由緒はあるが今は荒れ果てている澄光寺へ行くことを命じられる。左遷から驚くべき方法で再起した崇伝は、老齢ゆえに外交文書の読み書きが難しくなった霊三の補佐役に指名され、秀吉の外交顧問団の末席に加わることになる。現代の日本は左遷されたり、組織を追われたりすると、前と同じか、前より上のポジションに就くのが難しいだけに、どん底から復活を果たす崇伝には勇気と希望がもらえるし、再チャレンジが難しい社会構造が閉塞感を生む原因になっていることもよく分かる。

崇伝が秀吉の外交顧問団に入ったのは、朝鮮、明との戦後処理の交渉が続き、高齢の秀吉が死ぬと家康が次の天下人を狙って動き出し再び大乱が起こる可能性も高いという外交、内政とも難しい時期だった。だが外交顧問団は秀吉の信頼が厚く、したたかに家康にも接近している相国寺の西笑承兌が牛耳り、崇伝には身に付けた知恵を発揮する機会が与えられなかった。年長者に頭を抑えられている崇伝の鬱屈と、それでも諦めず上を目指す組織内サバイバル術は、特に若い読者には共感が大きいように思える。

戦国時代はヨーロッパの大航海時代と重なり、日本は古くから交流する漢字文化圏の東アジア、東南アジア諸国だけでなく、文化も宗教も異なるヨーロッパとの関係も深くなっていた。日本にキリスト教を伝えたフランシスコ・ザビエルは、宗教改革の諸派（ローマ・カトリック教会への抗議が改革運動の発端になったことから、ラテン語で抗議を意味するプローテスターリーに由来するプロテスタントと総称される）の勢力拡大を食い止め、新たな信者を獲得するために海外伝道にも積極的だったローマ・カトリックの修道会イエズス会士だった。修道士たちを世界中に運んだのはカトリック国のスペイン、ポルトガルだったが、国内の体制を整えたプロテスタント国のイギリス、ネーデルランド（オランダ）が猛追を始めアジアの商圏にも食い込んできた。国内の動きだけでなく、世界史の流れが日本の歴史と崇伝の人生に多大な影響を与えていく展開は、グローバル化の原点を見ているようなところも含め、壮大なスケールに驚かされる。

崇伝は、豊臣から徳川に政権が移る混乱を乗り切り家康のブレインになる。歴史小説で描かれる家康は、方広寺の梵鐘に刻まれた銘文の一節「国家安康」「君臣豊楽」を、家康への呪詛だと難癖をつけ大坂の陣を始める大義名分にした老獪な〃狸親父〃か、少年時代は今川家の人質になり、独立後は信長の同盟者として最前線で戦うなど我慢を重ねて天下人になった〃苦労人〃とされることが多い。これに対し崇伝から見た家康を描く本書は、商人の茶屋四郎次郎や亀屋栄任、儒者の林羅山、金座支配の後藤庄三郎、行政手腕と鉱山の開発に優れた大久保長安など、有能であれば身分を問わず重用し、時に同じ役職に異なる能力の人間を置いて競わせ、より実力を出させるなど、人使いの巧さを強調することで今までにない人物像を作り上げている。

二〇二三年のNHK大河ドラマ『どうする家康』は、幼少の頃から弱さを実感し、一人では何もできないことを知っていた家康が、家臣の個性や特技を生かし、強靱な「チーム徳川」を築いていく物語になるとされている。本書は徳川幕府成立の前後に絞られているが、反対派の粛清は謀臣の本多正信、諜報活動は藤堂高虎、外交と法案の起草、朝廷対策は崇伝、宗教政策は崇伝と南光坊天海など、人材を適材適所に配置して国の新たな枠組みを作っていくプロセスは、「チーム徳川」そのものである。

その意味で本書は『どうする家康』を先取りしたともいえるので、大河ドラマと併せて鑑賞すると両方の作品がより楽しめるように思える。おそらく崇伝はもちろん、本書で重要な役だった天海、板倉勝重、大蔵卿ノ局らも大河ドラマで言及されるはずなので、人物像や歴史に果たした役割の違いなどを比べてみるのも面白いだろう。

知恵を力にして世に出たい、平和な国を造りたいと考えていた崇伝は、徳川幕府の重要政策を任されるまで出世するので、若き日の夢をかなえたといえる。だが世は太平に近付きつつあるのとは裏腹に、夢を実現した崇伝には安息が訪れなかった。後半に崇伝の前に立ちはだかるのは、同僚ともいえる天海である。密教の僧である天海は、加持祈禱や法話で家康の心を摑んだが、そこまでの信頼を得ていない崇伝は焦りを募らせる。

代々、徳川家に仕える譜代の家臣ではなく、文書作成や外交、宗教政策の高いスキルを家康に認められブレインになった崇伝は、徳川家、もしくは幕府が自分のスキルを不要と判断すれば役を解かれるかもしれなかった。天海への敵愾心は、自分を必要な人材と認め、活躍の場を与えて欲しいという焦燥から生まれたものである。日本の雇用は長く、労働時間や勤務地、職務内容を限定せず新卒一括採用で社員を集め、賃金は内部基準で決まり年功的に上昇するメンバーシップ型が中心だったが、近年は、新規事業や人員が不足している部署に必要な能力を持つ人材を集め、成果や労働市場の基準で給与が決まるジョブ型を採用する企業も出てきている。メンバーシップ型の生産性の低さや、正規社員と非正規社員の給与格差などを解消するため、日本はジョブ型雇用へ転換する必要があるとの声もあるが、能力と成果で給与が決まり、現在の部署や能力が不要と判断されたらすぐに解雇される恐れから、労働者側の不安は根強い。家康のブレインにまで登り詰めた崇伝が感じているのは、ジョブ型に近い働き方をしているからこその不安だけに、発表された当時より現在の方がリアリティが増しているかもしれない。

出世のためなら政敵を蹴落としてきたが、自分が出し抜かれるかもしれない崇伝が修羅の道を歩んだとするなら、金銭や出世といった世俗の価値観に背を向けて独自の道を歩んだ沢庵は平穏な人生を歩んだといえる。崇伝と沢庵の人生観の違いは、ワーク・ライフ・バランスが重視されるようになった時代に、どのような人生を選択すると幸福になれるのか考えるヒントも与えてくれるのである。

（すえくによしみ／文芸評論家）

黒衣《こくい》の宰相《さいしょう》 下《げ》

朝日文庫

徳川家康《とくがわいえやす》の懐刀《ふところがたな》・金地院崇伝《こんちいんすうでん》

2022年12月30日　第1刷発行

著　者　火坂雅志《ひさかまさし》

発行者　三宮博信

発行所　朝日新聞出版

〒104-8011　東京都中央区築地5-3-2

電話　03-5541-8832(編集)

03-5540-7793(販売)

印刷製本　大日本印刷株式会社

Published in Japan by Asahi Shimbun Publications Inc.

定価はカバーに表示してあります

ISBN978-4-02-265080-1